KB253930

옛이야기와 어린이책

옛이야기와 어린이책
잃어버린 옛사람들의 목소리를 찾아서

2009년 10월 30일 초판 1쇄 발행
2022년 3월 16일 초판 11쇄 발행

지은이　● 김환희
펴낸이　● 강일우
책임편집　● 최도연
디자인　● 권혜원
펴낸곳　● (주)창비
등록　● 1986. 8. 5. 제85호
주소　● 10881 경기도 파주시 회동길 184
전화　● 031-955-3333
팩스　● 031-955-3399(영업) 031-955-3400(편집)
홈페이지　● www.changbikids.com
전자우편　● enfant@changbi.com

옛이야기와 어린이책

잃어버린 옛사람들의 목소리를 찾아서

김환희 지음

창비

일러두기

1. '그림책'이란 본래 유아나 어린이만을 독자로 삼는 책이 아니지만, 이 책에서는 어른 독자가 아닌 유아나 어린이 독자를 위해 만들어진 그림책만을 분석·비평 대상으로 삼았기에 그러한 책만을 가리키는 말로 한정한다.
2. 구전설화의 이본(異本)에는 '각편'이라는 용어를, 고전소설의 이본에는 '이본'이라는 용어를 쓰는 국문학계 관례를 이 책에서도 따른다.
3. 옛이야기를 오늘날 어린이 독자에게 선보이기 위해 어린이책에 담은 글문학 작품을 통칭해 '전래동화'라 나타낸다.
4. '다시쓰기' '고쳐쓰기' '새로쓰기'라는 용어는 주로 구전설화를 글문학으로 재화, 개작, 활용할 때 이루어지는 행위를 가리키는 말로 사용한다. 특정한 각편이나 이본을 그대로 살려 작품화하기(다시쓰기), 작가의 문학적 판단에 따라 내용을 첨삭 또는 재구성해 작품화하기(고쳐쓰기), 여러 설화에서 다양한 화소와 모티프 들을 가져와 새로운 이야기를 창작해 작품화하기(새로쓰기) 등이 이에 해당한다.
5. 옛이야기와 고전소설 등의 각편과 이본을 가리키거나 통칭할 때, 그리고 책에 담긴 이야기를 가리킬 때는 낫표(「 」)를, 이 밖에 책 자체를 가리킬 때는 겹낫표(『 』)를 쓴다.
6. 전집류 책 가운데 출간연도가 정확히 명시되지 않은 것이 여럿 있어, 이는 국립어린이청소년도서관에서 기록한 연도를 서지사항에 쓰고〔 〕로 표시했다.
7. 여러 시각 자료를 제공해주신 분들과 소장처, 출판사 측에 감사드린다.

어린이책을 통해 본 옛이야기 전승의 현주소

이 책은 주로 2008년 한 해 동안 국립어린이청소년도서관에서 발행하는 『도서관 이야기』에 연재했던 글들로 구성되어 있다.[1] 도서관 측으로부터 어린이용 옛이야기 책들의 매력과 가치를 평가해달라는 원고 청탁을 받았을 때 그림책 중심으로 쓸 생각은 없었다. 그런데 어린이 독자를 겨냥한 옛이야기 책들이 대부분 그림책이어서 주요 분석 대상이 그림책이 되었다.

지난 몇 해 동안 옛이야기 공부를 해왔기 때문에 글을 쓰기 전에는 작업이 수월할 거라 생각했다. 하지만 예상과는 달리 옛이야기 그림책을 분석하고 평가하는 일이 만만치 않았다. 우선, 분석 대상으로 삼을 자료를 구하기가 힘들었다. 옛이야기 그림책은 시중 서점에서 낱권으로 판매되는 것보다 전집으로 판매되는 것이 훨씬 더 많다. 그렇다고 비평을 위해 전집류 그림책을 여러 질 구입해서 비교할 수도 없는 노릇이고, 독자에게 추천할 만한 책이 있다면 낱권으로 판매되는 책이어야 독자들이 쉽게 구해서 볼 수 있을 터라 단행본을 중점적으로 살펴보았다. 그러다 단행본 가운데 마땅한 책이 눈에 띄지 않으면 국립어린이청소년도서관에 가서 전집류 그림책들을 빌려 보았다. 이 도서관에서는 모든 책이 관외 대출이 되지 않는 데다 절반 정도는 폐가식 서고에 보관돼 있어서 전집류 책을 살펴보는 일이 쉽지 않았다. 중요한 책들은 복사를 해서 집으로 가져와 흑백 자료를 보면서 낮에 본 빛깔을 떠올려 글을 썼다. 그러다 보니 전집류 그림책에 대한 분석은 어쩔 수 없이 글 중심이 되어 버렸다.

우리 어린이들이 보는 옛이야기 그림책은 대개 '세계 명작동화'와 '한국 전래동화'로 나뉘어 출간되고 있다. '세계 명작동화'라는 표제를 내건 그림책들은 주로 샤를 페로, 그림 형제, 조지프 제이콥스, 오스카 와일드, 한스 크리스티안 안데르센을 원작자로 내세운 책들이다. '한국 전래동화'로 일컬어지는 그림책들은 구전설화, 무속신화, 고전소설 따위를 어린이에게 읽히기 쉬운 옛이야기로 바꾸어 담은 책들이다.

이 두 갈래의 옛이야기 그림책 가운데서 평가하기 쉬웠던 것은 '세계 명작동화'에 속하는 책들이다. 요정담을 쓴 유명한 서양 작가들의 전집은 거의 모두 우리말로 완역되어 있고, 영어 완역본은 '인터넷 아카이브'(www.archive.org)나 '프로젝트 구텐베르그'(www.gutenberg.org)와 같은 인터넷 사이트에서 쉽사리 찾아 볼 수 있다. 서양 옛이야기를 담은 국내 그림책들을 완역본과 대조해보니 많은 책이 이야기의 여줄가리뿐 아니라 서사의 뼈대와 인물 설정까지 손질하였음을 알 수 있었다. 또 원작자 이름을 잘못 표기한 책이 무척 많았다. 작가 또는 편집자가 원작을 읽지 않았기 때문에 「신데렐라」「잠자는 숲속의 미녀」「빨간 모자」는 페로 본과 그림 형제 본이 상당히 다르다는 사실을 알지 못했던 듯하다. 또 제이콥스의 옛이야기 모음집에 들어 있는 「아기 돼지 삼 형제」와 월트 디즈니 영화사의 「아기 돼지 삼 형제」는 줄거리가 다른데, 원작자는 제이콥스로 표기하고 디즈니의 「아기 돼지 삼 형제」를 소개한 책도 있었다. 이렇게 아이들, 특히 유아들이 많이 볼 그림책에서 원작의 줄거리를 마음대로 바꾸고 원작자 이름을 제멋대로 붙인다면 어린이가 서양 문화를 제대로 이해할 수 있는 '문화해독력'(cultural literacy)을 기르기란 요원할 것이다.

'한국 전래동화'로 일컬어지는 그림책들을 분석하는 데는 '세계 명작 동화' 책들을 분석하는 일과는 비교할 수 없을 정도로 힘이 많이 들었다. 작가들이 옛사람들이 들려준 이야기의 매력과 가치를 제대로 되살렸는지를 가늠하기 위해서는 그들이 원전으로 삼은 설화 자료를 알아야 한다. 구전설화, 무속신화, 고전소설에는 수없이 많은 각편과 이본이 존재하기 때문에 작가들이 자신이 참조한 자료의 출처를 밝히지 않는 이상 다시쓰기나 고쳐쓰기[2]의 성공 여부를 평가하기는 쉽지 않다. 그런데 거의 모든 국내 작가가 자신들이 참조한 자료의 출처를 구체적으로 밝히지 않았다. 무속신화 「바리공주」는 2004년까지 수집된 각편이 88편이 넘고, 구전민담 「나무꾼과 선녀」는 채록된 각편의 수가 100편이 넘으며, 「구렁덩덩 신선비」도 십 년 전까지 채록된 각편 수만 60편이 넘는다. 무속신화와 구전설화만 각편 수가 많은 것은 아니다. 「심청전」은 지금까지 발굴된 이본의 수가 무려 230여 종이나 된다. 심청 이야기는 고전소설 본, 판소리 창본, 무가 본 등의 멋과 맛이 서로 달라서 그 방대한 세계를 제대로 이해하려면 수년간 노력을 기울여야 한다. 따라서 책에서 일러두기나 후기 형식으로라도 작가가 어떠한 각편이나 이본을 참조했는지 밝혀야 그 완성도가 제대로 평가될 수 있다. 출처를 알 수 없는 옛이야기 그림책에 옛사람들의 인생관과 세계관이 제대로 표현되었는지를 가늠하기 위해 '각편과 이본 들의 바다'에서 허우적거리면서 전공자들의 연구서와 논문을 찾아 읽었지만 해야 할 것이 너무도 많았다.

국내 작가 대부분이 원전을 밝히지 않은 까닭은 무엇일까? 폴 젤린스키라는 미국 그림책 작가는 『룸펠슈틸츠헨』(1986; 이지연 옮김, 베틀북 2001)이나 『라푼젤』(1997) 같은 그림책에서 이야기를 그림 형제 본과는 다르게 구성했다. 그러면서 자신이 그림 형제 본을 왜 변형했고 어떠한 설화 자료를 참조했는지 독자와 평자가 정확히 알 수 있도록 그 출처를 상세히 밝혀놓았다. 19세기 작가 그림 형제와 제이콥스도 자신들의 옛이야기 책 말미에 주(註) 형식으로 이야기들의 출처를 상세히 밝혀놓았을 뿐만 아니라 독자가 개작 양상을 알 수 있게 부연 설명까지 해놓았다.

그런데 우리나라에서 출간된 거의 모든 어린이용 옛이야기 책에는 그림책뿐만 아니라 이야기책에도 출처가 밝혀져 있지 않다. 이 점이 안타까워 몇몇 어린이책 작가에게 그 까닭을 물어본 적이 있다. 어떤 작가는 출처를 밝히지 않는 것이 관행이어서 그렇게 했다고 말하기도 하고, 어떤 작가는 자신의 이야기가 어느 한 각편이나 이본에 바탕을 둔 것이 아니라 여러 이야기에서 화소를 다양하게 뽑아 재구성한 것이어서 출처를 밝히지 않았다고 말하기도 했다. 어떤 이들은 옛이야기에는 고정된 원형이나 정본이 없기 때문에 누구나 이야기를 바꿀 권리가 있다고, 구태여 원전을 따지는 것 자체가 무의미하다고 말하기도 했다. 같은 사람이 구연한 이야기일지라도 각편마다 조금씩 달라지기 때문에 '하늘 아래 똑같은 이야기는 하나도 없다'는 주장이다.

옛이야기 책을 만든 사람들 모두 나름대로 고민을 많이 했겠지만, 과연 그들 가운데 각편 또는 이본을 찾아 읽는 수고를 마다하지 않은 사람이 얼마나 될까? 내용이 엇비슷한 책들이 꽤 여럿인 걸 보면 많은 어린이책 작가와 편집자 들이 각편이나 이본을 공들여 찾아 읽지 않고 다른 출판사에서 앞서 출간한 책들에서 줄거리를 따오고 여줄가리를 조금씩 변형하는 손쉬운 전략을 택한 것은 아니었을까 의심이 든다. 옛이야기 책 제작의 주요 목적이 옛사람들이 남긴 이야기의 매력과 가치를 어린이 독자에게 잘 전달하는 것이라면 작가와 편집자는 당연히 옛사람들이 남긴 이야기들을 두루 찾아 읽을 필요가 있다. 그러다 보면 옛사람들이 들려주고 싶어한 이야기의 형상이 그려진다. 완성도가 뛰어난 각편 하나가 뚜렷하게 우리 마음속에 울림을 가져다줄 수도 있고, 여러 각편의 보편적인 화소들이 어우러져 한 편의 옛이야기가 머릿속에 떠오를 수도 있다. 그러한 울림이나 떠오름에 충실한 다시쓰기나 고쳐쓰기만이 옛사람들의 삶과 꿈을 아이들에게 온전히 전해줄 수 있다.

옛이야기 책을 구입하는 독자들은 자신이 고른 책의 작가가 옛사람들의 이야기에서 줄거리와 인물 설정을 충실하게 따왔을 거라고 믿기 마련이다. 작가들이 옛이야기 전복을 시도한 패러디동화나 창작옛이야기를 쓰려는 것이 아니라면 옛사람들의 목소리를 제대로 담아 전달할 필요가 있다. 옛이야기 책이 대부분 취학 전 유아(4~7세)를 겨냥한 그림책이기 때문에 더욱 그러하다. 여러 민족의 심층심리에 내재된 문화 코드를 연구한 클로테르 라파이유도 "우리는 대부분 7세까지 인생에서 가장 중요한 사물의 의미를 각인"[3]하며, "어린 나이에 잠재의식 속에서 이루어지는 강력한 각인은 그들이 어떤 문화에서 성장하고 있느냐에 따라 결정된다"[4]고 말한다. 취학 전 유아가 '변형된 옛이야기'를 반복적으로 읽고 자란다면 성인이 되어서도 그것을 '옛사람들의 이야기'로 착각할 위험이 크다. 우리 이야기들이 일그러진 형태로 후손에게 전승될 가능성이 높아지는 것이다.

한편, 「나무꾼과 선녀」「구렁덩덩 신선비」「홍부전」「심청전」에 대해 글을 쓸 때 평가 대상에 전집류 그림책을 대폭 포함한 것은 우리 옛이야기 전승에서 그림책 전집이 차지하는 비중이 매우 크기 때문이다. 우리나라 공공도서관이나 학교도서관 서가에 꽂혀 있는 어린이책은 절반 이상이 전집류이고, 어린 자녀를 둔 가정집에도 전집류 '한국 전래동화'나 '세계 명작동화'가 한 질 이상은 갖춰져 있기 마련이다. 2007년에 아동학자들이 서울·경기도 지역 어머니 276명을 대상으로 설문조사한 자료에 따르면, 한 가구가 소유한 유아용 전집이 평균 여섯 질이 넘는다고 한다. 권수로 따져도 각 가정이 소유한 유아용 전집류 책이 단행본의 두 배가 넘는다고 하니, 어린이책에서 전집이 차지하는 비중은 무척이나 크다.[5] 그런데 거의 모든 부모가 전집에 대한 전문가들의 서평을 본 적이 없어서 이웃의 추천이나 인터넷에 떠도는 정보에 의지해 전집을 구입한다고 한다.

전집에 대한 추천 평이나 정보는 전집에 속한 책 한 권 한 권에 대한 것이 아니라 한 질 전체를 대상으로 한 것이어서 쓸모 있는 지침이 되기는 어렵다. 그리고 권마다 작가가 다르기 때문에 한 전집에 속한 책들이라도 완성도가 천차만별이다. 또 인지도가 높은 출판사가 만든 책일지라도 편집자가 한꺼번에 수십 종의 이야기 하나하나에 세심하게 신경 쓰기 힘들기 때문에 전집에는 수준이 떨어지는 책이 상당수 끼여 있기 마련이다. 하지만 전집류 책은 단행본과는 달리 비평가들이 일일이 구입해서 볼 수 없기 때문에 문제가 있어도 독자에게 쉽사리 알려지지 않는 비평의 사각지대에 놓여 있다. 이러한 전집류 그림책이 초등학교 교과서와 더불어 우리 옛이야기 전승에 결정적인 영향을 끼치는 주요 매체라는 사실은 우리 전통문화의 앞날을 걱정하게 한다.

마지막으로 이 책에 창작 그림책 두 권을 소개한 까닭에 대해 언급하기로 한다. 하나는 정승각이 쓰고 그린 『까막나라에서 온 삽사리』(통나무 1994; 초방책방 2001)이고, 다른 하나는 앤서니 브라운이 쓰고 그린 『터널』(1989; 장미란 옮김, 논장 2002)이다. 이 두 책을 독자에게 소개하는 까닭은 작가의 상상력과 창의력이 바탕이 된 그림책이기는 해도 '옛이야기의 상상력'을 발휘해서 옛사람들의 이야기가 지닌 장점은 살리고 단점은 보완하는 방식으로 이야기를 구성했기 때문이다. 『까막나라에서 온 삽사리』는 '일식과 월식'이라는 민간신화와 아기장수 전설에 담긴 비극성을 민담적인 상상력으로 극복한 책이다. 옛사람들이 남긴 이야기들, 특히 신화나 전설 가운데는 오늘날의 시대정신에 맞지 않는 내용, 아이들에게 있는 그대로 들려주기에는 꺼림칙한 내용이 적지 않다. 그렇다고 해서 어린이책 작가들이 신화, 전설, 고전소설을 함부로 고쳐 쓰면 아이들이 옛사람들의 삶과 꿈을 온전히 이해할 수 없다. 이러한 딜레마의 해법을 『까막나라에서 온 삽사리』에서 찾을 수 있지 않을까 싶다.

앤서니 브라운의 『터널』은 '세계 명작동화'의 단골 메뉴가 되다시피 하는 「빨간 모자」와 「잭과 콩나무」에 담긴 성차별주의를 드러내고 그 해결책을 모색한 책이다. 샤를 페로, 그림 형제, 안데르센의 요정담은 예술적인 완성도가 높기는 하지만 모든 면에서 바람직한 것은 아니다. 가부장제 가치관, 지나친 기독교주의, 제국주의 이데올로기, 성차별주의, 엘리트의식과 같이 '정치적 올바름' 차원에서 문제 삼을 수 있는 이야기들이 제법 있다. 똑같이 그림 형제의 작품일지라도 「빨간 모자」와 「헨젤과 그레텔」이 보여주는 여성의 모습은 꽤 다르다. 브라운은 『터널』에서 「빨간 모자」가 지닌 문제점을 누이가 오빠의 구원자로 등장하는 다른 옛이야기를 통해 보완하고자 하였다.

서양이든 우리나라든, 옛이야기의 독자 또는 청자인 우리가 사는 시대와 옛이야기를 남긴 사람들이 산 시대는 서로 다르다. 옛이야기에서 오늘날의 시대정신에 맞지 않는 내용이 눈에 띄면 작가나 편집자가 현대인의 입맛에 맞게 고쳐 쓰거나 새로 쓰고 싶어하는 것은 당연한 일이다. 하지만 옛것을 고쳐 쓰거나 새로 써서 '옛것보다 더 나은 새것'을 만드는 일은 결코 쉬운 일이 아니다. 옛것의 미덕과 한계를 충분히 알 정도로 옛것을 사랑한 사람만이 그러한 도전에 성공할 수 있다. 그런데 오늘날의 많은 작가가 옛것에 대한 사랑 없이 새것을 갈망한다. 그래서 안타깝게도 옛사람들과 이야기 겨루기를 해서 번번이 지고 만다. 이 책이 옛사람들의 이야기에 관심을 지닌 독자들, 옛것보다 나은 옛이야기를 쓰려는 바람을 지닌 작가들에게 조그마한 밑거름이 되길 바란다.

2009년 10월

김환희

차례

제1부
우리 옛이야기

1장. 「신데렐라」와 닮은꼴이 된 그림책 『콩쥐팥쥐』

1. 「콩쥐팥쥐전」과 「신데렐라」가 그림책에 끼친 영향

「콩쥐팥쥐」는 우리나라 사람이면 누구나 다 알고 있는 우리 대표 설화다. 또한 서양의 「신데렐라」와 같은 민담 유형에 속하는 세계 광포(廣布) 설화다. 이 두 설화의 유사성에 일찌감치 주목한 최남선(崔南善)은 1929년에 이미 「조선의 콩쥐팥쥐는 서양의 신데렐라 이야기」라는 글을 쓴 적이 있다. 하지만 오늘날 우리가 알고 있는 「콩쥐팥쥐」는 옛사람들이 입말로 전승해온 민담과 같다고 보기 어렵다. 「콩쥐팥쥐」가 20세기 초에 고전소설 「콩쥐팥쥐전」으로 변용되어 널리 읽혔기 때문이다.

현재까지 학자들이 발굴한 「콩쥐팥쥐전」의 최초 이본은 1919년에 대창서원에서 출간한 활자본(작자 미상)이다. 하지만 구전민담의 경우 그보다 한 해 앞서 임석재(任晳宰)가 전북에서 채록한 자료가 있다. 또 1911년에 미국에서 출간된 『옛 한국의 요정담 *Fairy Tales of Old Korea*』이라는 책에 '콩쥐팥쥐형' 설화가 실려 있다. 이렇듯 기록상으로 구전민담 「콩쥐팥쥐」가 「콩쥐팥쥐전」보다 앞선다.[1] 이 밖에도 구전 현장에서 채록된 각편들이 우리 무속신화의 흔적을 지니고 있고 동종 민담이 동아시아의 여러 문화권에 널리 퍼져 있는 것으로 미루어 짐작할 때 「콩쥐팥쥐」는 아주 오래전부터 민간에서 전승되었을 가능성이 높다.

하지만 오늘날 아이들이 보고 있는 그림책 『콩쥐팥쥐』는 구전민담보다 고전소설의 영향을 더 많이 받았다. 입에서 입으로 전승되던 설화가 고전소설이나 전래동화와 같은 글문학으로 변용되어 널리 읽히게 되면 글로 쓰인 이야기가 막강한 힘으로 옛이야기 전승에 영향을 끼치게 된다. 어린이책이나 초등학교 교과서는 물론이고 심지어는 구비전승에까지 영향을 끼친다. 「콩쥐팥쥐」 전승의 경우 구전 현장에서 채록된 각편들이 대부분 1980년대 이후에 책에 담겨 나왔기 때문에 그 전에 출간된 어린이책은 대부분 고전소설 「콩쥐팥쥐전」을 원본으로 삼았다고 보아야 한다.

또한 그림책 『콩쥐팥쥐』는 「콩쥐팥쥐전」뿐만 아니라 서양 요정담인 「신데렐라」의 영향도 많이 받았다. 샤를 페로(Charles Perrault)의 「신데렐라」(1697)는 방정환(方定煥)이 1920년대 초엽에 『사랑의 선물』(개벽사)에 실어서 일찌감치 소개되었고, 월트 디즈니(Walt Disney) 영화사의 애니메이션 「신데렐라」(1950)도 소개되어 우리 아이들에게 오랫동안 폭넓은 사랑을 받아왔다. 그래서인지 오늘날 아이들이 보는 많은 『콩쥐팥쥐』에서 콩쥐는 디즈니의 「신데렐라」처럼 잃어버린 작은 신발 덕분에 높은 신분의 남자를 만나 결혼을 하는 것으로 이야기가 끝난다. 그런데 이러한 결말은 구전민담이나 고전소설이 펼쳐 보여주는 콩쥐의 삶과는 매우 다른 것이다. 과연 그림책 『콩쥐팥쥐』가 우리 옛사람들이 남겨준 이야기의 매력과 가치를 얼마나 제대로 계승하고 있는지 꼼꼼히 짚어 볼 필요가 있다.

2. 구전민담 본과 고전소설 본의 차이

지금까지 발굴된 구전민담 「콩쥐팥쥐」 가운데 최초의 각편은 1918년에 전북 정읍에서 채록된 것[2]이다. 고전소설 「콩쥐팥쥐전」의 공간적인 배경이 전주인 것으로 미루어 짐작할 때 「콩쥐팥쥐」는 전북 지역에서 일찍부터 전승되었던 듯하다. 전북 민담 본과 「콩쥐팥쥐전」을 비교해보면 전반적인 서사구조는 매우 비슷하다.[3] 계모의 학대를 받던 콩쥐가 평양감사와 결혼하는 것으로 이야기가 끝난다고 많은 사람이 알고 있지만, 두 판본 모두 결혼 이후의 이야기(결혼 후일담)를 담고 있다. 감사와 결혼한 콩쥐는 팥쥐 모녀의 계략에 넘어가 물에 빠져 죽고 팥쥐가 자신이 콩쥐인 것처럼 감사를 속여 아내 노릇을 한다. 죽은 콩쥐는 연꽃과 오색 구슬로 변신했다가 사람으로 환생해서, 아내가 뒤바뀐 사실을 몰랐던 어리석은 남편을 꾸짖고 팥쥐 모녀를 단죄한다. 이러한 결혼 후일담은 다른 구전민담 본에서도 대부분 발견된다.

그런데 세부적인 설정과 사건 전개에서는 전북 민담 본과 「콩쥐팥쥐전」이 적지 않은 차이를 보인다. 첫째, 전북 민담 본에서는 등장인물의 성이 구체적으로 명시되어 있지 않다. 배다른 자매의 이름만 '콩쥐와 팥쥐'로 되어 있고 다른 인물의 성이나 이름은 알 수 없는 반면 「콩쥐팥쥐전」에서는 콩쥐 어머니 이름이 조 씨, 아버지 이름이 최만춘, 계모 이름이 배 씨, 감사 이름이 김 씨로 명시돼 있다. 둘째, 전북 민담 본에는 콩쥐가 암소한테서 음식을 얻어오기 위해 한 행동을 팥쥐가 그대로 따라

그림 1 시공주니어에서 나온 『콩중이 팥중이』(홍선주 그림)의 한 장면. 팥중이(팥쥐)가 콩중이(콩쥐)를 따라 했다가 곤욕을 치르고 있다.

하다가 욕심을 너무 부려 피투성이가 되는 일화가 들어 있다. 셋째, 전북 민담 본에는 계모가 콩쥐하고 팥쥐한테 누가 베를 많이 짜는지 내기를 하라고 하는 대목이 들어 있다. 볶은 콩과 새 북을 가진 콩쥐가 찰밥과 질이 난 헌 북을 가진 팥쥐보다 베를 더 잘 짜자 계모가 바꿔서 내기를 하라고 한다. 결국 두 번째 베 짜기 내기에서도 콩쥐가 이기자 계모는 콩쥐를 더욱 미워한다. 넷째, 전북 민담 본에는 선녀가 등장하지 않는다. 계모가 시킨 일을 콩쥐가 다 해놓고 잔칫집에 가려고 할 때 입고 갈 옷이 없어 울고 있자 하늘에서 암소가 내려와 옷과 예쁜 갓신을 준다. 이 암소는 콩쥐의 죽은 어머니 영혼이다. 하지만 「콩쥐팥쥐전」에서는 하늘에서 내려온 직녀(織女)가 베 짜는 일도 도와주고, 새로 지은 옷 한 벌과 댕기와 새 신발을 준다.

이 밖에도 「콩쥐팥쥐전」에는 감사가 전라감사로 되어 있고, 전북 민담 본에는 평양감사로 되어 있다. 또 민담 본에서는 감사가 계모와 팥쥐를 들이지 말라고 당부하지만 팥쥐가 뜨거운 팥죽을 가져오는 바람에 문을 열어주는 것으로 되어 있다. 두 판본의 차이는 결말에서 뚜렷이 엿볼 수 있다. 민담 본에서 콩쥐는 구슬에서 온전한 사람으로 저절로 변신하지만, 「콩쥐팥쥐전」에서 콩쥐는 혼령으로 있다가 감사가 시신을 연못에서 건져내 주자 비로소 소생한다. 또 민담 본에는 팥쥐 모녀가 죽은 뒤에 콩쥐 아버지가 어떻게 되었는지에 대한 언급이 없지만, 「콩쥐팥쥐전」에는 최만춘이 또다시 결혼해서 아들딸 낳고 잘살았다는 후일담이 들어 있다.

전북 민담 본에 들어 있는 거의 모든 화소는 평북 민담 본에서도 그대로 발견된다. 팥쥐가 암소한테서 맛있는 음식을 얻기 위해 암소 밑구멍에다 손을 넣었다가 빼지를 못해 피투성이가 되는 것, 콩쥐와 팥쥐가 길쌈 내기를 하는 것, 콩쥐가 잔치에 갈 때 입을 새 옷과 갓신을 주는 조력자가 선녀가 아니라 암소라는 것, 콩쥐가 감사의 도움 없이 온전한 사람이 되는 것, 콩쥐 아버지의 세 번째 결혼에 대한 언급이 없는 것 등이 1930년대에 채록된 평북 민담 본에서도 그대로 나타난다. 이 평북 민담 본은 임석재가 당시에 전승되던 열다섯 편의 각편을 종합한 것[4]이어서 구전민담 「콩쥐팥쥐」의 본디 모습을 짐작하게 하는 것이다.

초기에 채록된 구전민담 「콩쥐팥쥐」가 지닌 문화적·교육적 가치는 고전소설 「콩쥐팥쥐전」보다 훨씬 낫다고 평가할 수 있다. 구전민담에는 「콩쥐팥쥐전」에서는 맛보기 힘든 옛이야기의 특성, 옛사람들의 지혜와 슬기가 잘 담겨 있기 때문이다. 우선 '팥쥐의 콩쥐 따라 하기'라는 모티프는 세계 곳곳의 옛이야기에서 보편적으로 발견되는 것이다. 「혹부리 영감」이나 「흥부와 놀부」에서처럼 남의 행복을 시기해서 그 행동을 따라 한 인물이 벌을 받는 이야기는 다른 나라 옛이야기에서도 흔하게 찾아볼 수 있다. '콩쥐와 팥쥐의 길쌈 내기'란 모티프도 여성의 삶을 반영하고 문화적인 상징성을 담고 있어서 중요하다. 구전민담은 글을 모르던 민중이 전승한 이야기가 대부분이어서 '일하는 여성'이 많이 등장하고 여성의 고된 삶이 잘 투영되어 있다. 또 길쌈은 여성의 경제 능력을 상징하는 것이어서 상고시대부터 옛사람들은 여성의 길쌈 능력을 높이 평가했다. 『삼국유사(三國遺事)』(1285)에 등장하는, 여신의 이미지를 지닌 성모산 성모와 세오녀는 모두 직녀였다. 그리고 많은 구전민담 본에서 콩쥐에게 새 옷과 갓신을 준 조력자가 선녀가 아니라 죽은 어머니의 영혼이 들어 있는 암소라는 점에도 관심을 기울일 필요가 있다. 기원이 오래된 설화에는 대부분 조력자로 사람 형상을 한 인물이 아니라 동물

그림 2 시공주니어 본 『콩중이 팥중이』(홍선주 그림)의 또 다른 장면. 팥중이와 콩중이가 베 짜기 내기를 하고 있다.

이 등장하는만큼, 이로서도 「콩쥐팥쥐」가 상고시대부터 전승되었을 가능성은 커진다.

전북과 평북에서 1920년대와 30년대에 채록된 구전민담 본이 고전소설 본보다 나은 또 다른 까닭은 그 안에 담긴 세계관이 진취적이기 때문이다. 두 판본을 나란히 놓고 비교해보면 구전민담 본에는 가부장제 이데올로기가 고전소설 본만큼 뚜렷하지 않다는 걸 알 수 있다. 앞서 언급한 대로 민담 본에서 '구슬 콩쥐'는 저절로 온전한 사람으로 돌아오지만, 고전소설 본에서는 감사 남편이 팥쥐를 문초해서 시신을 연못에서 건져낸 뒤에야 소생한다. 또 고전소설 본에서 팥쥐는 젓갈로 담겨져 계모에게 보내지고 계모는 그 충격으로 참담하게 죽는데, 딸의 고통에 무심했던 콩쥐 아버지는 어떠한 벌도 받지 않고 행복하게 여생을 보낸다. 하지만 두 민담 본에는 젓갈 화소도 등장하지 않고 콩쥐 아버지의 세 번째 결혼에 대한 언급도 없다.

3. 고전소설 「콩쥐팥쥐전」이 그림책에 끼친 영향[5]

그렇다면 요즘 아이들이 책으로 읽는 「콩쥐팥쥐」는 어떠한 모습을 하고 있을까. 인터넷 서점에서 그림책 『콩쥐팥쥐』를 판매량 순으로 검색해보면 보림에서 1997년에 출간한 『콩쥐 팥쥐』(정대영 그림, 정차준 글)가 가장 많이 팔린 것으로 파악된다. 또 삼성출판사의 『콩쥐 팥쥐』(박상률 글, 최기순 인형, 2003), 시공주니어의 『콩중이 팥중이』(홍선주 그림, 이주혜 글, 2006), 아이즐의 『콩쥐 팥쥐』(이상교 글, 김원희 그림, 2006)도 많이 판매되는 편이다. 이 밖에는 최근에 애플트리태일즈에서 출간한 『콩쥐 팥쥐』(송언 글, 조민경 그림, 2009)가 주목받고 있다.[6]

이 다섯 책에 일제강점기에 채록된 구전민담의 화소가 얼마나 삽입돼 있는지를 간단히 살펴보면 다음 표와 같다.

화소 \ 출판사	보림	삼성출판사	시공주니어	아이즐	애플트리태일즈
팥쥐의 콩쥐 따라 하기	×	×	○	×	×
콩쥐와 팥쥐의 길쌈 내기	개작	×	○	×	×
새 옷과 신발을 주는 조력자	검은 암소	선녀	암소	선녀	선녀
결혼 후일담	×	개작	○	×	○

　다섯 책 가운데 구전민담의 화소가 살아있는 판본은 시공주니어에서 나온 『콩중이 팥중이』뿐이다. 나머지 책들은 고전소설 본의 영향을 받았다. 보림 본에서는 콩쥐와 팥쥐가 옷감 짜기 내기를 하고 고운 옷과 꽃신을 주는 조력자로 선녀 대신 암소가 등장하기 때문에 구전민담의 특성을 부분적으로 엿볼 수 있다. 하지만 시새움 많은 팥쥐가 암소로부터 음식을 얻기 위해 콩쥐를 따라 하다가 혼이 난다는 화소가 생략됐다. 삼성출판사, 아이즐, 애플트리태일즈 본에는 팥쥐가 콩쥐를 따라 하는

그림 3 시공주니어 본 표지.

그림 4 아이즐 본 표지.

화소뿐 아니라 팥쥐와 콩쥐의 길쌈 내기 화소도 생략됐다. 또한 콩쥐에게 새 옷과 꽃신을 주는 조력자도 암소가 아니라 선녀로 되어 있다.

그림책이 보여주는 이러한 특성들은 글작가들이 「콩쥐팥쥐」를 다시 쓸 때 고전소설 「콩쥐팥쥐전」이나 1970년대 이후에 채록된 민담 자료를 저본으로 삼았음을 시사한다. 1980년대에 출간된 『한국구비문학대계』(한국정신문화연구원 1980~88)에 실린 각편에는 '팥쥐의 따라 하기'와 '길쌈 내기' 화소가 들어 있지 않고, 새 옷과 갓신을 주는 조력자도 암소가 아니라 주로 선녀로 되어 있다. 이렇게 1970년대 이후에 채록된 민담 자료가 일제강점기에 채록된 자료와 다른 것은 광복 이후 우리 국민의 문해력(文解力)이 급격히 향상되어 고전소설이 구비전승에 적지 않은 영향을 끼쳤기 때문이다. 광복 당시에는 78%나 되었던 12세 이상 국민의 문맹률이 미군정과 정부가 벌인 문맹 퇴치 운동 덕분에 1958년 무렵에는 4%로 줄어든다.[7] 따라서 그 뒤에 채록된 구전 자료는 고전소설, 교과서, 어린이책의 영향을 받아 본래의 구비문학적 특성과 가치를 잃었을 가능성이 높다.

그렇다고 해서 그림책이 「콩쥐팥쥐전」이나 『한국구비문학대계』의 채

록 자료를 온전하게 수용한 것도 아니다. 많은 책이 「콩쥐팥쥐전」에 등
장하는 '콩쥐의 죽음과 재생이 펼쳐지는 결혼 후일담'을 완전히 삭제해
버리거나 개작했다. 보림 본은 콩쥐가 원님과 결혼해서 행복해지고 팥
쥐 모녀는 거짓말한 죄로 볼기를 맞는 것으로 끝나며, 아이즐 본은 팥쥐
모녀가 벌을 받지 않은 채 콩쥐가 원님과 혼례식을 올리고 오래오래 행
복하게 사는 것으로 끝난다. 유아 독자를 겨냥한 대부분의 그림책이 보
림 본과 아이즐 본처럼 콩쥐와 원님(또는 감사)의 결혼에서 이야기를 마
무리 짓는다.[8] 삼성출판사 본은 결혼 후일담을 첨가하기는 했지만 결
말이 옛것과 완전히 다르다. 내가 살펴본 그림책 가운데서 「콩쥐팥쥐
전」에 충실한 그림책은 애플트리태일즈 본뿐이다. 이 책은 대단원을
부분적으로 손질하기는 했지만 '콩쥐의 죽음과 재생'과 '연꽃과 구슬'이
라는 화소를 살리고 결말을 권선징악적으로 처리했다. 글작가는 유아
독자에게 충격을 줄 수 있다고 판단해서인지 젓갈 화소를 생략하고 계
모가 딸의 시신을 끌어안고 대성통곡하다가 참혹하게 죽는 것으로 고

그림 5 애플트리태일즈 본 표지.

처 썼다.

4. 구전민담 본과 그림책 본 텍스트 비교

구전민담이 그림책으로 만들어지면서 옛이야기의 매력이 어떻게 달라졌는지는 구전민담 본과 그림책 본의 들머리를 비교하면 뚜렷이 알 수 있다.

전북 민담 본

옛적으 한 사람이 있었넌디 딸 하나를 두고 상처했다. 딸은 콩쥐라고 힜넌디 콩쥐를 혼자 손으로 키우넌디 남자 손으로 키우자니 심도 들고 집안 살림도 잘 안 되여서 후처를 얻었다. 이 후처는 폽쥐라는 딸을 데릿고 들어왔다.

이 후처는 지가 데리고 온 딸 폽쥐만 이뻐허고 전실 딸 콩쥐를 몹시 미워했다. 폽쥐헌티는 쉽고 깨끗헌 일만 시키고 콩쥐헌티는 심들고 어렵고 궂인 일만 시키고 남편헌티 폽쥐는 부지런허고 일을 잘허넌디 콩쥐는 게으르고 일도 못헌다고 고자질했다.

어느 날 훗어머니는 콩쥐헌티는 보릿저 밥(보리의 겨로 지은 밥)에 삼 년 묵은 씬 된장을 점심밥으로 싸줌서 나무 호맹이(호미)로 자갈밭 지심(김)을 매라 허고 폽쥐헌티는 허연 옥백미 밥에다 괴기 반찬을 점심으로 싸주고 쇠 호맹이로 모래밭으 지심을 매라고 했다.

평북 민담 본

넨날에 콩중이와 팍중이라는 두 체네가 있었다. 콩중이는 전댕내 딸이

구 팍중이는 후댕내가 데리구 온 웨넹기(繼子)드랬소.

어늬 날 후댕내는 콩중이한데는 나무 호무와 삼 년 묵은 게밥(겨로 지은 밥)에 삼 년 묵은 콩 썩은 거를 주멘 자개돌 달밭(억새풀이 난 밭)에 가서 김을 매라 하구 팍중이한테는 쇠 호무와 팍밥을 주멘 사라구(풀 이름. 매기 쉬운 밭) 밭을 매라구 했다.

삼성출판사 본

옛날 어느 마을에 마음씨가 곱고

예쁜 콩쥐라는 소녀가 살았어요.

어머니는 콩쥐가 어릴 때 세상을 떠났어요.

콩쥐 아버지는 동네 아주머니들에게

젖을 얻어 먹이며 정성껏 콩쥐를 키웠어요.

콩쥐가 열네 살이 되던 해,

그림6 삼성출판사 본 표지.

아버지는 새어머니를 맞았어요.

콩쥐에게는 팥쥐라는 동생도 생겼지요.

그런데 새어머니와 팥쥐는 성질이 고약했어요.

언제나 콩쥐를 구박하고 못살게 굴었어요.

하루는 새어머니가 콩쥐와 팥쥐를 불렀어요.

"콩쥐는 나무 호미로 돌밭을 매고,

팥쥐는 쇠 호미로 모래밭을 매렴."

보림 본

옛날 어떤 마을에 마음씨 착한 콩쥐가 살았어요.

콩쥐네 엄마는 일찍 돌아가셔서 새엄마가 들어왔는데,

새엄마에게는 팥쥐라는 딸이 있었어요.

그런데 새엄마와 팥쥐는 마음이 나빠서

콩쥐를 몹시 미워했대요.

하루는 새엄마가 콩쥐와 팥쥐를 불렀어요.

"오늘은 둘이서 이 실로 옷감을 짜라."

콩쥐는 한 줄 한 줄 꼼꼼하게 옷감을 짰어요.

팥쥐는 빈둥빈둥 놀기만 했고요.

각 판본의 들머리를 살펴보면 인물들에 대한 화자(話者)의 평가나 묘사가 구전민담 본보다는 그림책 본에서 더욱 두드러짐을 알 수 있다. 삼

그림7 보림 본 표지.

성출판사 본과 보림 본은 인물의 성격과 외모를 묘사하면서 이야기를 시작한다. 이 두 책에 나타난 인물 묘사는 매우 평면적이다. 삼성출판사 본에서 콩쥐는 마음씨가 곱고 외모가 예쁘며 새어머니와 팥쥐는 성질이 고약하다. 보림 본에서 콩쥐는 마음씨가 착하고 새엄마와 팥쥐는 마음이 나빠서 콩쥐를 몹시 미워한다. 이렇게 주인공인 콩쥐를 마음씨가 곱고 외모가 예쁘다고 묘사하는 것은 독자인 아이들 마음에 외모 콤

그림8 보림 본의 들머리 장면. 콩쥐와 팥쥐의 성격과 외모가 처음부터 대비된다.

플렉스, 착한 여자 콤플렉스를 심어줄 수 있다. 그런 반면 전북 민담 본과 평북 민담 본은 콩쥐와 팥쥐의 마음씨와 외모에 대해 그 어떤 묘사도 직접적으로 하지 않은 채 사건 중심으로 이야기를 전개한다. 인물의 외모와 성격을 독자 마음대로 상상할 수 있게 하고 사건의 개연성을 높인다. 독자는, 계모가 콩쥐를 미워하는 것은 원래 성격이 나빠서라기보다 콩쥐가 자신이 직접 배 아파 낳은 자식이 아니기 때문이라고 생각할 수 있다. 또 팥쥐가 일을 잘 못하는 것도 계모의 편애를 받은 탓으로 상상할 수 있다. 삼성출판사 본과 보림 본의 인물 묘사가 보여주는 평면성과 전근대성은 단지 이 두 판본에만 국한된 것은 아니다. 「콩쥐팥쥐」가 전래동화로 개작된 양상을 연구한 허완이 어린이책 본 열한 편을 비교 분석한 자료를 살펴보아도 많은 어린이책이 거의 같은 문제를 안고 있음을 알 수 있다.[9]

삼성출판사 본이 보여주는 또 다른 문제점은, 들머리에서는 콩쥐와 팥쥐 모녀를 선과 악을 상징하는 인물로 그렸는데 결말에서는 악이 선으로 바뀌는 것으로 설정한 것이다. 결말을 보면 원님이 새어머니와 팥쥐를 옥에 가두니까 "착한 콩쥐"가 원님에게 간절히 부탁해서 팥쥐 모녀를 풀어주는 것으로 되어 있다. 그러면서 맨 끝을 "그 후로 새어머니와 팥쥐는 착한 사람이 되었어요. 콩쥐도 원님과 함께 행복하게 살았지요"라고 마무리 짓는다. 본디부터 마음씨가 나빴던 팥쥐 모녀가 갑자기 착한 사람이 되었다는 설정이나 콩쥐가 자신을 죽이려 한 사악한 팥쥐 모녀를 쉽사리 용서한다는 설정은 모두 개연성이 떨어질 뿐만 아니라, 구전민담이나 고전소설의 권선징악적인 결말과도 크게 어긋난다.[10] 아이들이 볼 그림책에 고전소설 본에 등장하는 젓갈 화소를 넣는 것은 바람직하지 않겠지만, 전북 민담 본처럼 팥쥐 모녀에게 벌을 주어 먼 데로 귀양 보내는 것으로 설정해도 되었을 텐데, 하는 아쉬움이 남는다.

또 그림책 『콩쥐팥쥐』에 담긴 세계관이 구전민담에 비해 전근대적인 것도 문제로 지적할 수 있다. 삼성출판사 본을 보면 들머리에 "콩쥐 아버지는 동네 아주머니들에게 젖을 얻어 먹이며 정성껏 콩쥐를 키웠어요. 콩쥐가 열네 살이 되던 해, 아버지는 새어머니를 맞았어요"라고 씌어 있다. 지극한 부성애는 재혼이라는 화소와 자연스럽게 연결되지 않을 뿐 아니라 그다음에 이어지는 일련의 사건들과도 조화를 이루기 어렵다. 독자는 '이토록 딸을 사랑한 아버지가, 콩쥐가 계모한테 학대를 받는 동안 무엇을 했는가?'라는 의문을 갖게 된다. 하지만 전북 민담 본에서는 "남자 손으로 키우자니 심도 들고 집안 살림도 잘 안 되여서 후처를" 들였다고 서술되어 아버지가 재혼을 할 수밖에 없는 이유가 현

그림9 삼성출판사 본의 들머리 장면. 콩쥐 아버지의 부성애가 강조돼 있다.

실성을 띤다. 또 아버지가 왜 집안일에 그토록 무관심했는지 상상할
수 있다.

그림책 『콩쥐팥쥐』가 보여주는 전근대성은 가부장제 가치관을 담은
결말에서 더욱 뚜렷이 느낄 수 있다. 대부분의 책이 콩쥐가 원님(또는 감
사)과 결혼하는 것으로 이야기를 끝맺는다. 서양의 신데렐라와 마찬가
지로 콩쥐의 행복도 자신보다 사회적 신분이 높은 남자와 결혼하는 것
에서 비롯된 것이다. 결혼 후일담을 담은 그림책도 문제의 소지가 없는
것은 아니다. 삼성출판사 본은 대단원을 새롭게 고쳤다. 콩쥐는 물에
빠지지만 원님이 하인을 시켜 건져내 주었기 때문에 죽지 않고 목숨을
건진다. 애플트리태일즈 본은 고전소설 본의 서사를 따르지만 원님의
구실을 고전소설 본보다 훨씬 강조해 표현했다. 고전소설 본에서는 감
사가 콩쥐의 시신을 염습(殮襲)하려 할 때 죽은 콩쥐가 숨을 돌리면서 살
아나고, 병풍 뒤에서 기막힌 사연을 울면서 말한 콩쥐는 홀연히 사라진
다. 감사가 염습을 하려 했다는 것은 콩쥐의 죽음을 기정사실로 받아들
이고 시체를 관에 넣으려 했다는 것을 뜻하기 때문에 감사가 의도적으
로 콩쥐를 소생시킨 것은 아니다. 그런데 애플트리태일즈 본에서는 원
님이 나졸들을 시켜 시체를 연못에서 건진 뒤 "콩쥐 시체를 양지바른 곳
으로 옮겨 햇볕을 쪼이고, 선선한 바람을 마시게 한 뒤, 오색영롱한 구
슬을 가져다가 몸에 대고 쓱쓱 문지르자, 나갔던 혼이 들어오듯 콩쥐가
불쑥 살아"난 것으로 되어 있다. 원통한 마음을 푼 콩쥐 혼이 알아서 몸
속으로 들어간 것이 아니라 원님이 적극적으로 콩쥐를 살리려 했기 때
문에 소생한 것이 된 셈이다.

많은 어린이책 작가들이 '콩쥐의 죽음과 재생'이라는 화소를 생략하

그림 10 애플트리태일즈 본에서 원님이 콩쥐를 살리는 장면.

거나 고친 것은 이 화소가 유아 독자의 정서와 사고에 적합하지 않다고 생각하거나 이치에 닿지 않는다고 판단한 때문이 아닐까 싶다. 하지만 자칫 잘못하다가는 고쳐 쓴 결말이 오히려 옛것보다 더 전근대적인 가치관을 담을 수 있다. 독자 눈에 콩쥐가 물과 불의 통과의례를 거쳐 강인하고 독립적인 인간으로 변모한 것이 아니라 나이 많고 신분 높고 지혜로운 남편의 도움으로 행복을 얻는 의존적인 여성으로 비칠 수 있기 때문이다.

5. 그림책 『콩쥐팥쥐』가 잃어버린 옛이야기의 매력

흔히 우리는 구전민담이 글을 모르는 옛 민중이 전해준 이야기여서 지식인 작가들이 쓴 전래동화보다 문학성과 개연성이 부족할 거라고 지레짐작하기 쉽다. 하지만 한 유형의 이야기를 택해 구전민담 본과 어린이책에 담긴 전래동화 본을 꼼꼼히 비교해보면, 문학 교육을 제대로 받지 않은 민중이 들려준 구전민담이 훨씬 더 상징과 이미지가 풍부하고, 압축의 묘미와 말맛이 살아있으며, 이야기 짜임새가 탄탄하다는 사실을 깨달을 때가 많다. 물론 언어의 세련미와 유려함을 평가의 잣대로 삼는다면 구전민담이 전래동화를 따라가기는 힘들 테지만 말이다.

하지만 구전민담이 매력적인 것은 예술성이나 개연성이 뛰어나기 때문만은 아니다. 구전민담은 우리네 삶의 모습을 훨씬 현실감 있게 묘사하고, 힘든 삶을 헤쳐나갈 수 있도록 실질적인 조언을 들려준다. 구전민담을 재화한 많은 어린이책 작가들은 구전민담 속 이야기꾼이 들려주는, 삶의 체험에서 우러나온 조언을 제대로 살리지 못했다. 어린이책 작가들이 구전민담을 다시 쓸 때 아이들 인성을 걱정해서 교훈적인 메시지를 늘어놓으면서 갈등 관계에 있던 인물들이 쉽사리 용서하고 화합하는 것으로 해서 이야기를 작위적으로 마무리 짓는 경우가 흔하다. 그러다 보니 구전민담에 담긴 옛사람들의 현실적인 조언이 전래동화에서는 비현실적인 교훈으로 바뀌어버린다. 전래동화 본의 결말에서 주인공이 자신을 죽이려 한 사람을 쉽사리 용서하고 사악한 성품의 인물들은 갑자기 착해지는데, 이러한 비현실적인 결말이 고전소설이나 구전민담의 권선징악적인 끝맺음보다 교육적으로 더 낫다고 보기는 어렵다. 아이들에게 옛이야기를 개작하면서까지 부자연스럽고 어설픈 용서를 가르치는 것보다는 악행은 반드시 혹독한 대가를 치른다는 옛사람들의 믿음을 그대로 전해주는 것이 교육적으로 더 나을 수 있기 때문이다.

또 대부분의 그림책 『콩쥐팥쥐』에서 콩쥐의 죽음과 재생을 그린 결혼 후일담이 생략된 것도 아쉬운 일이다. 결혼 후일담이 없기 때문에 어린이 독자는 옛사람들이 들려주는 콩쥐의 변모를 알지 못한다. 옛사람들 이야기에서 콩쥐는 처음에는 악의 세력에 대항해 자기 행복을 지키기에는 티 없이 순진하고 나약했지만 죽음과 재생을 체험한 뒤 침착하고 독립적인 존재로 바뀐다. 임석재가 일제강점기에 채록한 구전민담 속 콩쥐는 계모가 내어준 부당한 과제를 절반 이상 자기 힘으로 해결할 수 있었지만, 그림책 속 콩쥐는 계모의 박해를 받다가 '백마 탄 왕자'를 만나 행복해지는, 마음씨 착하고 예쁜 신데렐라일 따름이다.

그림책에서 결혼 후일담이 삭제된 바람에 연꽃과 구슬 모티프가 사라져버린 것도 안타까운 일이다. 서양의 「신데렐라」와 비교할 때 「콩쥐팥쥐」가 보여주는 가장 큰 특수성은 콩쥐가 물과 불의 세계를 통과하면서 연꽃과 구슬로 환생한다는 점이다. 연꽃과 구슬은 우리 전통문화와

그림11 애플트리태일즈 본의 또 다른 장면. 연꽃 모티프를 살린 결혼 후일담이 담겼다. 대부분의 사람이 「콩쥐팥쥐」에 이러한 결혼 후일담이 있는지조차 모르고 있다.

민간신앙의 중요한 상징일 뿐만 아니라 세계 상징체계에서도 매우 중요하다.[11] 특히 물에 빠진 콩쥐가 연꽃, 구슬, 인간의 형상으로 변하는 과정은 우리 민족의 영기화생(靈氣化生) 사상을 엿볼 수 있는 중요한 대목이다. 이 사상이 담겨 있는 고려시대 불화 수월관음도(水月觀音圖)를 보면 관세음보살이 물에서 생성된 연꽃과 구슬을 밟은 채 바위에 앉아 있고 그 머리 위(보관 부분)로 또 다른 연꽃과 구슬과 여래가 태어난다.[12] 세계 상징체계에서도 연꽃과 구슬은 종교적인 의미를 지니는데, 이집트에서 연꽃은 태양빛과 성스러움을 상징하는 꽃, 탄생 또는 재생을 상

그림 13 수월관음도에서 관세음보살 보관 부분(강우방 제공). 연꽃과 구슬 위로 또 다른 여래가 태어나고 있다.

징하는 꽃이다. 그리고 세계 여러 지역의 옛사람들은 옥이나 진주로 된 구슬이 죽은 사람을 "지고(至高)의 순환적인 우주적 리듬" 속에 위치시켜 다시 살아나게 한다고 생각했다.[13] 또 구(球) 형상을 한 구슬은 분석심리학에서 풀이할 때 우리 내면에 자리 잡은 온전한 자기(自己)를 상징한다. 다시 말해 콩쥐의 죽음과 재생에는 우리 민족의 마음속에 자리 잡은 생사윤회(生死輪廻)의 순환적 우주관과 함께 자기실현의 열망이 담겨 있다고 볼 수 있다. 오늘날 우리 아이들이 보는 그림책『콩쥐팥쥐』가 대부분 서양의 「신데렐라」와 닮은꼴이 되어버려 우리 옛사람들의 우주관과 삶의 지혜를 제대로 보여주지 못하니 안타까울 따름이다.

2장. 『해와 달이 된 오누이』를 통해 본 옛이야기 그림책의 딜레마

* 이 글은 필자가 『창비어린이』 2007년 봄호에 쓴 「옛이야기 그림책의 딜레마 ──「해와 달이 된 오누이」를 중심으로」를 부분적으로 손질한 것이다.

1. 유리산 같은 옛이야기 그림책

입말로 전승되던 옛이야기를 어린이가 보는 그림책에 담는 일은 무척 어려운 일이다. 그림책 작가 이억배는 그림책 세계는 "너무나 매력적이어서 갈수록 빠져들기는 하는데, 한 권의 그림책을 만든다는 것"은 "환장하게 어려운 일"이라고 토로한 적이 있다.[1] 매력과 어려움을 놓고 말하자면 그림책에 버금가는 것이 옛이야기다. 옛이야기의 숲은 무척 풍성하고 매력적이다. 그런데 그 숲은 너무도 울창해서 자칫 잘못하다가는 길을 잃기가 쉽다. 지난 몇 해 동안 줄곧 그 숲에만 매달려 있었는데도 아직도 어귀에서 헤매고 있는 기분이다. 진종일 걷고 또 걸었는데 헛다리를 짚을 때도 많고, 늪에 빠져 허우적거릴 때도 있다. 길거리에 나뒹굴던 돌멩이가 보물인 줄 모르고 스쳐 지나갔다가 뒤늦게 그 사실을 깨닫고 허겁지겁 오던 길을 되돌아갈 때도 있다. 안으로 들어가면 들어갈수록 빠져나올 수 없을 정도로 깊고도 매력적인 것이 옛이야기의 세계다.

그러한 그림책과 그러한 옛이야기가 하나로 어우러져야 비로소 아름다운 빛을 발할 수 있으니, '옛이야기 그림책'을 만드는 일은 '환장하게 매력적이고 환장하게 어려운' 것임이 분명하다. 옛이야기 그림책은 때때로 내게 유럽 옛이야기에 등장하는 유리산처럼 느껴진다. 수많은 예술가가 그 산꼭대기에 오르려고 시도하지만 번번이 미끄러져 스러져간다. 「바리공주」「구렁덩덩 신선비」「해와 달이 된 오누이」「콩쥐팥쥐」 같은 많은 옛이야기가 너무도 쉽게 그림책으로 만들어져 봇물처럼 쏟아져나오고 있다. 하지만 무당이 들려준 「바리공주」나 시골 아줌마가 들려준 옛이야기보다 더 아름답고 재미있고 예술적인 작품을 만나기가 정말 어렵다. 우리 글에 서양 옷을 입힌 작품, '들려주기'와 '보여주기'의 차이를 모르는 작품, 글과 그림이 엇박자로 춤추는 작품, 주어진 옛이야기의 매력과 가치에는 관심조차 없는 작품이 너무도 많다.

유럽 옛이야기에서, 잃어버린 남편을 찾아 유리산에 오른 여성은 무쇠 신을 장만하기 위해 대장간에서 7년이라는 기나긴 세월을 피땀 흘리면서 외롭게 일한다. 그림책 작가들의 무수한 '미끄러짐'을 안타까운 심정으로 지켜보다 보면, 옛이야기 그림책도 무쇠 신을 장만하기 위한 인고의 세월을 요구한다는 생각이 든다. 여태껏 내가 만난 옛이야기 그림책 가운데 가장 아름다운 책은 아카바 수에키치가 그림을 그린 『수호의 하얀말』(1967; 오츠카 유우조 글, 이영준 옮김, 한림출판사 2001)이다. 지천명을 넘긴 나이에 그림책 작가로 데뷔한 아카바 수에키치는 잘 알려지지 않은 몽골의 전설 한 편을 그림책으로 만들기 위해 근 8년이란 기나긴 세월을 바쳤다고 한다. 일본 그림책의 예술성과 세계성은 아카바 수에

그림 1 아카바 수에키치의 예술혼이 담긴 『수호의 하얀말』 한국어판 표지.

키치와 같은 투철한 작가정신을 지닌 예술가들, 그리고 그들의 힘든 작업을 이해하고 힘을 보태주는 독자, 출판사, 연구자 들이 있기 때문일 것이다.

옛이야기와 그림책이 좋아서 이런저런 글을 쓰다 보니 민망스럽게도 그림책을 평하거나 강의를 해달라는 부탁을 받을 때가 많다. 글쓰기와 강의에 욕심은 있어서 미술사와 민화에 관한 책도 읽고, 여행할 때마다 박물관과 미술관에도 가보고, 친분을 쌓은 그림책 작가들의 자문도 구해보면서 어설픈 전문가 행세를 하고는 있다. 하지만 아직 그림책에 대한 내 식견은 그야말로 턱없이 부족해서 답답할 때가 많다. 유명한 외국 작가들에 대해서는 참조할 만한 자료들이 있어서 글을 쓰거나 강의를 하기가 비교적 수월한 편이다. 하지만 우리나라 옛이야기 그림책에 대해 글을 쓸 때는 앞이 보이지 않아 막연할 때가 많다. 우리나라 옛이야기 그림책의 발전을 위해서는 글작가, 그림작가, 연구자, 편집자 들이 허심탄회하게 대화를 나누고 돕고 하면서 활로를 모색해야 되겠다고 생각한다.

이 글에서는 구전설화 「해와 달이 된 오누이」(아래 「해와 달」[2])를 다시써 담은 그림책 네 권을 같이 살펴보면서 옛이야기가 그림책으로 변용될 때 생길 수 있는 문제점을 몇 가지 짚어볼 생각이다. 그 그림책 네 권은 보림의 『해와 달이 된 오누이』(이규희 글, 심미아 그림, 1996), 국민서관의 『해님달님』(송재찬 글, 이종미 그림, 2004), 시공주니어의 『해와 달이 된 오누이』(송수정 그림, 이경혜 글, 2006), 마루벌의 『해님 달님이 된 오누이』(1997; 최양숙 글·그림, 윤정숙 옮김, 2006)[3]다. 이 네 권을 고른 까닭은 판매량도 많고 작가와 출판사 인지도도 높아서 독자들이 쉽게 구해 볼 수 있어서다. 호랑이와 아이들이 대면하는 장면이 이 네 책에서 어떻게 구성되었는지를 중점적으로 살펴보고 비교하면서 몇 가지 문제점을 언급해 보고자 한다.

2. 「해와 달」의 눈: 똥 마렵다던 아이는 어디로 갔을까?

판소리에 그 고갱이를 보여주는 '눈' 대목이 있듯이, 옛이야기에도 그 고갱이를 보여주는 눈이 있다. 주어진 옛이야기의 눈을 잘 잡아내야 좋은 그림책이 된다. 그런데 내가 살펴본 그림책 『해와 달』들은 대부분 입말로 전해지는 「해와 달」의 눈을 제대로 보여주지 못한다. 그림책 『해와 달』들이 보여주는 장면들은 서스펜스가 넘친다. 방아품을 팔아서 얻은 묵(또는 떡)을 머리에 이고 홀로 걷는 어머니가 호랑이를 만나는 대목, 호랑이가 자신의 정체를 의심하는 아이들을 속이는 대목, 아이들이 나무 위로 달아나는 대목, 호랑이가 도끼로 나무를 찍으며 올라가는 대목, 아이들이 동아줄을 내려달라고 하느님에게 기원하는 대목 등 모든 대목에서 어린이 독자는 공포감과 흥미진진함으로 긴장을 늦출 수 없을 것 같다. 그런데 옛사람들이 들려주는 「해와 달」의 눈은 그 어디에도 없다.

호랭이넌 방으로 들어와서 밥얼 줌서 어서 먹고 자그라, 힜다. 아그덜언 밥얼 먹고 자넌디 자다 들응께 어매넌 자지 않고 멋얼 오도독오도독 깨물어 먹고 있었다. "어매 멋 먹어? 나 좀 주어" 헝께 "장재네 집이서 괴기 뺍다구럴 주어서 먹고 있다." "나 하나 주어." 그리서 하나 던져 주었다. 아그덜이 봉께 사람 손구락이거던. 아그덜언 깜짝 놀래각고 저건 어매가 아니고 호랭인가 싶어서 도망칠라고 한 꾀럴 내각고, "어매 어매 나 똥 매러" 힜다. 호랭이넌 방이다 누라고 힜다. "구렁내가 나서 못써." "그럼 마룽이다 누어라." "나가다가 볿으면 어쩔라고." "그럼 토방에다 누어라." "사람덜이 볿응께 안 되어." "그럼 마당에다 누어라." "마당이다 누먼 집 안이 더러워져." "그럼 칙간에 가서 누어라." "응 그려" 허고서 아그덜언 방이서 나와각고 칙간에넌 안 가고 시암 가상에 있넌 노송나무에 올라가 있었다.[4]

임석재의 『한국구전설화』(전 12권, 평민사 1987~93)를 보면 일제강점기에 채록된 「해와 달」의 모든 각편에 오누이가 똥 마렵다고 둘러대는 장면이 나온다. 어머니의 옷을 입은 존재가 호랑이라는 사실을 오누이가 알아차린 것은 호랑이 꼬리를 보고서가 아니다. 오도독오도독거리면서 무엇인가를 먹는 어머니에게 다가갔을 때로, 방 윗목에서 어머니가 먹는 것이 음식(콩, 고기, 짠지 등)이라고 생각한 아이들에게 호랑이가 깨물어 먹던 갓난아기 손가락을 던져주어서다. 이원수와 서정오를 비롯한, 이 이야기를 책에 담은 거의 모든 작가가 어린이를 위해 「해와 달」을 다시 쓸 때 이 장면을 없애버렸다.[5] 그러니 그림책 작가만을 탓할 수도 없다. 임석재와 최인학 같은 민속학자가 다시 쓴 이야기를 제외한다면 2007년 봄까지 출간된 그림책 가운데 오누이가 '똥 마렵다고 둘러대는 대목'을 언급한 책은 시공주니어 본이 유일하다.[6]

어린이책 작가들이 없애버린 이 대목은, 이송희가 「옛이야기 들여다보기—「해와 달이 된 오누이」」라는 글에서 지적한 바 있듯이[7] 아이들이 자신들의 지혜와 용기로 호랑이와 맞서 처음으로 이기는 통쾌한 대목이다. 이 대목이야말로 내 생각에는 「해와 달」의 눈이다. 위기에 처한 오빠의 배짱과 침착성, 우스꽝스럽고 어수룩한 호랑이 모습, 이야기꾼의 익살스러운 사투리, 오누이와 호랑이가 나누는 긴장감 넘치는 대화 등에서 옛사람들의 이야기 철학, 삶의 지혜, 해학을 잘 느낄 수 있다. 이 대목이 생략된 탓에 그림책에서 오누이는 무기력해 보인다. 호랑이의 계략에 속아 문을 열어준 뒤에 하느님의 은총으로 겨우 목숨을 건지는 나약하고 의존적인 존재가 된 것이다.

그렇다면 그림책에서 이 대목이 한결같이 생략된 까닭이 무엇일까? 확실히 알 수는 없으나, 내 생각에는 다음 두 가지 중 하나가 아닐까 싶다. 어린이책 작가들이 입말로 전해지는 이야기를 다양하게 수집해서 읽지 않고 기존 책을 참조해서 이야기를 구성한 것 같다. 일제강점기에 손진태(孫晉泰)와 임석재가 채록한 거의 모든 각편에 오누이가 똥 마렵다고 둘러대는 장면이 비중 있게 실려 있다.[8] 문제는 기록상 최초의 판본이라고 볼 수 있는 정인섭(鄭寅燮)의 「해와 달」[9]에 이 대목이 없다는 것이다. 하지만 이야기가 채록된 1911년에 정인섭이 겨우 일곱 살이었던 점을 고려할 때, 그의 판본은 민중이 들려준 이야기를 직접 받아쓴 것이 아니라 어른이 되어 떠올려 쓴 것으로 보아야 한다.

옛이야기를 다시쓰기할 때 가장 큰 어려움은 표준 텍스트를 무엇으로 삼을 것인가이다. 옛이야기를 그림책으로 만들 때는 적어도 다른 작가들이 다시쓰기한 판본이 아니라 민간에서 입말로 전승되어온 각편을 다양하게 수집해서 읽을 필요가 있다. 그래야 서사적 짜임새가 탄탄하고 민속학적 가치와 예술적 완성도가 돋보이는 각편들을 찾을 수 있다. 이렇게 고른 각편들이 공통으로 보여주는 보편적인 화소가 있다면 그

그림 2 민화 '까치와 호랑이'(작자 미상, 90×51cm, 삼성미술관 리움). 옛사람들의 해학과 참신함이 느껴진다.

의미 또는 존재 이유에 대해 곰곰이 생각해볼 필요가 있다. 그러한 보편적인 화소의 심층에는 대부분 인간과 세상을 바라보는 옛사람들의 놀라운 지혜가 담겨 있기 때문이다. 그림책 작가들이 구전민담의 각편을 다양하게 수집해서 읽었다면 호랑이와 오누이가 벌이는 '진짜 기 싸움'을 스쳐 지나가지는 않았을 것이다.

그림책을 만드는 사람들이 이 대목을 생략한 또 다른 까닭은 교육적 가치와 예술적 가치를 고려한 것일 수도 있다. 어머니의 옷을 입은 호랑이가 갓난아기를 먹는 것, 오누이에게 똥을 그냥 방에다 누라고 하는 것 등이 교육적으로 바람직하지 않다고 생각했을 수도 있고, 엇비슷한 대화가 여러 차례 반복되는 것이 문학성을 떨어뜨린다고 판단했을 수도 있다. 하지만 이 대목이 지닌 교육적·예술적 가치를 다른 시각에서 가늠해볼 필요가 있다. 프랑스, 이탈리아, 중국, 일본에서 채록된 구전설화에서도 비슷한 상황에 처한 아이들이 똥 마렵다고 둘러대고 악의 손아귀에서 벗어난다. 유독 민중이 입말로 전한 이야기들에서 그러한 설정이 주로 발견되는 것은 그 속에 '호랑이 굴에 들어가서도 정신만 똑바로 차리면 살 수 있다'는 옛사람들의 삶의 지혜, 극한 상황에서 의지할 수 있는 존재가 자기 자신밖에 없었던 민중의 '생존의 법칙'이 담겨 있기 때문일 것이다. 또 예술적 가치를 따지더라도 이 대목은 공포와 웃음이 교차하는, 긴장미와 골계미가 절묘하게 배합된 대목이어서 높이 평가할 만하다.

3. 그림책 글 속의 호랑이와 오누이

네 그림책에서 아이들이 호랑이와 대면하는 장면을 살펴보면 우리 옛이야기 그림책이 안고 있는 여러 문제점이 눈에 띈다. 네 그림책에서 보이는 호랑이와 오누이의 '기 싸움'은 집 안으로 침입하려는 호랑이와 그의 정체를 의심한 오누이가 벌이는 '패배한 기 싸움'이다. 보림 본의 그림만 다소 다를 뿐, 다른 세 책의 그림은 모두 호랑이의 손을 강조해서 보여준다. 또 호랑이와 아이들이 나누는 대화 내용도 엇비슷하다.

하지만 아이들이 호랑이 말에 깜박 속아 문을 열어준 다음에 벌어지는 상황은 서로 같지 않다. 시공주니어 본의 글을 쓴 이경혜는 구전설화 본에 담긴 '아기 손가락' 모티프를 생략했지만 아이가 똥 마렵다고 둘러대는 대목을 거의 그대로 살렸다. 그런데 다른 세 책은 이 대목을 달리 보여준다. 우선 글을 따로 떼어 견주어보자.

시공주니어 본 (이경혜 글)

호랑이는 잽싸게 안으로 들어왔어.

"우리 엄마 얼굴이 아닌데? 울 엄마 얼굴은 달덩이같이 환한걸."

그림3 시공주니어 본 표지.

"아이고, 하도 힘이 들어서 그래. 배고프지? 얼른 밥해 줄게."

그러면서 호랑이가 부엌으로 들어가는데,

치마 뒤로 기다란 꼬리가 보이지 않겠어?

이를 어째? 엄마가 아니라 호랑이가 집에 온 거야!

오빠는 도망치려고 꾀를 냈어.

"엄마, 엄마, 똥 마려워."

"그냥 방에다 눠."

"방에다 누면 똥 냄새 나잖아."

"그럼 마루에다 눠."

보림 본 (이규희 글)

호랑이는 냉큼 방 안으로 들어갔어.

그림 4 보림 본 표지.

"애들아, 배고프지? 엄마가 얼른 저녁밥 해 줄게."

호랑이는 수건을 푹 눌러쓰고 부엌으로 들어갔단다.

그런데 치맛자락 사이로 꼬리가 삐죽 나온 거야.

"아니, 저건 호랑이 꼬리잖아! 우리 엄마가 아냐.

도망가자!"

국민서관 본 (송재찬 글)

"배고프지? 엄마가 빨리 밥 해 줄게."

호랑이가 부엌으로 가며 말했어요.

'아무래도 이상해. 엄마 몸은 저렇게 크지 않아.'

오빠가 문틈으로 가만히 내다보았어요.

'앗 호랑이다. 치마 밑으로 꼬리가 보여.'

그림 5 국민서관 본 표지.

오빠는 누이의 손을 잡고 호랑이 몰래 밖으로 나갔어요.

마루벌 본 (최양숙 글)

하얀 손이었어요. 만져 보니 부드러웠습니다.

"엄마!"

오누이가 문을 열면서 반갑게 소리쳤어요.

하지만 어머니가 아니었어요.

"어흥!"

오누이는 있는 힘을 다해 도망쳤어요.

호랑이가 뒤를 쫓아왔습니다.

오누이는 달리고 달리고 또 달렸습니다.

그림6 마루벌 본 표지.

호랑이는 그만 오누이를 놓치고 말았어요.

보림의 이규희 본에서 오누이는 삐져나온 꼬리를 보고 호랑이의 정체를 우연히 알게 되고, 국민서관의 송채찬 본에서는 엄마의 몸피가 지나치게 큰 것을 수상히 여긴 오빠가 문틈으로 몰래 관찰한 덕분에 호랑이의 정체를 알게 된다. 또 마루벌의 최양숙 본에서 오누이는 문을 열자마자 호랑이의 정체를 알게 되고 호랑이도 "어홍!" 하고 곧바로 덤벼든다. 호랑이의 정체를 알게 된 뒤에 오누이가 취하는 행동도 각각 다르다. 이규희 본에서 오누이는 "도망가자!"고 외치면서 곧장 달아나고, 송재찬 본에서는 호랑이의 정체를 안 오빠가 누이의 손을 잡고 몰래 밖으로 나간다. 최양숙 본에서 오누이는 호랑이의 달리기 실력을 능가할 정도로 빨리 달려 호랑이로부터 벗어난다. 앞서 살펴본 구전설화 본(전북 설화 본)에 등장하는 오누이처럼 호랑이의 정체를 알면서 침착하게 행동하는 아이는 시공주니어의 이경혜 본과 송재찬 본의 아이들뿐이다.

이들 그림책에 쓰인 이야기를 앞서 살펴본 구전설화 본과 조금 더 자세히 견주어보면 여러 차이가 눈에 띈다. 이들 책에서 '방(윗목)에서 사람(갓난아기)을 게걸스럽게 먹는 호랑이 엄마'는 등장하지 않는다. 대신 최양숙 본을 제외한 세 책에서 '아이들을 위해 부엌에 밥 지으러 들어가는 호랑이 엄마'가 등장한다. 또 이경혜 본을 제외한 세 책에서 오누이가 똥 마렵다고 둘러대는 장면이 생략되어 있다.

이렇듯 그림책 본 화소들은 설화 본처럼 딱딱 맞물리지 않고 엉성하기 짝이 없다. 엄마와 갓난아기를 잔인하게 먹던 식인 호랑이가 배고픈 아이들을 위해 갑자기 밥을 지으러 부엌에 들어가는 호랑이가 되고, 절체절명의 위기에 처해 침착하고 옹골지게 행동하던 오누이가 소리를 지르면서 달아나는 경솔한 아이들이 되며, 아이들은 호랑이보다 더 빠른 속도로 달리는 초능력의 소유자가 된다. 과연 이런 식의 다시쓰기가 옛 민중이 들려준 이야기들보다 어린이의 정서와 사고에 더 이롭다고 볼 수 있을까? 아이들의 생존을 위협하는 식인 호랑이 같은 존재는 아직도 우리 주변에 있다. 아이들이 그러한 존재와 맞닥뜨리는 끔찍스러운 상황에 처하게 되었을 때, 어린이를 위해 다시쓰기한 『해와 달』이 아이들에게 줄 수 있는 조언은 무엇일까?

4. 글과 그림의 소통과 단절

좋은 그림책은 글과 그림, 문학과 미술이 하나로 어우러져 있기 때문에 상생과 조화의 묘미를 느낄 수 있다. 그림이 아무리 뛰어날지라도 글을 제대로 살리지 못한다면, 또 글이 아무리 뛰어날지라도 그림을 제대로 살리지 못한다면 내 생각에 그 그림책은 그리 좋은 그림책이 아니다. 글과 그림이 서로 지배하지 않으면서 대화를 나눌 때 그 그림책은 아름답게 느껴진다. 내가 살펴본 네 그림책 가운데 글과 그림이 조화를 잘 이룬 책, 글과 그림이 유기적으로 통합되어 있는 책은 내 생각에 국민서관에서 나온 『해님달님』뿐이다. 국민서관 본을 보다 보면 그린이와 글쓴이가 대화를 주거니 받거니 하면서 상대방을 배려했다는 느낌이 든다. 글이 말한 것을 그림이 굳이 되풀이하지 않고, 그림이 말한 것을 글이 굳이 되풀이하지 않는다. 생략과 압축의 묘미를 잘 살려서 그림이나 글에 놀라울 정도로 군더더기가 없다.

　네 그림책에서 앞서 살펴본 대목의 그림들을 보면 글과 그림의 소통과 단절을 잘 느낄 수 있다. 국민서관 본을 보면, 그림작가 이종미는 배경을 완전히 생략한 채 호랑이의 뒷모습만 간단하게 보여주어서 스토리를 짐작할 수 없다. 송재찬의 글을 읽어야 비로소 독자는 사건의 전모를 파악할 수 있다. 송재찬은 오빠가 문틈으로 몰래 호랑이의 움직임을 내다보다가 호랑이의 정체를 알게 되고, 몰래 밖으로 나간다고 이야기한다. 글작가가 오누이의 대화에 주로 초점을 맞추었고, 그림작가는 그 아이들 눈에 비친 호랑이의 뒷모습을 그렸다. 수건을 벗어 든 채 뒷짐을 지고 있는 호랑이의 한가로운 뒷모습을 보여주는 그림과 호랑이의 정

그림 7 국민서관 본에서 아이들이 호랑이 정체를 알아채는 장면.

체를 알아챈 오빠가 호랑이가 방심한 틈을 타서 침착하게 누이의 손을 잡고 몰래 밖으로 나가는 설정이 서로 잘 맞물린다.

이 밖에도 운율이 살아있는 송재찬의 간결한 글과 디테일을 생략하고 민화 기법을 응용한 이종미의 호랑이 그림은 하나로 잘 어울린다. 우리나라 그림책에서 쉽게 발견하기 힘든 글과 그림의 조화를 느낄 수 있다. 민화 속 호랑이가 보여주는 익살스러움과 구전설화가 들려주는 '고요 속 움직임'(靜中動)을 살리고 독자를 위해 상상의 여백을 남겨둔 두 작가의 섬세함이 돋보인다.

보림 본의 경우 글과 그림의 조화가 국민서관 본처럼 매끄럽지가 않다. 글과 그림을 같이 놓고 아이들이 달아나는 대목을 꼼꼼히 살펴보면 이 사실을 잘 알 수 있다. 호랑이가 오누이를 흘깃 보는 모습과 치마 밑으로 삐져나온 호랑이 꼬리를 보고 놀라는 오누이 모습이 동시에 그려

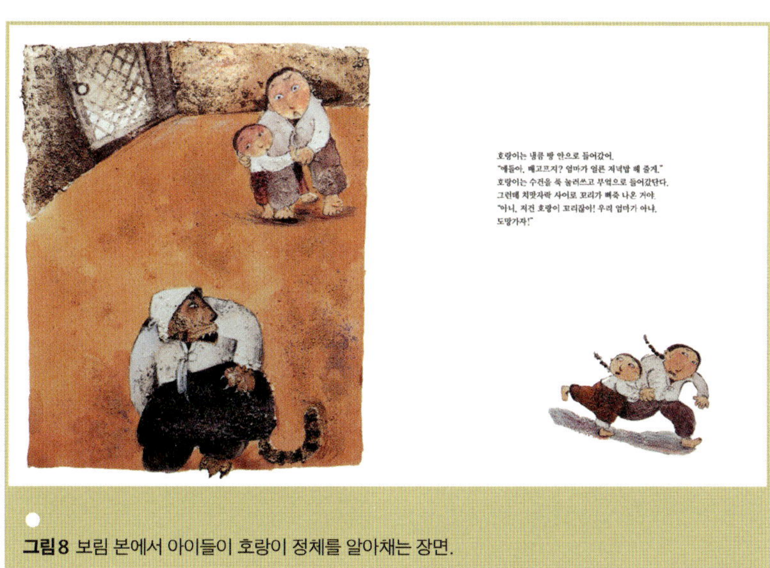

그림8 보림 본에서 아이들이 호랑이 정체를 알아채는 장면.

진 왼쪽 그림과 "호랑이는 수건을 푹 눌러쓰고 부엌으로 들어갔단다. 그런데 치맛자락 사이로 꼬리가 삐죽 나온 거야"라는 글 사이에 충돌이 일어난다. 글을 읽어보면 호랑이가 방심하여 부엌으로 들어가는 사이에 아이들이 호랑이의 정체를 알아채는 것으로 되어 있는데, 그림을 보면 호랑이가 부엌으로 가면서 아이들의 움직임을 감시하는 것처럼 보이고, 그때 아이들은 벌써 호랑이 꼬리를 보고는 놀라는 것으로 나온다. 더구나 그런 상황에서 "아니, 저건 호랑이 꼬리잖아! 우리 엄마가 아냐. 도망가자!"라고 말하면서 아이들이 달아나는 것을 그림에서까지 동시에 보여주는 것은 부자연스럽게 느껴진다. 글작가와 그림작가가 대화를 충분히 나누지 않았다는 느낌이 든다.

보림 본에서 아쉬운 점을 하나 더 밝히자면 마지막을 "오빠는 환한 해가 되고 누이동생은 은은한 달이 되었다는구나"로 처리한 것이다. 수많은 각편들 가운데 그런 각편이 없는 것은 아니지만, 여러 각편을 종합해서 보편적인 화소를 추출해보면 오빠가 달이 되고 누이가 해가 되는 것으로 마무리 지어야 옳다. 이 화소가 지닌 신화적 가치가 얼핏 생각하는 것보다 대단히 크기 때문에 되도록 보편적인 화소를 살려서 아이들에게 소개하는 것이 바람직하다.

시공주니어 본은 글과 그림의 부조화, '옛이야기 보여주기'와 '옛이야기 들려주기'의 차이가 낳은 문제점을 여실히 보여준다. 이경혜는 기존의 그림책에서는 좀처럼 발견하기 힘든 구전설화의 화소들을 과감하게 살렸다. 앞에서 언급한 대목 외에도 구전설화가 보여주는 충격적인 대목은 어머니의 잔인한 죽음이다. 어머니는 호랑이에게 맨 처음에는 떡을 주고, 그다음에는 치마와 저고리와 속옷을 벗어주고, 마지막으로 팔과 다리와 몸을 준다. 대부분의 그림책에서 삭제된 이 세 화소가 지닌 민속학적 가치는 매우 크다. 음식과 옷과 몸을 하나씩 호랑이에게 떼어 주는 어머니의 잔혹한 죽음은 서양 설화에서는 좀처럼 발견되지 않는 화소다. 중국과 일본의 유사 설화에서도 어머니의 죽음이 우리 설화에 서처럼 그렇게 길고 자세하게 서술되지 않는다. 어머니의 몸이 조금씩 해체되는 과정은 매우 제의(祭儀)적이다. 오누이가 빛을 발하는 해와 달로 탄생하기 위해서 어머니가 자신의 목숨을 어둠의 제물로 바친 것으로 풀이할 수 있다. 다른 나라의 경우 이 유형의 설화들은 거의 모두 민담에 속한다. 일본 설화에 아이들이 달이나 별이 되었다는 이야기가 있기는 해도 우리 것처럼 오누이가 해와 달이 되었다고 일관성있게 마무리 짓는 이야기는 없다. 「해와 달」은 단순한 민담이 아니라 민중의 우주관이 담긴 신화다. 그렇기에 어머니의 몸이 잘려나가는 과정을 어린 영유아에게 들려주지는 못하더라도 유년기 이상 아이들에게는 들려줄 필요가 있다.

이경혜는 어머니의 몸이 잘려나가는 과정은 생략했지만 어머니가 저고리와 치마를 벗어주는 장면은 살렸다. 아기 손가락 모티프는 삭제했지만 똥 마렵다고 둘러대는 대목은 살렸다. 구전설화의 화소들을 되도록 살리고자 한 노력을 느낄 수 있다. 이렇듯 이경혜의 글만 놓고 볼 때는 구전설화의 화소들을 살렸기 때문에 시공주니어 본을 긍정적으로 평가할 수 있다. 하지만 그림과 글을 함께 놓고 볼 때는 좋게 평가하기가 어렵다. 과연 이경혜와 그림작가 송수정은 구전설화의 맛을 살리기 위해 얼마나 협력한 것일까.

어린이 독자가 홀로 볼 수도 있는 그림책에서 구전설화의 잔혹한 화

그림 9 시공주니어 본에서 아이들이 꼬리를 보고 호랑이 정체를 알아채는 장면. 커다란 몸집의 호랑이가 부엌으로 가고 있다.

소들을 온전하게 살리려면 조심성이 많이 필요하다. 우선 그림이 이야기판의 분위기를 느낄 수 있게 도와줘야 한다. 아무리 무서운 이야기라도 이야기꾼의 몸짓과 표정을 보면서 여럿이 함께 들으면 충격을 덜 받는 법이다. 어둡고 음산한 색조로 호랑이의 어마어마하게 거대한 몸과 꼬리, 오누이의 겁먹은 표정을 보여주는 그림에서는 이야기판의 분위기를 전혀 느낄 수가 없다. 오누이가 똥 마렵다고 둘러대는 대목에서 어린이 독자들이 그러한 그림을 보면서 해학과 익살을 느낄 수 있을까? 송수정이 그렸어야 할 그림은 달아나는 오누이의 겁먹은 표정이 아니라 어수룩한 호랑이와 기 싸움을 벌이는 오누이의 침착하고 당찬 표정이다. 그림으로 표현해야 할 분위기는 오누이의 마음속에 자리한 거대한 공포가 아니라 오누이와 호랑이가 벌이는 기 싸움을 어른들의 구수하고 익살스러운 입말로 들으면서 아이들이 느꼈을 이야기판의 분위기다.

이 밖에 송수정은 다른 장면을 처리할 때도 글의 내용을 그림으로 그대로 반복해서 보여주곤 한다. 어머니가 호랑이에게 저고리를 벗어주

그림 10 시공주니어 본에서 오빠가 똥 마렵다고 둘러대는 대목. 오누이가 겁먹은 얼굴로 도망치고 있다.

는 장면이나 호랑이가 치마를 물고 가는 장면은 이경혜의 글로만 처리해도 충분히 끔찍한 것이어서 굳이 그림으로 아이들에게 반복해 보여줄 필요가 없다. 이 그림책을 만든 글작가, 그림작가, 편집자가 서로 소통하지 않았거나, '호랑이는 절대 악'이라는 식으로 이야기를 지나치게 단선적으로 해석한 것이다.

마루벌 본은 최양숙이 자기 글에 그림을 그렸다. 송수정과 마찬가지로 최양숙은 호랑이와 아이가 대면하는 장면을 극도의 공포가 조성되도록 그렸다. 굳이 그림을 통해 아이들 마음속에 공포를 조성하려 애쓰지 않아도 「해와 달」은 이미 충분히 무서운 이야기다. 어머니의 죽음, 홀로 집을 지키는 아이들, 어머니 형상을 한 호랑이, 집 안으로 들어온 무서운 살인자라는 소재만으로도 감수성이 예민한 아이들은 큰 충격을 느낄 수 있다. 작가가 이야기 속 아이들이 느끼는 공포를 클로즈업해서 보여주거나 달아나는 아이들을 쫓는 거대한 호랑이 모습을 강조해서 보여줄 필요가 있을까.

그림 11 마루벌 본에서 아이들이 호랑이 정체를 알아채고 놀라는 장면.

최양숙 본이 지닌 또 다른 문제는 작가가 서구의 렌즈를 통해 우리 옛이야기를 들여다본다는 데 있다. 빛과 그림자의 대조, 원근법과 입체감을 강조하는 미술 기법, 우리나라 민화 속 '까치 호랑이'와는 너무도 다른 낯선 호랑이 그림만이 서구적인 것은 아니다. 최양숙의 글 곳곳에서 서구 설화의 영향을 읽을 수 있다. 아이들이 호랑이의 손을 의심하자 호랑이가 "어떻게 할까 궁리하다가 집으로 가 앞발의 털을 깎고는 하얀 쌀가루를" 바른다는 설정, 아이들이 문을 열어주자마자 호랑이가 "어흥!" 하고 덤벼들고 오누이는 있는 힘을 다해 달아난다는 설정, 위기에 빠진 아이들에게 구원의 줄을 내려주는 존재가 어머니라는 설정은 그림 형제의 「늑대와 일곱 마리 아기 염소」를 연상시킨다. 최양숙은 「해와 달」이 우리 옛사람들의 우주관이 담긴 민간신화라는 사실, 어머니의 품을

그림 12 마루벌 본에서 아이들이 호랑이를 따돌리고 도망치는 장면.

벗어난 오누이가 홀로서기를 하는 이야기라는 사실, 오누이가 그림 형제의 아기 염소들과는 달리 지혜와 용기로 침착하게 '악'과 맞섰다는 사실, 아이들의 도주가 역동적인 달리기가 아니라 '고요 속 움직임'이었다는 사실을 알지 못한 것 같다.

네 그림책 가운데서 최양숙의 글이 가장 많은 문제를 지닌 것은 작가가 「해와 달」에 대해 충분히 공부하지 않고 체험과 상상력에 의존해 글을 썼기 때문이 아닐까 싶다. 최양숙이 이야기를 잘못 해석했다는 사실은 책의 말미에 쓴 작자 후기를 읽으면 더욱 확실해진다. 그는 "기품 있고 용맹스러운 모습으로 오랜 세월 우리나라 사람들에게 사랑받아 온 호랑이를 기리고 싶어 이 책을 쓰게 되었습니다"라는 어처구니없는 창작 동기를 밝힌다. 작가가 우리 민족에게 사랑받아 온 기품 있고 용맹스

러운 호랑이를 그리고 싶었으면 「해와 달」이 아니라 다른 옛이야기를
선택했어야 한다. 적어도 우리 옛 그림 속 호랑이 모습이라도 세계인에
게 제대로 소개해주었더라면 좋았을 텐데 하는 아쉬움이 든다.

5. '들려준' 이야기를 '보여주는' 어려움

「해와 달」은 단순한 민담이 아니라 '음양(陰陽)의 조화'와 '천지인(天地
人)의 조화'를 추구하는 우리 옛사람들의 무교적 세계관을 읽을 수 있는
민간신화다. 힘들고 암울한 삶을 버티어나간 우리 옛사람들의 아픔과
지혜가 담겨 있는 이야기다. 나아가 세계적인 보편성을 갖추고 있어서
다른 나라 사람들에게도 친근하게 다가갈 수 있는 이야기다. 같은 유형
에 속하는 다른 나라 이야기들을 두루 읽어보아도 「해와 달」에 버금가
는 이야기를 발견할 수 없다. 「해와 달」에는 옛사람들의 풍부한 상상력
과 예술성과 이야기 철학이 담겨 있고, 숭고미와 골계미가 잘 배합되어
있다.

　하지만 「해와 달」은 어른이 아이에게 직접 들려주지 않고 그림책으로
보여줄 경우 조심성이 많이 필요한 이야기다. 몇 해 전 대학생들의 유년
기 독서 체험을 조사한 적이 있는데, 의외로 여러 학생들이 「해와 달」을
유년기에 접했을 때 커다란 공포를 느꼈다고 했다. 그러한 학생들은 대
부분 '어른들로부터 이야기를 듣던 아이들'이 아니라 '전집 속에 꽂혀 있
는 그림책을 혼자 보던 아이들'이었다. 똑같은 내용의 이야기라도 전승
상황, 청중, 전달 매체가 달라지면 그 맛과 멋이 크게 달라진다. 이야기
판에서 청중은 이야기꾼의 목소리와 몸짓을 듣고 보면서 다른 청중과
함께 이야기를 즐기고 이야기꾼은 청중의 반응을 피부로 느낀다. 하지

만 그림책을 보는 어린이는 어른이 그림책을 읽어주지 않는 이상 혼자서 이야기 속 세계로 빠져들기 때문에 비슷한 이야기라도 전혀 다른 상황에서 이야기를 만난다.

그런데 옛사람들이 '들려준' 이야기를 그 멋과 맛을 살려서 '보여주는' 것은 유리산을 오르는 것만큼이나 힘든 일이다. 민속적·신화적 가치를 무시하고 잔혹한 화소들을 무조건 잘라낸다고 해서 아이들에게 유익한 그림책이 되는 것은 아니다. 또 구전설화에서 화소들을 그대로 따온다고 해서 옛사람들의 이야기 정신을 그대로 살릴 수 있는 것도 아니다. 이야기판에서 작중인물들의 몸짓과 말투를 흉내 내는 이야기꾼으로부터 청중이 이야기를 들을 때 느꼈을 그 훈훈한 분위기와 사람들 사이에 오고갔을 내밀한 교감을 살려야 한다.

옛이야기 그림책을 만드는 일이 어려운 또 다른 까닭은 그 작업이 공동체 의식 없이는 성공하기 어렵다는 데 있다. 그림책을 만드는 사람들이 자신들이 선택한 옛이야기의 매력과 가치와 본성에 대해 함께 공부하고 함께 토론하고 함께 고민해야 좋은 그림책을 만들 수 있다. 들은 이야기를 글과 그림으로 재구성하는 작업은 글작가, 그림작가, 편집자, 이 세 사람의 교감, 양보, 협력이 있어도 결코 쉬운 일이 아니다. 그런데 그림책 작가들의 말을 들어보면 우리 출판계에서 그러한 공동작업이 무척 힘들다고 하니 안타까울 따름이다.

마지막으로 옛이야기 그림책을 사랑하는 한 사람으로서 작은 바람을 한 가지 적고 싶다. 우리 아이들은 오늘날 사물을 서구의 렌즈를 통해 바라보는 데 길들어 있다. 옛이야기 그림책을 만드는 그림작가들이 우리 아이들에게 시점과 원근법과 비례에 얽매이지 않고, 과거와 현재와

그림13 민화 호랑이. 작자 미상,
60×38cm, 일본 개인.[10]

미래를 동시적으로 표현하면서, 기법의 서투름에 주눅 들지 않고, 그림 그리기 자체를 즐겼던 옛 민중의 자유분방한 예술정신을 전해주면 좋 겠다. 많은 그림작가들이 무당들의 이야기인 「바리공주」를 그리면서 무 신도(巫神圖)에 그려진 바리공주를 보지 않고, 우리 옛이야기에 등장하 는 호랑이를 그리면서 우리 옛 그림 속 호랑이를 보지 않고, 또 우리 일 월(日月)신화를 이야기하면서 우리 옛 그림 속 해와 달을 보지 않는 것은 너무도 서글픈 일이다.

3장. 그림책에서 사라진 무조신 바리공주와 그 어머니의 얼굴

1. 어린이책 출판 현장 속 「바리공주」

「바리공주」는 중학교 국어 교과서에 실린 데다 황석영 소설 『바리데기』(창비 2007)가 널리 읽혀서 독자들에게 친숙한 이야기다. 이 서사무가가 어린이책 출판 현장의 관심거리가 된 것은 비교적 최근 일이다. '바리공주' 또는 '바리데기'란 제목으로 출간된 40여 종의 어린이책 가운데 상당수가 2000년 이후에 만들어졌다. 이 가운데 그림책은 주로 전집류로 나왔고 서점에서 낱권으로 구입할 수 있는 그림책은 많지 않다. 고려원북스, 마루벌, 비룡소, 시공주니어, 씽크하우스, 한림출판사 등에서 낱권으로 그림책을 내놓은 정도다. 이 책들과 교원, 웅진닷컴, 한솔교육 등의 출판사가 전집류로 출간한 그림책들, 그리고 백승남, 서정오, 신동흔, 최창숙이 쓴 이야기책[1]을 읽어보았는데, 무당들의 무가가 지닌 매력과 가치를 온전하게 살린 책은 아주 드물었다.

서사무가 「바리공주」는 2004년까지 채록된 각편이 88종이나 되고 전승 지역에 따라 무가권이 넷으로 나뉠 정도로 그 형태와 내용이 각편마다 서로 많이 다르다.[2] 이 가운데 서울·경기도·인천·충청도(중서부)에서 신내림을 받은 강신무들이 주로 전승해온 「바리공주」, 전라도에서 전해지는 「오구풀이」(또는 「오구굿」), 동해안과 경상도 세습무들이 전승해온 「바리데기」는 서사 내용, 구송 방식과 분위기, 등장인물의 성격 등이 매우 다르다. 따라서 이러한 무가들을 어린이책으로 만들 때는 서로 다른 무가권에 속하는 각편들에서 화소를 끌어와 잡다하게 결합하는 것보다는 특정 무가권의 이야기들을 집중적으로 읽고 완성도가 뛰어난 각편을 잘 골라 장점은 살리고 단점은 보완하는 방식으로 이야기를 손질해야 한다. 서사무가 「바리공주」나 「바리데기」는 민담이나 전설과는 달리 서사가 매우 길고 현재도 굿 현장에서 구송될 정도로 제의성이 크기 때문에 무가권이 다른 이야기들을 서사적인 재미만을 고려해 마구 혼합하는 것은 바람직하지 않다. 그런데 내가 읽어본 어린이책 가운데 상당수는 무가권이 다른 무가들을 혼합해서 「바리공주」 또는 「바리데기」 고유의 매력과 가치를 제대로 보여주지 못했다.

　내가 살펴본 책 가운데 유아나 초등 저학년 어린이를 위해 추천할 만한 그림책은 시공주니어에서 나온 『버리데기』(이광익 그림, 박윤규 글, 2006)와 한림출판사에서 나온 『바리데기』(송언 글, 변해정 그림, 2008)뿐이다. 이 두 책은 모두 동해안 세습무들의 「바리데기」에 바탕을 둔 작품이다. 이 「바리데기」는 구약(救藥) 여행에 등장하는 조력자와 수행 과제가 다양하고, 판소리에서 느낄 수 있는 해학과 놀이 정신이 담겨 있으며, 삶을 바라보는 시각이 입체적이어서 유아나 저학년 어린이용 책으로 만들기에 적합하다. 시공주니어 본은 어린이 독자가 읽기 쉽게 글과 그

그림 1 시공주니어 본 표지.

림이 조화를 이루고 있고 동해안 지역의 「바리데기」에서 느낄 수 있는 해학이 살아있다. 「바리데기」를 죽은 자를 천도(薦度)하는 서사무가가 아니라 효에 관한 한 편의 아기자기한 민담으로 구성한 것이어서 무가 본래의 제의성을 느낄 수는 없지만, 글·그림 작가들의 온기와 유머와 정성, 그리고 어린이 독자를 생각하는 마음이 담긴 좋은 작품이다. 한림 출판사의 『바리데기』는 동해안 세습무 김석출이 구송한 「베리데기 굿」[3]을 원전으로 삼아 유아나 저학년 어린이가 읽기 쉽도록 이야기를 재구

그림 2 한림출판사 본 표지.

성한 그림책이다. 김석출 본은 분량이 꽤 많아서 그림책으로 만들기 힘든 무가인데 송언은 원전에서 중요한 화소들을 잘 추려 이야기를 맛깔스럽게 구성했다. 동수자와 바리데기의 결혼 과정이 짧게 처리되어 해학이 약화된 것이 조금 아쉽기는 하지만, 전반적으로 이야기 흐름과 인물 구성이 자연스럽고 그림에 정성이 담겨 있어서 유아나 저학년 어린이용 책으로 추천할 만하다.

중서부 지역에서 강신무들이 전승해온 「바리공주」는 어린이책으로 많이 만들어졌지만 추천할 만한 책을 좀처럼 찾기 힘들다. 「바리공주」에 바탕을 둔 어린이책 가운데 유일하게 추천할 만한 작품은 한겨레아이들이 출간한, 초등 중·고학년을 겨냥한 이야기책 『영혼의 수호신 바리공주』(백승남 글, 류준화 그림, 2009)뿐이다. 서울·경기도 지역의 「바리공주」를 충실하게 이야기로 구성한 이 책은 원전이 담고 있는 정서와 비장미를 잘 살렸다. 「바리공주」는 강신무들이 문서를 전수받아 구송하는 경우가 많아서 각편들 간의 화소 차이가 크지 않은 데다 제의성과 숭고

그림 3 한겨레아이들 본 표지.

미와 완성도가 아주 뛰어나다. 따라서 그림책으로 만들 때 화소들을 함부로 첨삭하면 무가 본래의 매력과 가치를 제대로 전달할 수 없다. 하지만 이것을 다시 쓴 작가 대부분이 무가의 매력과 가치를 깊이 있게 탐구하지 않은 채 다른 무가권 이야기에서 여러 화소를 끌어와 사건을 다채롭게 재구성하는 데에만 관심을 기울였다. 또 한국 사회의 밑바닥에 머물렀던 강신무들의 이야기여서 예술성, 교육성, 개연성 등이 부족할 거라고 지레짐작한 듯 멀쩡한 화소들을 불필요하게 손질했다.

서사무가 「바리공주」를 그림책으로 만들 때 생기는 여러 문제점을 가장 잘 보여주는 책은 시인이면서 국문학자인 김승희가 글을 쓰고 최정인이 그림을 그린 비룡소 본 『바리공주』(2006)다. 이 책은 지금까지 '바리공주' 또는 '바리데기'라는 제목을 달고 출간된 어린이책 가운데 가장 많이 판매되고 있지만, 서사무가 「바리공주」의 매력과 가치를 제대로 전달하지 못했다. 이 글에서는 비룡소 본 『바리공주』를 오산 무당 배경재가 구송한 「바리공주」[4]와 비교하면서, 무가가 그림책으로 변용되면서 등장인물들의 이미지와 세계관이 어떻게 달라졌는지를 살펴보고자 한다. 배경재 본은 1937년에 출간된 『조선무속의 연구(朝鮮巫俗の研究)』[5]라는 책의 첫머리에 실렸을 정도로 채록 시기가 오래되었다. 또 한국 무교를 연구한 대표적인 학자 서대석이 "바리공주 계통의 무가자료 가운데에서는 서사적 진행이 매끄럽고 내용도 풍부하며 주인공의 영웅적 면모가 강하게 부각"[6]된다고 평하면서 「바리공주」의 대표적인 각편으로 꼽은 것이다. 「바리공주」를 '자기실현' 과정을 담은 '위대한 민족의 서사시'라고 말한 분석심리학자 이부영도 배경재 본을 주된 연구 대상으로 삼았을 정도로 높이 평가했다.[7] 이 글에서는 비룡소 본과 배경재 본을

인물 중심으로 비교하면서 무가의 전래동화화 또는 시각화에서 나타나는 문제점을 짚어보기로 한다.

2. 여성적인 바리공주와 양성적인 바리공주

비룡소 본에 그려진 바리공주의 외모를 보면 얼굴은 눈물범벅이고 몸매는 보기에 안쓰러울 정도로 가냘프다. 눈물을 주룩주룩 흘리는 얼굴이 여러 번 강조돼 나오고, 산신령이나 무장승과는 비교하기 힘들 정도로 왜소하게 나온다. 서천서역국을 홀로 여행할 때 바리공주가 들고 다니는 지팡이가 바리공주의 키보다 두 배 정도 크게 그려져 있어서 비룡소 본 바리공주는 혼자 있을 때도 작고 불쌍하게 보인다. 하지만 배경재 본에 등장하는 바리공주 이미지는 그림책 속 바리공주와 많이 다르다.

배경재의 서사무가에 등장하는 바리공주는 서양 옛이야기에 등장하

그림 4 비룡소 본 표지.

는 찔레꽃공주나 백설공주처럼 수동적인 여성이 아니다. 비리공덕 부부와 살던 바리공주는 배우지도 않은 글을 여덟아홉 살이 되었을 때 스스로 터득해서 상통천문(上通天文)하고 하달지리(下達地理)하며 『육도삼략(六韜三略)』에 능통했다. 곧 어린 바리공주는 스스로 하늘과 땅의 이치를 깨닫고 고대 병법을 통달한 총명한 신동이었고, 자신의 정체성에 깊은 물음을 지녔던 자의식이 강한 아이였다. 병든 대왕의 명을 받은 신하가 궁궐로 데려가려 할 때 바리공주는 친자(親子)를 확인하는 합혈(合血)을 요구하고 공주나 옹주가 타던 가마를 거절한 채 혼자 말을 타고 갈 정도로 자존심이 강하고 독립적인 여성이었다. 또 바리공주는 석가세존을 속인 죄가 무거운데도[8] 자신을 '국왕의 세자'로 소개하고, 지옥을 혼자 통과할 정도로 대담한 성품을 지녔다. 서사무가 속 바리공주는 가냘프고 비참한 여성이 아니라 남성성과 여성성의 경계를 초월한 기개 있는 영웅인 셈이다.

배경재 본에서 약수지기 무상신(無上神, 무장승)은 아홉 해 동안 약값으로 묵묵히 일해온 바리공주를 지켜본 뒤 청혼할 때 "그대는 앞으로 보면 여자의 몸이 되어 보이고, 뒤로 보면 국왕의 몸이 되어 보이니"라고 말한다. 언뜻 생각하기에는 무상신과 같은 신성한 존재가 9년이나 함께 산 바리공주의 실체를 몰랐다는 사실이 이상스럽다. 하지만 무상신이 바리공주의 양성적인 몸매에 대해 언급한 것은 바리공주가 여자라는 사실을 몰라서가 아니라 바리공주에게서 남녀 성별을 초월한 신성한 모습을 보았기 때문일 것이다. 바리공주의 양성적인 이미지는 '남성과 여성'의 대극을 초월한 관세음보살 또는 세계 신화 속의 많은 신들을 연상시킨다. 조지프 캠벨에 따르면 관세음보살, 중국의 성녀 타이위안, 에

로스, 헤르마프로디토스, 오이디푸스의 예언자 테이레시아스, 시바와 샤크티의 결합체인 아르다나리사 따위 신들은 이원성이 존재하지 않는 영역으로 인간을 인도한 양성적인 신이다.[9]

무가 속 바리공주는 결코 작고 가냘픈 여성이 아니다. 중서부 지역 무가에서 바리공주는 무상신이 사는 별천지에서 생명수를 마시고 생명초

그림5 무신도 바리공주. 19세기, 92×51cm, 서울.[10]

를 먹으면서 머무는 동안 태모(太母) 또는 신모(神母) 이미지를 지닌 거인으로 변신한다. 서천서역국에 왔을 때 바리공주 눈에 비친 무상신의 첫 모습은 "키는 하늘에 닿은 듯하고, 얼굴은 쟁반만 하고, 눈은 등잔만 하고, 코는 절병 매달린 것 같고, 손은 솥뚜껑만 하고, 발은 석 자 세 치"였다. 하지만 대단원에 삽입된, 무상신과 바리공주의 키를 재는 대목을 보면 바리공주가 이계(異界)에 머무는 동안 거인으로 변모했음을 알 수 있다. 대왕이 신하를 시켜 딸 부부의 키를 재는데, 무상신의 키는 "삼십삼 천설흔석 자"이고, 바리공주의 키는 "이십팔 수 스물여덟 자"다. 대왕은 사위의 키가 하늘처럼, 딸의 키가 별자리처럼 큰 것을 보고 "천생배필"이라고 말한다. 「바리공주」를 원전으로 삼은 거의 모든 그림책 작가들이 바리공주의 변신 또는 성장에 주목하지 않았다. 특히 비룡소 본에서 바리공주는 처음부터 끝까지 보통 사람들에 비해 무척 왜소한 여성으로 나타난다.

3. 그림책 속 왕비의 비정함과 무가 속 칠대 중전의 모성애

서사무가와 구전설화를 어린이를 위한 그림책으로 만들 때 작가들이 주로 손질을 많이 하는 부분은 아이들 마음에 충격을 줄 수 있는 잔혹하고 엽기적인 장면들이다. 바리공주의 부모가 막내딸을 버리는 장면도 감수성이 예민한 아이들에게 자칫하면 큰 충격을 줄 수 있다. 그런데 이상스럽게도 비룡소 본 『바리공주』는 '영아 유기' 장면을 서사무가 「바리공주」보다 더 끔찍스럽게 표현했다.

비룡소 본 『바리공주』를 보면 일곱 번째 딸이 태어나자 왕비는 눈물을 흘리면서 신하에게 "나라가 편치 못할 아이만 태어나니 어서 어서 뒷산에 버리라"고 말한다. 곧 비룡소 본에서는 아이를 잔혹하게 버리고 아이 이름을 '버리데기' '던지데기'로 아무렇게나 지은 인물이 왕이 아니라 왕비다. 글을 쓴 김승희는 어머니가 딸을 버리는 장면을 마치 흥겨운 일이라도 되는 듯 "던지어라 던지어라"라는 말을 반복적으로 넣어 아이들이 따라 부르기 쉬운 노래처럼 표현했다. 갓난아기를 버리는 장면을 그렇게 표현한 것도 기괴한데, 그 뒤로 이어지는 다음 장면은 더욱 참혹하다.

아기를 던져 놓고 죽으라고
여름에는 솜저고리에 솜바지를 입혀
뙤약볕 쨍쨍 내리쬐는 양지에 두고
겨울에는 삼베 저고리에 삼베 바지를 입혀
햇볕이 없는 음지에 두고 얼어 죽으라고 했다.

그래도 하얀 학, 푸른 학이 내려와
한 날개로 덮어 주고 한 날개로 깔아 주고
아름다운 날개로 부채질을 해 주니
산 이슬, 들 이슬을 받아먹고 아기는 무럭무럭 자랐다.

일곱째 공주 더위 먹어 죽지도 않고 얼어 죽지도 않으니
뱀한테 물려 죽으라고
뱀이 우글거리고 득실거리는 앞산 뱀 밭에 버리고
삐죽삐죽 솟아난 대나무에 찔려 죽으라고

그림 6 비룡소 본에서 갓난아기 바리가 대나무 밭에 참혹하게 버려진 장면.

대나무 밭에 던졌다.

그래도 이 아기는 뱀한테 물려 죽지도 않고

대나무 끝에 찔려 죽지도 않았다.

비룡소 본에서 왕비의 태몽에 청룡과 황룡, 보라매, 백마, 흑거북이 나타나고 조력자로 금거북이 등장하는 것을 볼 때, 김승희가 주요 원전으로 삼은 무가는 중서부 지역에서 강신무들이 전승해온 「바리공주」임이 분명하다. 하지만 중서부 지역 무가에서는 바리공주가 버림받는 장면이 그렇게 참담하게 그려져 있지 않다. 김승희는 이야기의 대부분을 중서부 지역 본에 의존하면서도 독특하게 갓난아기 바리가 버려지는 대목은 부모의 잔인성이 두드러진 전라도 지역의 「오구풀이」에서 화소를 끌어왔다.

아기가 버려지는 과정은 글만 읽어도 충분히 끔찍스러운데 그림은

그림 7 시공주니어 본에서 버려진 아기를 학들이 감싸주는 장면.

그 참혹함을 더욱 강조해 보여준다. 갓 태어난 바리가 볼록한 배를 드러낸 채 벌거숭이로 바닥에 참담하게 놓여 있는 그림에 이어, 대나무 밭에 버려진 바리의 앙상한 다리가 핏빛으로 얼룩지고 뱀들이 감고 있는 그림을 보면서 이러한 처참한 광경을 굳이 어린이 독자를 위한 그림책 그림으로 표현할 필요가 있었는지 의구심이 든다. 시공주니어 본『버리데기』에도 "부자는 쨍쨍 여름에는 푹푹 쪄서 죽으라고 솜옷을 입히고, 쌩쌩 겨울에는 꽁꽁 얼어 죽으라고 삼베옷을 입혔어요"라는 대목이 나오기는 하지만, 눈 내리는 겨울에 학들이 모여들어 따스한 깃털로 아기를 포근히 감싸는 모습을 보여주어서 어린이 독자에 대한 배려를 느낄 수 있다.

배경재 본이 보여주는 칠대(길대) 중전의 모습은 비룡소 본의 왕비와는 매우 다르다. 칠대 중전은 칠 공주를 내다 버리라는 대왕의 부당함에 대해 세 차례나 거듭 항의한다.[11] 중전은 갓 태어난 칠 공주를 후원에 갖다 버리라는 대왕의 명에 "국가는 혈육을 모른다 하오나 어찌 내다 버리

리오. 만조백관 시녀 상궁들아 수양녀로라도 데려다 기르라"라고 말한
다. 또 후원에 버려진 아기의 울음소리를 듣고 아기를 안아 오게 한 중
전은 아기의 눈과 귀와 입에 개미가 가득한 것을 보고 "연꽃 같은 옥안
에 진주 같은 용루를 쌍쌍이 흘리시고 국가는 혈육을 모른다 하기로서
니 어찌 이같이 무참하게 내다 버리었는고"라고 애통해한다. 또 대왕이
칠 공주를 사해용왕에게 진상 보내려 하자 "골육을 어찌 수중에다 넣으
려고 하시나이까. 자식 없는 신하에게 수양녀로 주시거나 정 버리시려
거든 아기 이름이나 지어주십시오"라고 하소연한다.

칠십 년 남짓한 세월이 흘러도 배경재 본이 서울 무당들의 문서와 크
게 다르지 않고 서울과 경기도 지역에서 채록된 다른 각편에서도 비슷
한 대목이 들어 있는 것을 보면, 칠대 중전의 모성애는 중서부 지역 본
의 보편적인 특징인 듯싶다. 배경재 본에서 칠대 중전의 짙은 모성애는
바리공주의 효성과 맞물린다. 병든 대왕의 부름을 받은 바리공주는 궁
궐로 불려와서 무상신 약려수를 얻으러 가겠느냐는 말을 들었을 때 "국
가에 은혜와 신세는 지지 않았습니다만 어마마마 배 안에 열 달 들어 있
던 공으로 소녀 가오리다"라고 답한다. 곧 바리공주가 다른 세계로 생명
수를 찾아 떠난 것은 국가 또는 대왕을 위해서가 아니라 자신을 열 달
동안 배 속에 품어준 어머니의 은혜에 보답하기 위해서다.

배경재 본을 비롯한 중서부 지역 본의 독특한 특징 중 하나는 칠대 중
전이 일곱 딸을 임신하고 출산하는 과정을 지루할 정도로 상세하게 반
복 서술하고 있다는 점이다. 전체 무가의 삼분의 일 이상이 칠대 중전의
임신, 입덧, 출산에 관한 사설이다. 바리공주는 어머니 배 속에 있으면
서 임신과 출산의 신비로움과 고통을 지켜보기라도 한 듯 어머니 배 속

에 열 달 동안 있던 은혜를 갚기 위해, 자신을 버린 부모를 용서하고 생명수를 구하러 험난한 구약 여행을 떠난다. 배경재 본에 담긴 칠대 중전의 모성애와 바리공주의 어머니에 대한 효심은 비룡소 본과는 너무도 다르다.

4. 무조신 바리공주가 살아 있는 그림책을 꿈꾸며

「바리공주」는 지역 본마다 나름대로 독특한 매력과 가치를 지니고 있다. 무조신(巫祖神) 바리공주의 모습을 가장 신성하고 아름답게 보여주는 무가는 중서부 지역 본이고, 그중 백미가 배경재 본이다. 배경재 본에서 바리공주는 되살아난 대왕이 "국가의 반을 주랴? 사대문 안에 들어오는 천을 주랴?" 하고 묻자 "소녀 부모 슬하에서 호의호식 못 하였사오니, 만신의 인위왕이 되겠습니다" 하고 답한다. 설움 많은 삶을 살았던만큼, 부귀영화를 누리지 않고 산 자와 죽은 자의 고통을 치유하고 극락왕생으로 이끄는 무조신이 되겠다는 뜻을 밝힌 것이다. 비룡소 본에 그려진 바리공주 모습과는 사뭇 다르다.

비룡소 본에서 바리공주는 되살아난 왕이 넓은 땅이나 많은 재물을 주겠다고 제안하자 "제가 약수 길으러 갔다가 죄를 지었사온데 어찌 무엇을 받겠나이까? 다만 죄를 용서해 주신다면 그것을 받겠나이다" 하고 답한다. 바리공주의 탈속(脫俗)을 보여주는 각편도 많은데 김승희는 바리공주가 왕의 용서를 구하면서 땅과 재물을 받아들이는 것으로 설정했다. 김승희는 왕권 계승이 대왕의 외손으로 이어지는 다른 지역의 「바리데기」나 「오구풀이」가 더 바람직하다고 본 것 같다. 하지만 바리공주의 구약 여행이 왕권 계승으로 이어질 경우 바리공주는 고통받는 영혼을 다스리는 무조신이 아니라 세속적 영웅이 되고 만다.

비룡소 본 『바리공주』는 이 글에서 지적한 것 말고도 많은 문제점을 안고 있다. 유불선(儒佛仙)의 습합이 우리 무교의 독특한 특성인데 비룡소 본은 석가세존, 지장보살, 십대왕 같은 인물을 그림책에서 철저히 배제했다. 특히 중서부 지역 본에서 석가세존이 맡은 일은 매우 크다. 대왕에게 버림받은 갓 난 바리를 구해 비리공덕 부부에게 키우게 하고, 구약 여행 중 길을 잃은 바리공주에게 큰 바다를 육지로 만들고 지옥을 통과할 수 있는 마법의 힘을 지닌 라화를 준 존재가 석가세존이다. 라화는 서대석의 각주에 "나화(羅花). 비단으로 만든 조화(造花)"[12]로 되어 있지만, 아직 그 속성이 규명되지 않은 신비의 꽃이다. 인류학자 조흥윤은 "3천 년 만에 한 번 부처가 이 세상에 출현할 때마다 핀다는"[13] 우담바라화라고 해석하기도 한다. 그런데 김승희는 석가세존을 "재주를 세 번 넘"는 신선으로, 라화를 모란꽃인 낙화(洛花)로 설정했다.

최정인이 오방색으로 화려하게 그린 그림도 우리의 상징체계를 제대로 알고 그린 것인지 의심스럽다. 산에 있는 산신령을 그리면서 물의 색을 뜻하는 검정색을 사용한 것, 바리공주가 고통, 갈등, 노역에 시달리는 장면을 붉은색으로 처리한 것, 서천서역국에서 동쪽으로 귀환한 바리공주가 눈 내리는 겨울에 맨발로 무릎을 꿇고 있는 장면 등을 볼 때 그림작가의 오방색 활용이 잘못되었다는 생각이 든다. 빨강은 서양에서는 고통과 희생을 상징할 때가 많지만 우리나라에서는 주로 벽사(邪)와 광명을 뜻하는 긍정적인 색으로 쓰인다. 또 바리공주가 부모의 상여와 맞닥뜨린 장면은 가을과 서쪽을 뜻하는 백색이 아니라 봄과 생명과 동쪽을 상징하는 청록색으로 처리해야 부활의 의미가 살아난다. 그

리고 바리공주를 지극히 왜소한 여성으로 나타낸 것뿐 아니라 산신령,
부왕, 비리공덕 할머니, 무장승 등 거의 모든 등장인물을 신체의 일부분
만 그렸다. 청룡, 황룡, 보라매, 금거북, 까막까치, 청학, 백학 따위 동물

그림8 무신도 바리공주. 18세기, 82×67cm, 건들바우박물관.[14]

그림9 비롱소 본에서 바리공주가 부모의 상여와 맞닥뜨린 장면.

이 있어야 할 자리는 온통 꽃이 채우고 있다.

많은 그림책 작가들이 「바리공주」 또는 「바리데기」에 도전해왔다. 「바리공주」와 「바리데기」를 그림책에 담을 때 그림책 작가는 화소들을 여러 지역 본에서 이것저것 끌어 쓰는 데 힘쓸 것이 아니라 단 한 편의 무가라도 완성도가 높은 것을 골라 그 정신과 혼을 이해하려고 애쓸 필요가 있다. 특히 제의성이 강한 중서부 무가권의 「바리공주」는 서사성과 종교성을 온전히 잘 살려야 좋은 그림책이 될 수 있다. 어린이에게 삶과 죽음, 이승과 저승을 바라보는 우리 조상의 세계관이 아니라 옛사람들의 효심과 슬기와 해학을 가르칠 생각이라면 「바리공주」보다는 민담과 판소리라는 커다란 보물창고에 관심을 기울이는 것이 더 낫다. 아이들에게 일그러진 형태의 무가를 전해주는 것은 문화유산 보존도 무조신 바리공주에 대한 예의도 아니다.

4장. 선녀의 슬픔과
나무꾼의 천상 시련을 외면한 그림책

1. 일제강점으로 왜곡·편향된 「나무꾼과 선녀」 전승

나는 어릴 때 「나무꾼과 선녀」를 초등학교 교과서로 배웠다. 교과서에 실린 이야기는 선녀가 두 아들을 데리고 떠난 뒤 나무꾼이 사슴의 도움을 한 번 더 받아 두레박을 타고 하늘로 올라가 행복하게 살았다는 '나무꾼승천형'이었다. 당시 나는 이 이야기의 끝머리가 왠지 썰렁하다는 생각을 했다. '두레박을 타고 올라간 나무꾼은 어떻게 아내와 아이들을 만났을까? 선녀는 날개옷을 훔친 나무꾼을 용서했을까? 하늘나라는 어떠한 모습을 하고 있고 하늘나라 사람들은 어떻게 살고 있을까?' 같은 의문들을 떨치기 힘들었다. 교과서로 「나무꾼과 선녀」를 배운 50대 안팎의 사람들은 대부분 나처럼 나무꾼이 두레박을 타고 천상에 올라가서 그저 행복하게 산 것으로 알고 있다.

불혹의 나이를 넘겨 옛이야기를 공부하면서 「나무꾼과 선녀」에 대해 많은 것을 새롭게 배울 수 있었다. 내가 어릴 때 들은 나무꾼승천형은

그림 1 1932년에 미국에서 출간된 영문 한국동화집에 실린 선녀 승천 삽화(아서 박 Arthur Y. Park 그림).[1]

우리 옛사람들이 들려준 것이라고 믿기에는 수상쩍은 구석이 많다는 사실을 깨닫게 되었다. 개화기와 일제강점기에 수집된 채록 자료를 살펴보면 우리 옛사람들은 다양한 「나무꾼과 선녀」 유형을 남겼다. 아내가 자식을 데리고 천상계로 올라가는 것으로 끝나는 '선녀승천형', 천상계에 올라간 나무꾼이 처가 식구가 내준 온갖 과제를 해결하고 행복하게 사는 '천상시련극복형', 천상계에서 살던 나무꾼이 어머니가 그리워서 용마(천마)를 타고 지상에 내려왔다가 아내가 말한 금기를 지키지 못해 수탉이 되는 '수탉유래형', 나무꾼이 선녀와 함께 지상으로 다시 내려오는 '지상하강형', 나무꾼이 수탉이 아니라 뻐꾹새가 되는 '뻐국새유래형' 등이 일제강점기에 입말로 전승되고 있었다.[2]

이렇게 다양한 유형의 각편들 가운데서 내가 교과서에서 배운 나무꾼승천형은 일본 학자의 자료를 제외하면 단 한 편도 발견할 수 없었다. 그래서 「나무꾼과 선녀」에 대해 공부를 하면 할수록 나무꾼승천형은 우

그림2 여우고개에서 나온 『선녀와 나무꾼』(김광일 그림)의 한 장면. 수탉유래형을 담은 이 책에서 나무꾼이 두레박을 타고 하늘로 올라가고 있다.

리 옛사람들이 전해준 이야기가 아니라는 확신이 들었다.[3] 1980년대까지만 해도 구전 현장에서 각편이 많이 채록되지 않은 나무꾼승천형이 1990년대 이후 활발하게 전승되고 있는 것은 일제강점기에 만들어진 어린이책과 정부 수립 이후 편찬된 교과서의 영향 때문이라고 할 수 있다. 일제강점이 시작된 해에 다카하시 도루라는 일본 학자가 소개한 나무꾼승천형은 일제강점기에 어린이책으로 만들어져 널리 읽혔고, 그 책을 보고 자란 우리나라 교과서 편찬자들이 나무꾼승천형을 「나무꾼과 선녀」의 대표 유형으로 선정해 교과서에 18년 동안(1955~72) 수록했다. 그 교과서를 보고 자란 나와 같은 독자는 대부분 나무꾼승천형을 「나무꾼과 선녀」의 원형으로 생각하고 아이들에게 전승해온 것이다.

이 글을 쓰기 위해 최근에 만들어진 그림책 『선녀와 나무꾼』들을 두루 살펴보면서 「나무꾼과 선녀」 전승의 미래를 짐작할 수 있었다. 내가 어릴 때는 '나무꾼과 선녀'로 일컬어지던 이야기가 지금은 페미니즘의 영향 탓인지 주로 '선녀와 나무꾼'으로 일컬어진다. 주인공이 나무꾼이기 때문에 굳이 그렇게 제목에 선녀를 앞세울 필요가 있나 하는 생각이 든다. 내가 살펴본 낱권 또는 전집류로 판매되는 책 열다섯 권을 유형별로 분류하면 수탉유래형이 열두 권, 나무꾼승천형이 두 권, 천상시련극복형이 한 권이다.[4] 이 자료로 미루어 짐작할 때 앞으로 수탉유래형이 「나무꾼과 선녀」의 대표 유형으로 자리매김할 것 같다. 하지만 나무꾼승천형이 여전히 그림책으로 만들어지고 있고 구전 현장에서도 활발히 전승되고 있는 것을 보면 앞으로도 살아남을 가능성이 높다. 이 글에서는 그림책 『선녀와 나무꾼』들을 구전설화 본과 비교하면서 그 한계와 가능성을 짚어보고, 구전설화의 전래동화화 또는 시각화가 안고 있는 문제점을 생각해보고자 한다.

2. 선녀의 고통에 너무도 무심한 그림책

내가 살펴본 열다섯 권의 그림책 가운데 나무꾼이 두레박을 타고 천상에 올라가서 곧바로 행복해지는 나무꾼승천형은 두산동아(이숙재 엮음, 강향영 그림 『선녀와 나무꾼』, 2003)와 고려원북스(최래옥·박완서·정채봉 편, 홍자경 그림 『선녀와 나무꾼』, 1997)에서 출간한 책뿐이다. 이 두 책은 내용이 크게 다르지 않다. 두산동아 본에는 나무꾼의 어머니가 등장하고 고려원북스 본에는 어머니가 등장하지 않는다는 점만 다를 뿐이다. 고려원북스 본은 독자의 신뢰를 얻기 위해서인지 얄팍한 마케팅 전략인지 속지에 편집위원과 연구위원으로 참여한 유명 학자와 작가 들 이름, 사진, 약력을 상세하게 나열했다. 「나무꾼과 선녀」의 여러 유형 가운데

그림 3 두산동아 본 표지.

서 고려원북스 편집위원들이 나무꾼승천형을 대표 유형으로 선택한 까닭은 정확하게 이해하기 어렵다. 아마도 편집위원들이 유년기에 일본어 어린이책을 읽고 자랐거나 교과서에 실린 이야기를 참조한 때문이 아닐까 싶다.

고려원북스 본의 앞표지와 뒤표지에는 "서로 돕고 사랑하는 마음" "천상과 지상을 초월해 선녀와 나무꾼이 나누는 꿈결같이 아름다운 사랑 이야기!"라는 글귀가 씌어 있는데, 과연 나무꾼승천형이 그러한 내용을 담고 있는지 의심스럽다. 나무꾼 처지에서 보면 사슴과 나무꾼이 서로 도왔고 선녀와 꿈결 같은 사랑을 했다고 말할 수 있다. 하지만 선녀 처지에서 보면 그렇지 않다. 나무꾼은 날개옷을 훔쳤을 뿐만 아니라 거짓말로 그 사실을 숨겼다. 독자가 나무꾼의 잘못을 쉽사리 알아차리지 못하는 것은 글작가가 전지적 시점을 택해 나무꾼을 "마음씨 착한" 인물로 단정 짓고 선녀가 결혼 생활에 행복을 느낀 것으로 서술하고 있기 때문

그림 4 고려원북스 본 표지.

일 것이다.

> 나무꾼은 더욱 부지런히 나무를 했어요.
> 선녀도 점점 착한 나무꾼이 좋아졌어요.
> 그래서 선녀와 나무꾼은 결혼을 했어요.
> 잘생긴 사내아이가 태어났어요.
> 어여쁜 여자아이도 태어났어요.
> 나무꾼의 집에서는 날마다 즐거운 웃음소리가
> 흘러 나왔어요.
>
> 어느 날, 나무꾼은 이제 아이가 둘이나 있으니까 안심하고는
> 그만 날개옷을 감춘 것을 털어놓았어요.

　이처럼 글에서는 착한 나무꾼이 선녀를 잘 돌보았다는 것, 선녀가 나무꾼을 좋아하게 되었다는 것, 둘이 아이를 낳고 웃음꽃을 피우면서 행복하게 잘 살았다는 것 따위가 강조된다. 이 행복이 깨진 것은 단지 마음씨 착한 나무꾼이 선녀에게 사실을 솔직히 털어놓았기 때문이라는 것이다. 이러한 설정은 두산동아 본에서도 비슷하게 발견된다. 이 두 책은 독자가 인물의 행동이나 사건의 흐름을 보면서 나름대로 작중인물의 내면을 자유롭게 상상할 수 있도록 상상의 여백을 남기지 않았다.
　그런데 이러한 설정은 구전설화와 많이 다르다. 대부분의 각편은 나무꾼이 착하다고 잘라 말하지 않고 곤경에 빠진 사슴을 도왔다고만 언급해서 나무꾼의 성품에 대한 판단은 독자 몫으로 남긴다. 또 나무꾼이

선녀를 잘 돌보아주었다거나 선녀가 결혼 생활에 만족했다고 말하는 각편도 좀처럼 찾기 어렵다. 나무꾼승천형에 속하는 각편만 살펴보아도 선녀와 나무꾼의 결혼 생활이 행복했던 것 같지 않다. 나무꾼이 날개옷을 훔친 도둑이라는 사실을 알고, 어쩔 수 없이 같이 살았던 선녀는 결혼 생활 내내 나무꾼에게 날개옷을 달라고 끈질기게 조른다.[5] 또는 그 사실을 모른 채 나무꾼과 살았던 선녀는 잃어버린 날개옷이 아쉬워서 늘 수심이 가득한 채 살아간다.

> 그래 따라와 가지구 인저 그래저래 인저 사는데, 색시가 인저 애기가 있어서 살다가 보니께 애기를 하나 낳구, 둘 낳구 이래두 그 옷 땜에 항상 눈물을 흘리구 수심을 하거던. 그래두 안 줬어. 안 알켜 줬어. 그래는걸 인저 노루가 갈 적에 하는 말이,
> "애기 셋 낳도록은 그 옷을 주지 마라."
> 이랫거던. 그랬는데 하두 부인이 옷 땜에 애를 쓰구 수심을 하구 밥을 안 먹구 해서 그게 안타까워가지구 애기 둘을 낳구서는 그 옷을 갖다 줬단 말여.[6]

이처럼 구전설화 속 선녀는 늘 슬픔에 젖어 있지만, 고려원북스 본과 두산동아 본에서는 선녀가 착한 나무꾼을 좋아했고 결혼 생활이 행복했다고 돼 있다. 글작가가 이렇게 고쳐 쓴 까닭은 날개옷 탈취, 거짓말, 금기 위반이라는 죄를 저지른 나무꾼이 그 어떤 시련도 겪지 않고 사슴의 도움을 두 번씩이나 받으며 행복하게 잘 산다는 것이 서사적으로나 교육적으로나 바람직하지 않은 설정이기 때문이다. 하지만 그러한 결

함을 제대로 보완하려 하지 않고 인물 사이의 갈등을 눈가림으로 덮어버림으로써 해결하려 한 것은 나무꾼승천형의 문제점을 더 크게 하는 것이다.

3. 모성 콤플렉스의 비극을 담은 그림책

나무꾼이 수탉이 된다는 설정은 다른 나라의 동종 설화에서는 좀처럼 발견하기 힘든 우리 설화 고유의 특징이다. 하지만 서로 다른 세계에 속한 두 남녀의 결합이 끝내 이루어지지 못한다는 비극적인 설정은 세계적인 보편성을 지닌다. 서양의 '백조 처녀' 설화나 일본의 날개옷 설화를 살펴보면 인간계 남자와 천상계 여자의 결혼이 비극으로 끝나는 경우가 많다. 외국 설화에서는 남자가 직접 호수에서 백조 처녀를 보고 반해서 날개옷을 훔치기 때문에 강간 또는 약탈혼 성격이 뚜렷이 드러난다. 반면 우리나라 설화에는 '사슴의 보은'이란 모티프가 들어 있어서 나

그림 5 여우고개 본 『선녀와 나무꾼』(김광일 그림) 표지.

무꾼과 선녀의 결합이 지닌 부정적인 속성을 쉽사리 알아차리기 힘들다. 하지만 나무꾼이 곤경에 빠진 사슴을 돕고 사슴이 중매쟁이로 나섰다고 해서 목욕하는 여자의 옷을 훔친 뒤 벌거벗은 여자를 돕는 척하고 결혼한 죄가 없어지는 것은 아니다. 선녀의 사랑을 얻기 위해 그 어떤 시련도 겪지 않은 나무꾼이 불행해지는 것은 당연한 귀결이다.

어떤 사람들은 수탉유래형이 비극으로 끝나는 것이 아이들에게 염세적인 세계관을 보여주는 것이 아닌지 우려하기도 한다. 어머니를 향한 효심이 뛰어난 나무꾼이 어머니가 그리워 지상에 왔다가 불행해지는 수탉유래형을 아이들에게 들려주는 것이 왠지 꺼림칙하다는 것이다. 또 나무꾼이 지상의 어머니를 잊고 천상에서 행복하게 지냈다면 가족과 헤어지지 않을 수도 있었기 때문에 효를 부정적으로 그린 것으로 볼 수 있다. 하지만 그러한 결말을 통해 우리는 효심 이상의 것을 배울 수 있다. '선녀—어머니'가 아이들을 남겨두고 천상계로 혼자 올라갈 수 없

그림 6 여우고개 본 『선녀와 나무꾼』(김광일 그림)의 또 다른 장면. 금기를 지키지 못한 나무꾼을 두고 용마가 혼자 하늘로 올라가고 있다.

고 '나무꾼—아들'도 어머니를 홀로 남겨두고 천상계에서 행복할 수 없다는 이야기에서 우리 민족의 심층심리에 뿌리 깊이 자리 잡은 모성 콤플렉스를 깨닫게 된다. 수탉유래형을 통해 옛사람들은 후손에게 아들이 성인이 되어서도 어머니로부터 벗어나지 못하면 불행해질 수 있고 어머니도 결혼한 아들에 대한 애착을 버리지 못하면 아들의 날개를 꺾을 수 있다는 삶의 지혜를 가르쳐준다.

내가 살펴본 열두 권의 수탉유래형 그림책 가운데 추천하고 싶은 책은 여우고개와 기탄동화에서 나온 『선녀와 나무꾼』이다. 여우고개 본(2005)은 서정오가 글을 쓰고 김광일이 그림을 그렸고, 기탄동화 본(2006)은 임정진이 글을 쓰고 사석원이 그림을 그렸다. 이 두 책은 분위기가 매우 다르기는 하지만 나름대로 매력을 지니고 있다. 여우고개 본은 속삭이듯 다정하게 들려주는 서정오의 글이 구수하고 그림자극 형식으로 묘사된 김광일의 그림도 매력적이다. 옛이야기 그림책에서 인

그림 7 기탄동화 본 표지.

물 표정과 초자연적 시공간이 구체적으로 묘사되면 독자의 상상력이 제한될 우려가 있는데 김광일의 그림은 독자에게 상상의 여백을 충분히 남겨준다. 고요하고 몽환적이면서 서정적인 그림과 서정오의 나직한 속삭임이 잘 어우러져서 수탉유래형이 지닌 비극성을 담담하고 아름답게 표현했다.

기탄동화 본은 여우고개 본과는 다른 맛과 분위기를 지녔다. 스토리 중심으로 속도감있게 펼쳐지는 임정진의 깔끔한 글이나 배경과 사물의 디테일을 과감하게 삭제한 사석원의 해학적이고 역동적인 그림은 얼핏 보기에는 지나치게 단순한 것처럼 보인다. 하지만 동심이 바탕에 깔린 그 단순성은 오히려 독자의 상상력을 자극한다. 다만 기탄동화 본의 문제점이라면 독자의 이해를 돕기 위해 이야기 뒤에 덧붙인 사족이다. 다양한 해석이 가능한 수탉유래형을 "약속을 반드시 지켜야 한다는 교훈이 담긴 대표적인 옛이야기"로 단정 짓는 것은 이야기 고유의 매력과 가

그림8 기탄동화 본의 한 장면. 천상에 올라간 나무꾼이 지상의 어머니를 걱정하고 있다.

치를 떨어뜨리는 일이다.

4. 첫걸음은 좋으나 아쉬움이 큰 그림책

「나무꾼과 선녀」의 여러 유형 가운데 어린이에게 들려주기에 가장 바람직한 것은 천상시련극복형이다. 이 유형에 속하는 각편들 가운데 옥황상제 목 베기 내기와 같은 잔혹한 화소가 들어 있는 것이 한두 편 있기는 하지만 전반적으로 화소가 풍부하고 세계관이 매우 진취적이다. 주인공이 새로운 세계로 모험을 떠나 온갖 시련을 극복하고 가족도 되찾고 자율적인 존재로 거듭나는 내용이어서 아이들에게 유익하다. 최근 그림책 작가들이 한결같이 수탉유래형에 매달려 있는데, 그런 편식 현상은 바람직하지 않다. 수탉유래형만으로는 아이들이 옛사람들의 풍부한 상상력을 제대로 맛보기 어렵다.

내가 살펴본 그림책 가운데 천상시련극복형을 원전으로 택한 작품은 박철민이 그림을 그리고 이경혜가 글을 쓴 시공주니어 본『선녀와 나무꾼』(2006) 단 하나뿐이다. 글과 그림에서 아쉬운 점이 눈에 띄기는 하지만 그림책 작가들이 관심을 기울이지 않는 천상시련극복형을 택했다는 점에서는 이 책을 높이 평가하고 싶다. 나무꾼이 박 넝쿨을 타고 하늘로 올라가고 수탉, 화살 찾기, 까투리, 매, 독수리 따위의 화소가 들어 있는 것을 볼 때 이경혜는 평북 창성에서 임석재가 채록한 각편[7]을 주요 원전으로 삼은 것으로 보인다. 그리고 옥황상제와 숨바꼭질을 할 때 나무꾼이 실꾸리로 변신하고, 옥황상제가 쏜 화살이 소년이 아니라 처녀 몸에 박힌 것으로 설정한 대목은 평북 용천에서 채록된 각편[8]에서 가져온 것으로 보인다. 이렇게 화소를 바꾼 것은 바람직한 편집이

그림 9 시공주니어 본에서 나무꾼이 박 넝쿨을 타고 하늘에 올라간 장면.

다. 처녀 몸에 꽂힌 화살을 뽑아 주검이나 다름없던 여성을 살린다는 설정은 나무꾼이 선녀에게 저지른 잘못을 보상하는 행위로 해석할 수 있기 때문이다.

하지만 시공주니어 본에서 안타깝게도 평북 창성 본이 지닌 가장 중요한 미덕이 제대로 살지 못했다. 평북 창성 본에는 이야기의 첫머리와 끝머리에 쥐가 매우 중요한 화소로 등장한다. 옛사람들이 이렇게 이야기의 처음과 끝을 딱딱 맞물리게 구성한 것은 나름대로 복선을 깔아놓았기 때문이다. 임석재가 채록한 평북 창성 본은 다음과 같이 시작한다.

넷날에 총각 하나이 있넌데 이 총각이 밥을 하구 있누라문 아침이건 저녁이건 쥐 한 마리가 나와서 놀구 있어서 이 쥐에게 밥두 주구 멋두

주구 하멘 먹을 거를 당창 주어서 길렀다. 그래서 이 쥐는 큰 쥐가 됐다.[9]

이렇게 시작한 첫머리는 끝머리와 놀라울 정도로 잘 맞물린다. 나무꾼이 자신의 밥과 먹을거리를 나누어주면서 오랫동안 키운 쥐가 끝머리에 조력자가 되어 나타난다. 끝머리에 쥐가 다시 등장할 때, 나무꾼은 절망에 빠져 있었다. 장인이 내준 숨바꼭질, 화살 찾아오기 따위의 과제는 아내의 도움으로 겨우 해결했지만 맨 마지막 과제는 홀로 치러야 하기 때문이다. 이 마지막 과제가 매우 중요한데, 시공주니어 본에서는 안타깝게도 그 부분이 삭제돼버렸다. 시공주니어 본에서 사라진 설화 본내용은 다음과 같다.

나무꾼이 독수리로 변신한 선녀의 도움으로 화살을 겨우 찾아서 바치자 장인은 나무꾼에게 고양이 나라에 있는 보배를 가져오지 않으면 죽이겠다고 협박한다. 그곳은 선녀가 갈 수 없는 곳이어서 나무꾼은 말을 타고 정처 없이 홀로 길을 떠난다. 그러다 쥐 나라에 이르게 되는데 그곳의 왕은 나무꾼이 인간 세상에 있을 때 밥을 줘서 기르던 쥐다. 쥐 왕은 주인을 알아보고 은혜를 갚기 위해 다른 쥐들에게 고양이 대궐까지 굴을 뚫으라고 명한다. 쥐 왕 덕분에 고양이 나라의 보배를 구한 나무꾼은 그것을 장인에게 바치고 천상에서 살 권리를 얻는다.

시공주니어 본에는 마지막 과제가 생략되어서 나무꾼이 수동적이고 무기력한 인물로 그려졌다. 그림책에서 나무꾼은 처음부터 끝까지 모든 난관을 사슴과 선녀에 의지해 해결한다. 하지만 평북 설화에서 나무꾼은 나약한 인물에서 강인한 존재로 성숙한다. 나무꾼은 선녀가 떠났

그림 10 시공주니어 본에서 나무꾼이 처녀 몸에 박힌 화살을 뽑아 찾아오는 장면.

을 때나 박 넝쿨에서 떨어졌을 때 울기만 하던 나약한 인물이었다. 천상에 올라가서 세 가지 과제를 수행할 때도 죽이겠다는 장인의 협박이 두려워 눈물을 흘린다. 하지만 맨 마지막 과제를 수행할 때는 나무꾼이 장인의 협박에 더는 겁먹지 않고 홀로 과제를 치르기 위해 지하세계로 여행을 떠난다. 그곳에서 나무꾼이 쥐의 도움을 받기는 하지만, 그 쥐가 나무꾼이 직접 자신의 먹을거리를 나누어주면서 키운 동물이기 때문에 사슴이나 선녀와는 다른 의미를 지닌다. 쥐의 도움은 외부에서 주어진 것이 아니라 바로 나무꾼 자신에게서 비롯한 것이기 때문이다.

시공주니어 본은 그림도 높이 평가하기는 힘들다. 천상시련극복형에는 옛사람들의 기개와 풍부한 상상력이 담겨 있는데, 박철민의 그림은 그것을 제대로 보여주지 못한다. 나무꾼, 선녀, 옥황상제, 수탉, 독수리 따위의 중요한 존재들이 모두 밋밋하고 무표정하고 초라하게 그려져 있다. 민담, 고분벽화, 민화에서 느낄 수 있는 역동성과 생명력이 살아 있는 그림이었으면 하는 아쉬움이 남는다.

5. 아직 태어나지 못한 그림책

1980년대까지 구전 현장에서 가장 많이 채록된 천상시련극복형은 앞서 말한 대로 화소가 풍부하고 그 안에 담긴 세계관이 매우 진취적이다. 하지만 채록 자료가 뒤늦게 책으로 출간된 탓인지 아직 제대로 된 그림책으로 만들어지지 못했다. 천상시련극복형은 쥐의 보은, 수탉 변신, 박 넝쿨 심기, 화살 찾기 따위의 풍성한 화소로 구성되어 있다. 쥐는 함경도 무가 「창세가」에서 음양의 이치를 아는 동물로 등장하고, 박 넝쿨은 「제석본풀이」에서 하늘 길을 열어주는 식물로 등장한다. 또 수탉은 고구려 고분벽화의 하늘 연못에 그려져 있고, 닭 세 마리가 제주도 「천지왕본풀이」에 천지인을 상징하는 존재로 등장하기도 한다.

우리 민족의 무속적 세계관과 우주적 상상력이 담긴 천상시련극복형은 서사도 매우 탄탄해서, 나무꾼의 날개옷 탈취와 금기 위반이라는 문제가 자연스럽게 해결된다. 나무꾼은 천상에 올라가서 온갖 시련을 겪으면서 자신의 잘못을 속죄하고, 선녀는 자신을 찾아 낯선 세계에 와서 고통받는 남편을 연민과 사랑으로 돕는다. 약탈혼이나 다름없었던 남녀의 결합이 상생과 화합의 관계로 변하고, 사슴과 선녀의 도움으로 모든 것을 해결하던 '울보—나무꾼'은 시련과 모험을 통해 독립적인 인격체로 성숙한다.

우리 옛사람들은 천지인의 조화와 음양의 합일을 꿈꾸면서 천상계와 지상계, 사람과 동물이 하나로 어우러지는 이야기를 후손에게 남겼다. 그런데 그러한 이야기들이 아직 세상의 햇살을 제대로 쬐지 못하고 있다. 그림책 작가들이 낯선 이야기에 도전하기를 꺼려하고 익숙한 이야기에 안주하고 있기 때문이다. 그림책 작가들이, 설령 나중에 후회할지라도, 남들이 걷지 않은 길을 꿋꿋이 걸을 수 있기를 바란다.

5장. 그림책 『구렁덩덩 신선비』에서 사라지고 만 여산신

1. 여성들이 전승해온 「구렁덩덩 신선비」

「구렁덩덩 신선비」는 우리나라 곳곳에 퍼져 있는 한국 대표 옛이야기다. 십 년 전까지 채록된 각편의 수가 60편을 훌쩍 넘을 정도다. 국문학자들은 이 이야기를 「나무꾼과 선녀」처럼 여러 하위 유형으로 나눈다. 색시가 구렁이 신랑과 결혼한 첫날밤에 신랑이 허물을 벗는 것으로 끝나는 유형, 허물을 지키지 못했기에 신랑과 영원히 이별하는 유형, 남편의 행방을 찾아 여행을 하면서 온갖 시련을 겪다가 지상에서 재회하는 유형, 남편을 지상에서 찾지 못하고 물의 세계 너머로 건너가 만나는 유형 따위가 있다. 이러한 하위 유형 가운데 맨 뒤엣것을 학자들은 '이계탐색형'이라고 일컫는데, 내가 살펴본 그림책 『구렁덩덩 신선비』 열세 권 가운데 열두 권이 이 유형을 원전으로 삼았다.[1] 아마도 이계탐색형이 서사성과 환상성과 극적 재미가 가장 뛰어나기 때문일 것이다.

「구렁덩덩 신선비」 민담 본과 그림책 본을 수집해서 보면 예나 지금이나 이 유형의 설화를 적극적으로 전승해온 주체가 여성임을 알 수 있다. 그래서인지 색시가 이계 여행을 할 때 사용하는 공간이동 도구가 민담에서나 그림책에서나 주로 복주깨('주발 뚜껑'의 사투리)로 돼 있다. 특히 노벨과개미(이송희 글, 유승하 그림, 두손미디어 1996; 〔2005〕), 보림(이경혜 글, 한유민 그림, 1997), 시공주니어(이상권 그림, 엄혜숙 글, 2007), 웅진닷컴(김성민 그림, 이미애 글, 2003), 한국차일드아카데미(김순환 글, 김용범 그림, 2003)에서 나온 그림책을 보면 색시가 은복주깨를 타고 이계 여행을 한 것으로 나온다. 색시가 은복주깨를 타고 옹달샘을 따라서 또 다른 세상으로 간다는 판타지적 설정은 다른 나라 동종 민담에서는 좀처럼 발견하기 힘든 우리 민족 고유의 독특한 발상이다.[2]

그런데 은복주깨 모티프를 살린 그림책과 구전민담을 비교해보면 한 가지 큰 차이점을 발견할 수 있다. 여성 작가들이 쓴, 은복주깨 모티프가 들어 있는 그림책에는 민담과 달리 이계에서 색시가 겪는 시련담이 펼쳐지지 않는다. 이계탐색형을 원전으로 삼은 글작가들이 무엇 때문

그림1 보림 본 표지.

그림 2 시공주니어 본 표지.

에 시련담을 생략했는지 그 까닭을 잘라 말하기는 어렵다. 이미애나 엄혜숙 같은 역량 있는 글작가들이 시련담을 생략한 데에는 나름대로 까닭이 있을 것이다. 그림책 글이 너무 길면 유아가 읽기에 부담이 된다고 생각했을 수도 있고, 색시가 한 남자를 두고 다른 여자와 치열한 경쟁을 벌인다는 설정이 탐탁하지 않았을지도 모른다. 또 호랑이 눈썹 뽑아 오기와 같이 목숨이 위태로울 수 있는 과제를 완수하고 나서야 색시가 비로소 남편을 되찾는다는 것이 페미니즘 시각에서 볼 때 전근대적인 설정으로 비칠 수도 있었을 것이다.

민담에서 보편적으로 발견되는 화소를 첨삭할 때는 다양한 시각에서 곰곰이 생각해볼 필요가 있다. 단순히 '정치적 올바름'이나 '페미니즘 정신'에 어긋난다고 해서 화소를 함부로 편집했다가 이야기에 담긴 옛사람들의 지혜와 문화적 가치를 훼손하고 서사의 짜임새를 엉성하게 할 수도 있기 때문이다. 또 자칫하다가는 민담을 고쳐 쓰거나 새로 쓴 이야기가 오히려 원전보다 더 보수적인 세계관을 담을 수도 있다.

이 글에서는 여성 작가들이 그림책『구렁덩덩 신선비』에서 이계 시련 담을 생략한 것이 과연 바람직한지, 그 속에 담긴 세계관이 구전민담보다 더 진취적인지 꼼꼼하게 따져보기로 하자.

2. 페미니즘 시각이 놓친 구전민담의 매력

복주깨를 타고 이계에 간 색시가 두 번째 아내와 경쟁을 벌인다는 설정에는 가부장제 이데올로기의 산물로만 치부하기 어려운 요소들이 들어 있다. 구전민담 가운데 낯선 세계로 공간이동을 한 주인공이 어떤 시련도 겪지 않고 손쉽게 행복해지는 이야기는 그다지 많지 않다. 입말로 전승되는 「나무꾼과 선녀」에서 천상계에 올라간 나무꾼은 아내와 천상에서 행복하게 살기 위해 장인이 내주는 온갖 과제를 수행한다. 서천서역국으로 여행한 바리공주나 바리데기의 경우도 생명수를 얻기 위해 이계에서 인고의 세월을 견딘다. 이러한 설화로 미루어 짐작할 때 옛사람들은 낯선 세계에 발을 디디면 그곳에서 시련을 겪어야 비로소 행복해질 수 있다고 믿었던 것이 아닐까 싶다.

또한 옛이야기가 지닌 심리학적인 가치도 고려할 필요가 있다. 많은 분석심리학자들이 '잃어버린 남편 찾기' 유형에 등장하는 남편을 여성 속에 존재하는 남성성(아니무스, animus)으로 간주하고, '잃어버린 아내 찾기' 유형에 등장하는 아내를 남성 속에 존재하는 여성성(아니마, anima)으로 해석한다. 다시 말해 분석심리학 시각에서 볼 때 「구렁덩덩 신선비」의 구렁이 신랑은 현실의 남성이 아니라 여성 내면에 존재하는 남성적인 내적 인격이고, 「나무꾼과 선녀」의 선녀는 현실의 여성이 아니라 남성 내면에 존재하는 여성적인 내적 인격으로 풀이할 수 있다. 나무꾼이 천상계에서 온갖 시련을 겪는 것은 남자가 내면에 존재하는 여성성을 회복하는 과정으로, 신선비의 아내가 남편을 찾아 이계로 여행하는 것은 여자가 내면의 남성성을 찾기 위해 무의식 세계로 들어가 시련을 겪는 과정으로 볼 수 있는 것이다.

옛이야기의 심층에 담긴 심리학적 가치를 굳이 내세우지 않고 우리

그림 3 보림 본에 담긴 이계 시련담의 한 장면. 각시가 새 아가씨와, 참새가 앉아 있는 나뭇가지 꺾어 오기 경쟁을 벌이고 있다.

네 현실과 견주어보더라도 이계 시련담이 들어 있는 이야기가 훨씬 더 현실적이다. 한 인간이 낯선 세계에 들어가면 그 세계에서 제대로 적응할 때까지 온갖 어려움을 겪는 것은 자연스러운 이치다. 또 아내의 사랑을 믿지 못해 낯선 세계로 떠난 남편이 새 터전에서 두 번째 여자와 살림을 차리는 것도 현실적으로 있을 수 있는 일이다. 설령 구전민담이 가

부장제 이데올로기를 담고 있다손 치더라도 그것을 상쇄할 수 있는 다른 매력과 가치를 지녔다면 본디 모습을 잘 살릴 필요가 있다.

또한 이계 시련담이 담긴 이야기가 서사적 완성도가 높다는 사실도 고려할 필요가 있다. 신선비의 색시가 두 번째 아내와 경쟁을 벌이는 내용은 전반부와 맞물려 이야기 전체에 유기적인 통일성을 보강해준다. 색시는 신혼 초에 남편이 신신당부했는데도 두 언니로부터 남편의 허물을 지키지 못했다. 구렁덩덩 신선비는 동물, 인간, 신선의 속성을 동시에 지닌 존재인데, 색시는 자의든 타의든 남편의 동물적 속성을 훼손한 것이다. 색시가 허물에 붙은 불을 끌 수 있는 물과, 호랑이의 기운이 서린 눈썹을 남편에게 가져다주는 것은 동물성이 훼손된 남편을 치유하는 과정으로 풀이할 수 있다. 또 언니들로부터 남편의 허물을 지키지 못할 정도로 나약하고 조심성이 없던 색시가 말미에 다른 여자와 힘든 경쟁을 벌여 이기는 것은 성인 입문식으로 간주할 수 있다.

3. 구전민담에 등장하는 대모신 형상들

충남이나 전북에서 전해지는 구전민담들을 보면 대모신(大母神) 이미지를 지닌 다양한 여성이 눈에 띈다. 이야기 들머리에 등장하는, 구렁이 아들을 혼자서 낳은 신선비의 어머니, 검은 빨래를 희게 빨고 흰 빨래를 검게 빨아달라고 요구한 뒤 마법의 복주깨를 주는 여자, 이계에서 색시에게 호랑이 눈썹을 뽑아주는 할머니는 모두 대모신을 연상시킨다. 이러한 신이한 능력을 지닌 여성들 가운데서 들머리에 등장하는 신선비의 어머니와 말미에 등장하는 호랑이 할머니는 대조적인 모습을 보인다. 두 여성이 모두 신선비와 색시의 결합을 돕지만, 신선비의 어머니는 결혼을 성사시키는 데에 소극적인 자세를 취하고 호랑이 할머니는 두 사람의 재결합을 적극 돕는다.

신선비의 어머니는 구렁이 아들을 낳은 것이 부끄러워 아들을 굴뚝 모퉁이에 갖다 놓고 삿갓으로 덮어놓는다. 아들은 자신의 존재를 부끄러워한 어머니가 옆집 셋째 딸에게 혼담을 건네려 하지 않으려는 것을 알고 어머니를 협박한다. 구전민담을 보면 많은 각편에서 구렁이 아들이 "오머니, 저 막내딸 안 얻어주면은 오머니 저 나오던 구멍으로 한 손에 칼 들구, 한 손에 불 들구 도루 들어가것시유"[3]라고 위협을 한다. 어머니는 아들의 위협이 두려워 옆집에 혼담을 건넨다.

서대석은 신선비의 어머니를 지모신(地母神)으로 단정 지으면서 이야기를 다음과 같이 풀이한다. "어머니의 배 속은 바로 대지를 상징한다. 아기를 잉태할 수 있는 여성의 배 속은 곧 생산력을 간직한 대지이다. 불과 칼은 바로 이러한 대지의 생산력을 파괴하는 무기이다. (…) 따라서 불과 칼을 가지고 어머니의 배 속으로 들어간다는 말은 가뭄이나 전쟁 등으로 대지의 생산력을 고갈시키겠다는 위협으로 풀이된다. 대지

그림 4 시공주니어 본에서 구렁이 아들이 불과 칼로 어머니를 협박하는 장면.

가 생산력을 상실할 때 그 대지는 인류가 삶을 지속할 수 없는 불모의 사막이 된다. 따라서 구렁이의 이 말은 인류 전체의 삶을 위협하는 의미가 내포된 것이기도 하다. 지모신인 어머니는 이 말에 굴복하지 않을 수가 없다. 그리하여 장자 집에 청혼을 하게 된 것이다."[4] 서대석의 주장대로 신선비의 어머니가 지모신이라면, 그 지모신은 가부장적 권위를 지닌 아들의 명령에 어쩔 수 없이 굴복하는, 신성성을 상실한 몰락한 지모신이다.

하지만 「구렁덩덩 신선비」의 말미에 등장하는 호랑이 할머니는 적극적이고 활기 넘치는 여산신(女山神)의 모습을 간직하고 있다. 호랑이 할머니는 신선비의 어머니와 달리 호랑이 아들을 어떻게 다루어야 할지를 잘 알고 있고 색시와 신선비의 재결합을 돕는 데 능동적이다. 특히 충남 서산에서 채록된 각편을 보면 호랑이 할머니가 지닌 여산신의 풍모가 뚜렷이 드러난다.

그래 워디 만큼을 가느라니께 워떤 산속에서 참, 할머니가 베를 들구 짜싸터라느면그류. 사실 얘기를 다 허니께,

"그럼 내 치마 밑에 가 숨어 있으라구. 베 짜는 치마 밑에 숨어 있으면 아들들이 와서 '오머니게서 인내 나네, 인내 나네' 할 게여. 그래도 아무 소리두 말구 있으라구."

그래서 감춰 있으니께 워디서 큰아들이 오느라구 '후탕탕' 하더니 들어와서,

"오머니게서 인내 나네."

"응, 저늠의 새끼 별 소릴 다 허네. 네 눈썹에 진디 붙었다."

허구 한 주먹인가 하나를 뺐대유. 또 하나가 오너서는 또,

　"아이구, 오머니게서 인내 나네, 인내 나네."

허니께,

　"이눔 새끼 별 소릴 다 허네."

허면서 또 눈썹 하날 빼구, 인저 셋째가 와서 또 그러니께, 또 하나를 빼구 그래서 시 갠가 석 주먹인가를 뺐대유. 그렇거구서 또 나갔슈. 사냥질을 허러. 갔는디 그늠을 주면서,

　"큰 등성이를 넘으면 큰아들이 '여보! 여보!' 부르면은 뒤도 돌아다보지 말구 가구, 둘째 등성이 넘어길 적에 또 부르면서 '여보, 여보' 하거든 돌려다두 보지 말구, 또 그러거든 돌려다두 보지 말구 가라."

구 그러더래유 노인네가.

　(…)

　그래서 가지구 가니께 그이는 워서 퇴끼털, 돼지털을 뽑아다놓구, 그이는 호랭이털을 뽑아다놓으니께,

　"이게 내 마누라다."

그러구서 데리구 살더래유.[5]

이 서산 민담에서, 산속에서 베를 짜고 있는 호랑이 할머니는 젊은 색시를 치마 밑에 숨겨주고 아들들의 눈썹을 직접 뽑아줄 뿐만 아니라 색시가 돌아갈 때 호랑이 아들이 불러도 절대로 돌아보지 말라는 자상한 조언까지 아끼지 않는다. 세 마리 호랑이 아들과 함께 있는 너그럽고 후덕한 어머니 모습을 한 직녀 할머니는 여산신을 떠올리게 한다.

　한국의 산신신앙을 연구한 많은 학자들은 고대 산신이 남성이 아니

라 여성이었다고 주장한다. 『삼국유사』에 등장하는 산신들은 선도산 성
모나 운제산 성모와 같이 여성이었으며, 지리산 천왕봉은 지금도 여산
신을 모시고 있다. 산신신앙 또는 산신도를 연구한 학자들은 그림이나
설화가 보여주는 여산신은 너그럽고 자애로운 어머니, 베틀로 천을 짜

그림5 무신도 여산신. 19세기, 104.5×89.5, 건들바우박물관.[6]

서 옷을 만드는 직녀, 호랑이를 거느린 신선 모습을 하고 있다고 말한다. 남편을 잃은 색시를 위해 아들들의 눈썹을 뽑아준 호랑이 할머니 모습은 서양의 '잃어버린 남편 찾기' 유형 설화에 등장하는 우주의 대모신들과 크게 다르지 않다. 서양의 동종 민담에서 해와 달과 별의 어머니들은 무쇠 신을 신고 우주를 헤매는 색시에게 남편을 찾을 수 있는 신물(神物)을 건네준다. 여성이 잃어버린 남편 또는 내면의 남성성을 찾기 위해서는 대모신의 도움을 받아야 한다는 믿음이 인류의 보편적인 심성에 자리 잡고 있는 것 같다.

4. 그림책에서 사라진 여산신, 호랑이 할머니

이계탐색형에서 가장 보편적으로 등장하는 공간이동 도구인 복주깨는 주로 평북, 충남, 전북 등 우리나라 서부 지역에서 채록된 민담에 들어 있는 화소다. 금복주깨가 등장하는 평북 민담과 은복주깨가 등장하는 충남과 전북의 민담은 내용이 조금 다르다. 평북 민담에서는 구연자들이 남자이고 조력자가 새 보는 아이이고 복주깨도 금으로 되어 있어서 여성의 일상적인 삶과 깊이 연계되어 있다고 말하기 어렵다. 하지만 충남과 전북의 민담에서는 구연자들이 주로 여자이고 복주깨도 은으로 되어 있을 뿐만 아니라 조력자도 빨래하는 아낙네들이나 논 가는 농부여서 여성의 일상적인 삶과 관련이 깊어 보인다.

여성 작가들이 쓴 그림책에 은복주깨와 빨래하는 여자 모티프는 온전하게 살아있지만 깊은 산속에서 베를 짜면서 호랑이 아들과 함께 사는 할머니 모습은 좀처럼 발견하기 어렵다. 엄혜숙이 글을 쓰고 민속학자 최인학이 감수한 시공주니어 본『구렁덩덩 새선비』는 많은 어린이책 작가들이 생략한 '불과 칼' 모티프를 잘 살리고, 이계에서 새 선비와 아내가 재회할 때 주고받는 대화를 맛깔스럽게 잘 처리했지만 색시가 이계에서 겪는 시련담이 완전히 생략되어 호랑이 할머니는 등장하지 않는다.

최창숙이 글을 쓴 씽크하우스 본『구렁덩덩 신선비』(김은정 그림, 2007)는 호랑이 할머니 모티프를 살렸지만 전근대적 세계관을 보여주는 특정한 각편[7]에 지나치게 의존한 점이 문제다. 신선비의 변신이 안개 자욱한 방에서 이루어지는 것, 색시가 이계에서 신선비에게 "종이 되어도 좋으니 서방님 곁에 살게만 해 주세요"라고 비굴하게 말하는 것, 신선비가 두 여자를 큰부인 작은부인으로 거느리고 사는 것 등은 다른 각편에서는 좀처럼 발견하기 어려운 화소들이다. 가부장제 이데올로기를 엿볼 수 있는 이러한 화소들은 보편성이 크지 않기 때문에 구전민담에 들어 있더라도 그림책에서 고스란히 살릴 필요가 없다. 글작가가 다른 각편도 두루 살펴보고 조금 더 보편적이고 진취적인 화소를 끌어다 이야

그림 6 씽크하우스 본 표지.

기를 재구성했더라면 하는 아쉬움이 남는다.

은복주깨가 등장하는 그림책 가운데서 '호랑이 눈썹 뽑아 오기'라는 화소가 들어 있는 작품은 이경혜가 글을 쓴 보림의 『구렁덩덩 새 선비』가 유일한 듯하다. 하지만 보림 본은 '호랑이 눈썹 뽑아 오기' 화소는 살렸어도 여산신 할머니 모습은 삭제해버렸다. 이경혜는 "커다란 나무 밑에서 호랑이 한 마리가 자고 있었어요. 각시는 겁이 더럭 났지만 용기를 내서 눈썹을 세 개 뽑았어요"라고 썼고, 그림을 그린 한유민도 색시가 잠든 호랑이의 눈썹을 혼자서 직접 뽑는 것으로 묘사했다. 여원미디어(오현경 글, 이광익 그림, 2003)나 한국몬테소리(김윤조 그림, 김해원 글, 2007)에서 나온 그림책에도 보림 본과 마찬가지로 할머니가 아니라 신선비의 색시가 잠든 호랑이의 눈썹을 직접 뽑는 것으로 그려져 있다. 내가 살펴본 책 가운데는 고려원북스의 『구렁덩덩 신선비』(최래옥·박완서·정채봉 편, 이영원 그림, 1997)가 호랑이 할머니를 보여주는 유일한 작품이다. 하지만 전반적으로 다른 그림책들에 비해 글과 그림이 엉성해서 독자

그림 7 보림 본에서 각시가 잠든 호랑이의 눈썹을 직접 뽑는 장면.

그림8 고려원북스 본 표지.

에게 추천하기는 어렵다.

5. 페미니즘 시대의 아이러니

산신도를 연구한 김영자는 고대로부터 고려에 이르기까지 여성으로 표현된 산신이 남신이 된 과정에 대해 "가부장 사회가 진전될수록 여성 산신은 남성 산신에게 그 자리를 내어주지 않으면 안 되었을 것이다. 현존하는 산신도의 대부분이 조선 후기의 것이라는 점을 감안할 때에 남성 산신도의 보편화는 가부장 사회의 진전의 결과라 하겠다"[8]라고 주장한다. 본디 여성이었던 산신이 가부장제 사회로 들어서면서 남성 산신으로 변했다는 것이다. 남성 산신이 지배하는 조선 사회에서 사라져버린 여산신 신앙이 계룡산, 지리산, 모악산에 아직 살아 있는 것과, 우리나라 충남과 호남 지역에서 채록된 신선비 설화에 여산신을 떠올리게 하는 호랑이 할머니가 등장하는 것은 서로 깊은 상관관계가 있을지 모

그림 9 무신도 여산신. 경남 하동 쌍계사.

른다.

하지만 오늘날 그림책에서 여산신 호랑이 할머니의 푸근한 모습은 좀처럼 찾아보기 힘들다. 「구렁덩덩 신선비」를 그림책으로 만드는 데 참여했던 많은 여성들이 구전민담 속에 등장하는 호랑이 할머니에게 주목하지 않은 것은 유감스러운 일이다. 글작가들이 여산신의 모습을 제대로 살려줘야 그림작가들이 그 모습을 시각화하는 데 더 관심을 기울일 수 있다. 산신신앙의 주체였던 여산신이 가부장제 사회에 제작된 산신도에서 뒷자리로 물러나 있는 것은 어쩔 수 없다손 치더라도, 페미

니즘 시대를 살아가는 오늘날 여성 작가와 기획자 들이 만든 그림책에
서 여산신의 흔적조차 발견할 수 없는 것은 씁쓸한 아이러니라 하겠다.

6장. 「흥부가」와 「흥부전」에 도깨비는 없다

1. 그림책 속 똥물과 도깨비

「흥부와 놀부」는 「콩쥐팥쥐」와는 달리 입말로 전승되어온 민담이 따로 존재하지 않는다. 국문학자들은 몽골과 인도에서 각각 전승되어온 '박타는 처녀' 설화와 파각도인 설화, 그리고 중국 당나라 때의 산문집 『유양잡조(酉陽雜俎)』에 소개된 신라 귀족 김가의 조상 이야기인 방이 설화를 근원설화로 꼽는다. 또 어느 학자는 「흥부와 놀부」에 등장하는 제비와 집 짓기 화소는 「성조가」 또는 성조신앙과 관련이 있다고 본다.[1] 이러한 설화, 노래, 무가 등이 결합해서 판소리 「흥부가」가 되었고, 다시 판소리는 고전소설 「흥부전」으로 변모했다고 추정할 수 있다. 따라서 「흥부와 놀부」는 구전민담이 아니라 어린이책 작가들이나 교과서 편찬자들이 「흥부전」에서 줄거리를 빌려와서 지은 옛이야기라고 볼 수 있다.

그림책 『흥부와 놀부』를 만들 때 원전으로 삼을 수 있는 이본은 고전소설「홍부전」과 판소리「홍부가」다.[2] 그런데 이 두 갈래의 이야기는 이본도 많고 그 안에 담긴 세계관이나 등장인물의 성격이 조금씩 달라서 모두를 아우를 수 있는 보편적인 화소를 제대로 간추리기가 어렵다.「홍부전」이 전래동화로 변용되는 데 많은 영향을 끼친 이본은 1860년대에 출간되었을 것으로 추정되는 경판본(京板本) 고전소설이다. 일제강점기에 나온 어린이책이나 최근에 만들어진 그림책을 보면 놀부가 탄 마지막 박에서 똥물 또는 똥 벼락이 나와 놀부가 쫄딱 망하는 것으로 되어 있다. 똥물 화소는 경판본 고전소설에 들어 있는 것으로, 1870년대에 기록된 신재효의「박타령」을 비롯한 판소리 창본에는 등장하지 않는다. 또 최근에 1853년에 기록된 것으로 밝혀져서 최초의 이본으로 주목받고 있는 하버드 대학 연경도서관이 소장한「홍보전」에서도 똥물 화소는 찾을 수 없다.

그림책『홍부와 놀부』에 똥물이 그려진 것은 경판본 계열 고전소설의 영향 때문이라고 볼 수 있지만, 최근에 만들어진 그림책에 도깨비가 거의 빠짐없이 등장한 것은 무슨 까닭일까? 판소리 창본이나 고전소설 본에 없는 도깨비가 등장하게 된 것이 궁금해서 사이버교과서박물관(www.textlib.net)에 들어가 일제강점기부터 5차 교육과정기(1987~92)까지 제작된 초등학교(소학교 및 국민학교) 국어 교과서를 쭉 살펴보았는데, 도깨비가 등장하는 이야기는 단 하나도 없다. 미군정기부터 1987년까지의 교과서에는 놀부 박 자체가 언급되지 않았다. 초등학교 국어 교과서에 놀부 박이 등장하게 된 것은 5차 교육과정기부터라고 볼 수 있다. 그런데 5차 교육과정기 교과서에도 '이상한 사람들'이 놀부의 재산을 앗아갔다고만 씌어 있을 뿐 도깨비는 나오지 않는다. 그런데 1997년에 시작된 7차 교육과정기의『국어 읽기 4-1』(교육인적자원부, 2001)을 보면 도깨비 화소가 들어 있다. 이 교과서에서는「홍부전」의 놀부 박 사설을 요약하면서 "한껏 기대를 하고 박을 탔으나, 그 속에서 나온 것은 금은보화가 아니라 온갖 오물이었습니다. 마지막으로 탄 박에서는 도깨비들이 나와 놀부네 집을 마구 부수고 놀부를 흠씬 두들겨 주었습니다"(120면)라고 소개했다. 우리 고전을 소개한답시고 초등학교 교과서가 이렇게 고전소설「홍부전」을 일그러뜨리니까 그림책들에도 버젓이 도깨비가 자리를 잡게 된 것이다. 최근에 출간된 전집류 책이나 인터넷 서점에서 판매되는 그림책 열다섯 권을 수집해서 살펴보았는데, 열한 권에서 도깨비가 출현했다.[3]

　　이러한 개작은「홍부전」에 대한 그릇된 지식을 아이들에게 심어줄 뿐만 아니라, 이야기의 서사적 가치를 떨어뜨리고, 한국 고유의 도깨비가 지닌 입체적인 이미지를 왜곡한다. 또 그림책의 경우 아직 많은 화가들이 도깨비를 어떻게 그려야 될지 갈피를 잡지 못하고 있는데, 엉성하고 조잡한 도깨비 그림을 유아들에게 반복해 보여주면 잘못된 도깨비상이 그들 뇌리에 영원히 새겨지게 된다. 이 글에서는 홍부 박과 놀부 박을 중심으로「홍부가」「홍부전」『홍부와 놀부』를 비교하면서 최근에 만들어진 그림책이 안고 있는 문제점을 짚어보고 새 가능성을 모색해보고자 한다.

2.「홍부가」와「홍부전」에 등장하는 능천낭과 장비

　　「홍부가」와「홍부전」을 살펴보면 심술궂은 놀부를 호되게 벌주는 인물은 도깨비가 아니라『삼국지(三國志)』에 등장하는 용감하고 힘센 장수

그림 1 웅진닷컴에서 나온 『흥부와 놀부』(사석원 그림)의 한 장면. 놀부 박에서 똥물이 강물처럼 쏟아지고 있다.

장비(張飛)다. 국문학자 정충권은 『흥부전 연구』(월인 2003)에서 대표적인 이본들을 상세하게 비교 분석해서 도표로 소개했는데, 도깨비가 등장하는 작품은 한 편도 없다(249, 255면 참조). 그림책에서 도깨비만큼 자주 등장하는 똥물도 경판본 계열의 이본에만 들어 있을 뿐 연경도서관본과 판소리 창본에는 들어 있지 않아서 「흥부가」와 「흥부전」의 보편적인 화소로 보기는 어렵다.

판소리 창본의 흥부 박 사설을 보면 흥부 박에서 나오는 물건과 인물 대부분이 의식주와 연결된다. 신재효의 「박타령」을 보면 첫 번째 박에서는 각종 선약을 든 청의동자와, 끝없이 쌀이 나오는 쌀궤와 돈궤가 나오고, 두 번째 박에서는 각종 비단과 보석과 세간이 나오고, 세 번째 박에서는 양귀비와 수천 칸 기와집을 지어줄 사람들이 나온다. 현재 전해지는 동편제에서 흥부 박 사설의 핵심 구성요소는 신재효 본보다 훨씬 간략하다. 첫 번째 박에서는 쌀궤와 돈궤, 두 번째 박에서는 비단, 세 번째 박에서는 목수, 집치레, 사랑치레가 나온다(같은 책, 235면 참조). 곧 식(食), 의(衣), 주(住) 순서로 물건이 나와서 흥부는 부자가 된다. 가난한 사람에게 가장 필요한 것은 우선 쌀이고 그다음이 옷과 집이라고 생각한 때문일 것이다.

놀부 박에서 나온 물건과 사람 들은 흥부 박에서 나온 것들과 대조를 이룬다. 우선 흥부의 첫 번째 박에는 신비스러운 쌀궤와 돈궤가 들어 있지만 놀부의 첫 번째 박에는 능천낭(凌天囊)이라는 작은 주머니가 들어 있다. 놀부 조상의 옛 상전을 자처하는 어느 노인이 나타나 놀부에게 작은 주머니를 주면서 재물을 채우라고 요구한다. 그런데 이 작은 주머니는 돈과 쌀을 궤짝째로 넣어도 결코 채워지지 않는 신이한 물건이다. 신재효 본에서는 이 능천낭을 "천지개벽한 연후에 불충·불효한 놈들 무륜무의(無倫無義) 모은 재물을 뺏아 오는 주머니"[4]라고 말한다. 또한 흥부의 세 번째 박에서 집 짓는 사람들이 나와 고래 등 같은 기와집을 지어 주는 것과 놀부 박에서 상어 행렬이 나와 명당자리를 내놓으라고 하는 것도 대조를 이룬다(정충권, 앞의 책, 251면 참조). 왜냐하면 놀부 박에서 나왔던 능천낭을 가진 노인이 죽으면서 자손들에게 놀부의 집터가 명당이니까 그곳에 묻어달라는 유언을 남기는데, 그것을 실현하려면 놀부의 기와집을 무너뜨려야 하기 때문이다.

한 가지 재미있는 점은 제비와 장비라는 화소가 서사적으로 맞물린다는 것이다. 옛사람들이 「흥부가」나 「흥부전」에서, 놀부 박에서 나와 놀부를 혼내주는 장수를 장비로 설정한 데는 나름대로 이유가 있다. 경판본을 보면 장비는 "한나라의 종실(宗室)이신 유황숙(劉皇叔)의 아우 거기장군(車騎將軍) 연(燕)나라 사람 장익덕(張翼德) 장비"[5]라고 자신을 소개한다. 곧 장비의 고향이 제비를 뜻하는 '연'나라인 것이다. 또 다른 고전 소설 본이나 판소리 창본에서는 장비 얼굴의 가장 큰 특징으로 제비턱을 꼽는다. 신재효의 「박타령」을 보면 장비가 "비금(飛禽) 중에 사람 따르고, 해 없는 게 제비로다. 내가 근본 생긴 모양, 제비턱을 가졌기로 제비를 사랑터니, 제비 말을 들어본즉 생다리를 꺾었다니, 그러한 몹쓸 놈이 어디가 있겠느냐"[6]라면서 놀부를 호되게 꾸짖는다. 제비 다리를 부러뜨린 놀부를 혼내주는 장수로 고향이 연나라이고 턱 모양이 제비턱인 장비가 가장 알맞다고 여긴 옛사람들의 상상력과 유머 감각이 돋보인다.

이 장비 모티프는 대부분의 그림책에서 삭제된 양귀비 화소와 대조

그림 2 보림에서 나온 『흥부 놀부』(박성완 그림)의 한 장면. 놀부 박에서 장수가 나와 놀부를 혼내고 있다. 장비 화소를 살리지 않아 아쉽다.

를 이룬다. 연경도서관 본과 경판본을 보면 흥부의 마지막 박에서 나온 양귀비와 놀부의 마지막 박에서 나온 장비가 대응관계를 이룬다. 양귀비는 보은박(報恩瓢)에서 흥부를 즐겁게 하기 위해 나오고, 장비는 보수박(報讐瓢)에서 놀부를 골려주기 위해 나온다. 양귀비와 장비는 똑같이 이름에 '비'라는 글자가 들어가지만 그 형상과 구실이 완전히 대조적이어서 옛사람들의 언어감각과 해학을 엿볼 수 있다. 물론 그림책에서 흥부의 첩으로 등장하는 양귀비 화소를 살리기는 어려울 것이다.

3. 판소리와 고전소설의 맛을 살린 그림책들

내가 살펴본 그림책 열다섯 권 가운데 기탄동화(김회경 글, 이현미 그림 『흥부와 놀부』, 2005), 보림(박성완 그림, 황경 글『흥부 놀부』, 1997), 웅진닷컴(사석원 그림, 이주혜 글『흥부와 놀부』, 2003), 한국글렌도만(김태연 글, 이부록

그림 3 기탄동화 본 표지.　　　　**그림 4** 보림 본 표지.

그림 『흥부전』, 〔2006〕)이 출간한 책은 판소리 또는 고전소설에서 화소를 끌어왔다. 이 네 책에서는 흥부 박에서 하얀 쌀, 비단, 기와집이 차례차례 나오고, 놀부 박에서도 도깨비가 아니라 장비를 연상시키는 장수가 나온다. 그런데 글작가들은 장수가 장비인 것으로 밝히지 않고 "시커먼 얼굴에 부리부리한 호랑이 눈에, 수염이 텁수룩한 장수"(김태연), "수염이 더부룩한 장군"(김회경), "집채만 한 장수"(이주혜), "우락부락하게 생긴 장수"(황경)로만 묘사했다. 이렇게 놀부 박에 등장하는 장비를 장수로 고치면 중국 설화의 영향을 없앨 수는 있지만 「흥부가」나 「흥부전」에 담긴 옛사람들의 해학과 언어감각을 제대로 살리지 못한다. 장비라는 고유명사를 제거해버리면 장수 이름에 제비의 비상을 연상시키는 비(飛) 자가 들어 있고 고향이 연나라이고 제비턱을 하고 있다는 데에서 오는 쏠쏠한 재미가 사라져버리는 것이다.

그림 5 웅진닷컴 본 표지.   **그림 6** 한국글렌도만 본 표지.

한편, 흥부 박에서 나온 물건과 사람 들은 네 책에서 모두 비슷한데 놀부 박에서 나온 것들은 서로 다르다. 보림 본과 웅진닷컴 본에서는 놀부 박에서 장수, 거지 떼, 똥물이 나온다. 기탄동화 본과 한국글렌도만 본에서는 작은 주머니를 지닌 노인과 수염이 더부룩한 장수가 나오는데 둘째 박에서 나오는 사람들이 다르다. 기탄동화 본에서는 소고와 장구와 북 등을 든 사람들이 나오고, 한국글렌도만 본에서는 노인의 명당자리를 찾는 상여 행렬이 나온다.

주머니를 든 노인, 장수, 거지 떼, 상여 행렬, 사당패는 「흥부가」 또는 「흥부전」에 보편적으로 들어 있는 화소다. 그림책들에서는 흥부 박과 놀부 박이 모두 셋으로 설정돼 있는데, 원전의 맛을 잘 살리려면 놀부 박이 더 많아야 한다. 놀부 박은 경판본 「흥부전」에서는 열세 개, 연경도서관 본에서는 여덟 개, 신재효 본에서는 여섯 개나 된다. 다른 이본들에서도 놀부 박의 수는 적어도 다섯 개 이상이다. 원전에 충실하려면

그림 7 기탄동화 본에서, 놀부 박에서 노인이 나와 돈을 주머니에 넣으라고 하는 장면.

그림책일지라도 적어도 놀부 박의 수가 넷 이상은 되어야 하지 않을까 싶다. 놀부 박에서 능천낭을 든 노인, 사당패, 상여 행렬, 장비는 등장해야 그 맛을 제대로 표현할 수 있으니 말이다.

이러한 화소들이 놀부 박 사설에 반드시 들어가야 하는 핵심적인 까닭은 서사적 짜임새를 탄탄하게 하고 흥부 박과 놀부 박의 대조성을 돋보이게 하기 때문이다. 앞에서도 언급한 것처럼 놀부 박 속의 노인(옛 상전)이 든 능천낭은 흥부 박 속의 쌀궤나 돈궤와 맞물리고, 놀부 박 속의 '명당자리를 내놓으라는 상여 행렬'은 흥부 박 속의 '고래 등 같은 기와집을 지어주는 목수들'과 대조를 이룬다. 또 장비는 제비와 연계되고, 놀부가 연희패나 사당패에게 혼쭐이 나는 것은 놀부의 짓궂은 장난과 심술에 대한 인과응보라 할 수 있다. 사당패를 등장시킬 때 각설이패도 함께 넣으면 놀부의 탐욕을 훨씬 효과적으로 벌할 수 있겠다.

도깨비와 똥물이 등장하는 그림책에 익숙한 아이들은 노인, 상여, 사

그림 8 기탄동화 본에서, 놀부 박에서 소고와 장구와 북 등을 든 사람들이 나온 장면.

당패, 장수 등이 나오는 기탄동화 본이나 한국글렌도만 본이 낯설게 느껴질지도 모른다. 하지만 내가 판단하기로는 이 두 그림책의 글이 원전에 가장 충실하다. 김회경과 김태연이 교과서나 다른 작가들 글의 영향을 받지 않고 원전을 참조해서 능천낭(작은 주머니)과 장수 화소를 동시에 살린 것을 높이 평가하고 싶다. 그 무엇보다도 도깨비와 똥물이 등장하지 않아서 참신하게 느껴진다. 그런데 아쉽게도 이 두 책의 그림이 추천하고 싶을 정도로 뛰어나지는 않다. 특히 한국글렌도만 본은 그림이 엽기적이고 낯설어서 「흥부가」 또는 「흥부전」의 맛을 제대로 표현했다고 보기 어렵다. 사족을 한마디 덧붙이자면, '능천낭'은 발음과 뜻이 재미있기 때문에 비록 한자말이기는 해도 있는 그대로 쓰는 것이 이야기를 더 풍부하게 하고 아이들의 상상력을 자극할 것 같다.

4. 장비는 사라지고 오니가 들어앉은 그림책들

대부분의 그림책『흥부와 놀부』와 교과서에 도깨비가 등장하는 것이 문제가 되는 것은 아이들에게 판소리나 고전소설에 대한 그릇된 지식을 심어주기 때문만은 아니다. 사실 그림책『흥부와 놀부』에 도깨비가 등장하는 것이 전혀 생뚱맞은 개작은 아니다. 「흥부전」의 근원설화로 꼽히는 방이 설화에는 도깨비를 연상시키는, 붉은 저고리를 입고 쇠 방망이를 든 아이 도깨비들이 등장한다. 또 「혹부리 영감」과 「도깨비 방망이」도 비록 동물보은담은 아니지만 선인과 악인이 등장하고 모방행위가 벌을 받기 때문에 「흥부전」의 근원설화로 꼽히기도 한다. 따라서 「흥부전」이 도깨비와 전혀 관련 없다고 잘라 말하기는 어렵다.

그림책『흥부와 놀부』에 도깨비 화소가 들어 있는 것이 문제가 되는

그림9 아이즐에서 나온 『흥부 놀부』(이상교 글, 김민선 그림, 2006) 속 도깨비 그림.

것은 글작가들이 「흥부가」와 「흥부전」에 등장하는 능천낭, 상여꾼, 사당패, 장비 모티프는 삭제해버리고 느닷없이 도깨비를 등장시켰기 때문이다. 도깨비의 등장으로 이야기의 짜임새가 엉성해지고 만 것이다. 또 그림책 『흥부와 놀부』에 도깨비를 등장시키는 것이 민담의 매력을 살린다고 보기도 힘들다. 「흥부전」의 근원설화로 거론되는 방이 설화, 「도깨비 방망이」 「혹부리 영감」에서 도깨비는 모두 양면성을 지닌 존재로 등장한다. 착한 사람에게 재물을 가져다주는 존재가 도깨비고, 나쁜 사람에게서 재물을 빼앗는 존재도 도깨비다. 다시 말해 도깨비는 단순히 악인을 두들겨 패기 위해 등장하는 엑스트라가 아니라 선인과 악인의 행복과 불행을 결정짓는 입체적인 인물이다. 그림책에서 놀부 박에만 무서운 도깨비를 등장시키는 것은 도깨비의 복잡한 속성을 단순하게 축소하고, 도깨비가 우리 민중의 삶에 끼치는 영향의 양면성을 왜곡하는 것이다.

그림책『흥부와 놀부』에 도깨비들이 등장하는 것이 달갑지 않은 또 다른 까닭은 그림책 속 도깨비 형상이 일본 오니(鬼)와 닮았기 때문이다. 내가 살펴본 그림책들에서 도깨비들은 대부분 머리 위에 양뿔 또는 외뿔이 달렸고, 웃통은 벗은 채로 팬티만 입고 있으며, 손에는 뾰족하고 큰 가시가 박힌 커다란 방망이를 들고 있다. 머리에 뿔이 달리지 않은 외눈박이 도깨비나 벌거숭이 도깨비 그림도 한두 개 있기는 하지만 화가가 정성껏 그린 그림은 아니었다. 2009년 부분 개정되기 전의 초등학교 국어 교과서에 등장하던 도깨비도 오니를 연상시킨다. 2008년까지 초등학생이 보던『국어 말하기·듣기 2-1』(교육인적자원부, 2000)과『국어 읽기 2-1』(교육인적자원부, 2000)에는 도깨비 삽화가 여러 컷 실려 있었는

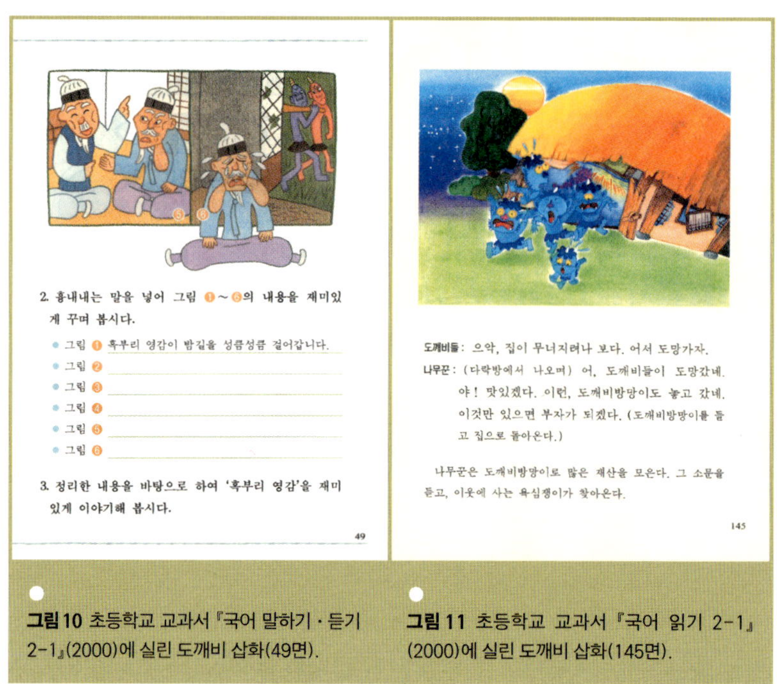

그림 10 초등학교 교과서『국어 말하기·듣기 2-1』(2000)에 실린 도깨비 삽화(49면).

그림 11 초등학교 교과서『국어 읽기 2-1』(2000)에 실린 도깨비 삽화(145면).

데, 외뿔 도깨비들이 모두 팬티만 입은 채 방망이를 들고 있다. 이렇게 초등학교 저학년 교과서와 그림책에 오니와 비슷한 도깨비 그림을 마구 그려놓으면 아이들 뇌리에 그 모습이 도깨비 형상으로 영원히 자리 잡게 된다.

이렇게 도깨비가 오니와 같은 이미지를 갖게 된 것은 일제강점기에 만들어진 교과서와 전래동화 책 때문이다. 조선총독부가 발간한 『보통학교조선어독본(普通學校朝鮮語讀本)』[7]에 실린 삽화에 도깨비가 오니 형상을 하고 있는 것, 일본어로 쓰인 『조선동화집(朝鮮童話集)』(1924)에 도깨비가 오니로 번역된 것, 일본 전래동화 책이나 그림책에 담긴 오니 삽화가 우리나라에 도깨비로 소개된 것 등이 복합적으로 영향을 끼쳐서 도깨비와 오니가 닮은꼴이 되었다.

하지만 도깨비와 오니는 서로 다른 속성을 지닌 존재라서 동일한 이

그림 12 『보통학교조선어독본 권4(普通學校朝鮮語讀本 卷4)』(1934)에 실린 도깨비 삽화(76면).

미지로 그리는 것은 바람직하지 않다. 도깨비와 오니의 시각적 이미지 형성을 비교 연구한 후지카와 토모코는 도깨비는 "옛사람들의 삶 속의 불안한 마음과 한, 희망 들이 복잡하게 얽히면서 형상화된 것이며, 그것에 인격이 부여"된 존재인 반면, 오니는 "괴이(怪異)가 표상화(表象化)된 것에 인격이 부여"된 존재라고 말한다.[8] 곧 도깨비는 양면성을 지닌 복잡한 개념인 반면 오니는 무서움과 괴이함을 속성으로 지닌 단순한 개념이다. 따라서 그림책『흥부와 놀부』에서 놀부를 방망이로 두들겨 패는 무시무시한 인물로 도깨비를 소개하면 우리 도깨비는 그 모습뿐만 아니라 속성까지도 일본 오니와 닮은꼴이 되고 만다.

5. 도깨비와 씨름을 벌이려는 화가들을 위해

옛이야기 책에 그림을 그리는 화가들은 이야기꾼들이 갖고 있지 않던 힘든 딜레마를 안고 있다. 이야기꾼들은 옛이야기를 들려줄 때 '어느 도깨비'라고 간단히 말해버리면 그만인데, 그 이야기를 그림으로 표현하는 화가들은 도깨비 형상과 씨름을 해야 한다. 더군다나 오늘날 옛이야기 전승의 주요 매체는 입말이 아니라 그림책이라 할 수 있기 때문에 화가들이 떠맡은 책임이 매우 크다. 그런데 우리 옛사람들이 도깨비를 일부러 그리지 않았는지 아니면 우리가 짐작하기 힘든 그 어떤 사연으로 도깨비 그림이 다 없어졌는지, 이상스럽게도 우리 조상이 남긴 도깨비 그림을 찾기가 힘들다.

도깨비를 오랫동안 연구한 학자들의 글을 읽어보아도 도깨비 형상을 짐작하기 어렵기는 마찬가지다.[9] 어떤 이들은 귀면와(鬼面瓦)나 장승 따위에 새겨진 얼굴이 도깨비 형상이라고 말하기도 하고, 어떤 이들은 그

그림 13 삼성출판사에서 나온 『흥부 놀부』(정진 글, 고광삼 그림, 2003) 속 도깨비 그림.

렇지 않다고 말하기도 한다. 민담을 읽어보아도 갈피를 잡기 힘들다. 도깨비는 주로 장승같이 키가 크고 체력과 성욕이 왕성한 남성으로 나타나지만 가끔씩 미녀의 모습으로 나타날 때도 있다. 도깨비는 외다리 또는 외눈박이로 나타나기도 하고, 뿔을 갖고 있기도 하고 없기도 하다. 어떤 민담에는 뿔이 셋 달린 도깨비가 등장하기도 한다.[10] 불, 소리, 냄새로만 존재하는 도깨비도 있고, 사람이 쓰던 빗자루, 연장, 그릇 따위가 변신한 도깨비도 있다.

이처럼 도깨비는 어떤 고정된 실체를 갖고 있지 않다. 그런데 옛사람들이 도깨비 그림을 원하는 대로 마음껏 그리라고 빈 종이를 남겨준 것이 오히려 화가들에게 자유를 주기는커녕 큰 짐이 되는가 보다. 미술사학자 에른스트 곰브리치는 "순진한 눈"(innocent eye)은 아무것도 볼 수 없다고 말하면서, 그림은 머릿속에 입력된 기억의 틀(스키마, schema)을 통해 본 사물을 그리는 것이라고 주장한 바 있다.[11] 우리 화가들이 유년기에 전래동화 책이나 그림책에서 본 오니 형상이 뇌리에 깊이 새겨진 탓일까. 머리에 뿔이 달리고 팬티만 입은 도깨비는 일본의 오니라고 여러 학자들이 지난 십여 년간 거듭 외쳤건만 아직도 도깨비 형상은 그 틀에서 크게 벗어나지 못하고 있다.

도깨비를 시각화하려는 화가들은 가변성, 무정형성, 역동성을 본질로 하는 도깨비와 씨름을 벌여야 한다. 그 도깨비와 벌이는 씨름은 화가가 어떻게 마음먹느냐에 따라 승산 없는 싸움이 될 수도 있고 즐거운 놀이가 될 수도 있다. 도깨비 민담을 남긴 옛사람들은 말한다. 깜깜한 밤중에 산길을 가다가 도깨비를 만나도 겁먹지 않고 도깨비와 밤새도록 끈질기게 씨름을 벌이면 사람이 늘 이긴다고. 도깨비와 씨름을 벌이고자 하는 화가들에게 혹시나 조그마한 도움이라도 될까 싶어서 1932년에 출간된 영어 한국동화집에 실린 도깨비 삽화 한 컷을 소개한다. 이 삽화 속 도깨비는 뿔은 있지만 옷을 입고 있고 외다리를 한 외눈박이다. 삽화가 이름이 아서 박(Arthur Y. Park)인 것을 보면 아마도 재미교포가 아닐까 싶다.

그림 14 아서 박의 도깨비 삽화.[12]

7장. 심청이 인당수로 간 까닭은?

1. '심청은 효녀인가'를 놓고 토론하는 초등학생들

우리나라 사람이면 누구나 줄거리를 알고 있는 「심청전」은 일제강점기부터 지금까지 교과서에 죽 실렸던 이야기다. 심청은 1990년대 말까지만 하더라도 '효의 화신'이나 다름없었다. 지금도 이 이야기를 담은 그림책들의 제목은 대부분 그냥 '심청'이 아니라 '효녀 심청'으로 되어 있다. 그런데 지난 십여 년간 '심청이 과연 효녀인가'라고 반론을 제기하는 사람이 늘어가고 있다. 역설적이게도 그런 논쟁에 불을 붙인 책은 오랫동안 심청을 효녀로 가르쳐온 초등학교 교과서다. 6차 교육과정기에 출간된 『국어 말하기·듣기·쓰기 6-2』(교육부, 1997)에서는 심청의 인당수 투신 장면과 심 봉사의 비통한 표정을 삽화로 보여주면서 "심청이는 효녀가 아니다"라는 주제를 놓고 토론할 것을 지시한다(58면). 7차 교육과정기의 『국어 말하기·듣기 3-2』(교육인적자원부, 2001)에서는 뱃사람에게 끌려가는 심청이를 심 봉사가 지팡이를 짚고 따라가는 참담한 장면을 삽화로 보여주면서 '심청이는 효녀인가'를 놓고 토론을 하라고 요구한다(46~47면).

교과서에 실린 「심청전」 제재가 안고 있는 문제점에 대해 이신성은 다음과 같이 날카롭게 지적한다. "'심청이는 효녀인가?'라는 발문 자체는 효를 부정하기 위한 의도가 그대로 노출되어 있는 데다가 삽화도 아동들에게 불효막심한 심청을 부각시키도록 주어져 있다. 이는 '심청이는 효녀가 아니다'라는 토론 주제와 다를 바 없는 「심청전」과 주인공을 부정적이고 편향적으로 보는 시각이다. 우리는 이런 제재가 교과서에 버젓이 실려 있는 현실을 직시할 필요가 있다."[1] 「심청전」을 부정적으로 보는 시각은 다른 교과서에서도 엿볼 수 있다. 7차 교육과정기의 『국어 말하기·듣기·쓰기 5-2』(교육인적자원부, 2002)에서는 인당수가 너무 더러워서 도저히 뛰어내리지 못하는 '망설이는 심청'의 모습을 만화 네 컷

그림 1 초등학교 교과서 『국어 말하기·듣기 3-2』(2001)에서 '심청이는 효녀인가'를 두고 의견을 나누어보라는 활동지.

그림 2 초등학교 교과서 『국어 말하기·듣기·쓰기 5-2』(2002)에 실린 '망설이는 심청' 만화.

으로 희화화해서 보여주고(106면), 『국어 말하기·듣기·쓰기 6-1』(교육인적자원부, 2002)에서는 심청이 인당수에 빠지는 장면을 극본으로 꾸며보라고 요구한다(79면).

초등학생들에게 옛이야기의 문제점을 토론하고 패러디와 극본 창작을 해보라고 하는 것은 아이들에게 원전을 제대로 잘 가르쳐준 다음에 해야 할 교육이다. 그런데 교과서는 물론이고 교사용 지도서를 학년별로 두루 살펴보아도 원전을 소개하는 내용을 찾을 수가 없다. 원전의 본디 모습은 제대로 가르치지도 않고 '심청이 인당수에 빠지는 대목'만을 학년을 바꿔가면서 토론하고 새롭게 고쳐 쓰라고 하는 것은 아이들 뇌리에 「심청전」에 대한 잘못된 생각을 심어줄 수 있다. 이는 「심청전」에 대한 중학생들의 반응을 조사한 어느 석사학위논문[2]을 보면 잘 알 수 있다. 한 중학교에서 127명을 상대로 실시한 설문조사에 따르면 아버지를 위해 목숨을 판 심청의 행위를 효를 실천했다고 본 학생보다 불효를 저질렀다고 본 학생이 더 많다. 또 「심청전」이 7차 교육과정기 중학교 교과서에서 제외된 이유를 심청이 불효를 저질렀다는 논란 때문이라고 생각하는 학생이 많다.

그런데 우리는 심청의 행동을 놓고 잘잘못을 따지고 패러디를 해도 될 정도로 「심청전」을 잘 알고 있는 것일까? 어린이가 보는 『효녀 심청』은 고전소설이나 판소리에서 얼개만 간단히 빌려온 이야기여서 「심청전」의 매력과 가치를 제대로 보여주지 못한다. 우리 옛사람들이 전해준 「심청전」의 세계는 참으로 넓고 깊어서 그야말로 '심청의 바다'를 이룰 정도다. 지금까지 발굴된 이본이 230여 종이나 되고, 「심청전」을 연구한 박사학위논문이 9편, 석사학위논문이 73편에 이른다. '심청의 바다'

그림 3 1932년에 미국에서 출간된 영문 한국동화집에 실린 삽화(아서 박 그림).[3] 심청이 바닷속에서 어머니를 만나고 있다.

에 푹 빠져서 몇 년간을 헤맨 사람들만이 비로소 「심청전」을 제대로 이해한다고 말할 수 있을 것이다. 국문학자들은 태몽, 효행, 인신공희, 재생, 개안 따위의 화소가 담긴 다양한 설화가 복합적으로 결합해 문장체 고전소설 「심청전」이 되었고, 그것이 다시 판소리 「심청가」로 변용된 것으로 본다. 심청의 세계에 대해 말하기 위해서는 다양한 장르의 이본들을 읽고 '심청의 바다'에 푹 빠져야 하지만 옛이야기의 숲에서 헤매고 있는 나로서는 그렇게 하기가 버겁다. 아쉬운 대로 「심청전」 연구자들이 중요시하는 세 편의 이본인 경판본, 완판본(完板本), 신재효의 판소리 사

설을 읽고 그림책이 안고 있는 문제점을 짚어보기로 한다.[4]

2. 서로 다른 서사 세계를 지닌 경판본, 완판본, 신재효 본

「심청전」의 수많은 이본 가운데 대중에게 으뜸으로 알려진 것은 전북 전주에서 출간된 완판본(71장)이다. 판소리 창본 가운데서는 신재효의 「심청가」가 대표적이다. 이 이본들과 더불어, 일반인에게는 잘 알려지지 않았지만, 서울에서 목판으로 판각해 간행된 경판본(한남본, 24장)도 매우 중요하다. 이 세 이본은 학자들이 상세한 각주를 붙이고 현대어로 옮긴 책이 출간돼 있기 때문에 고전문학 전공자가 아닌 일반인도 어느 정도 원전의 맛을 음미할 수 있다(이 글에서 언급하는 세 이본의 인용문은 정하영과 강한영이 옮긴 본[5]에서 가져온 것이다). 「심청전」 이본들은 대부분 판소리의 영향을 받은 완판계열이고, 문장체 고전소설인 경판계열은 다섯 종에 불과하다. 하지만 경판본이 지닌 문학사적 의의는 매우 크다. 왜냐하면 최근에 「심청전」을 연구한 학자들은 경판계열의 문장체 고전소설이 판소리 사설보다 선행한다고 보기 때문이다.

경판본과 완판본은 기본 줄거리는 비슷하지만 사건 전개와 인물 구성이 상당히 다르다. 경판본에서 심 봉사의 이름은 심학규가 아니라 심현이고, 부인의 성은 곽씨가 아니라 정씨다. 심현은 심학규처럼 주책 없는 인물이 아니라 양반의 풍모를 어느정도 갖춘 인물이다. 정하영이 경판본과 완판본의 차이점을 잘 정리해놓았기에 그대로 옮겨 소개한다.

경판본의 사건 전개는 완판본처럼 각박하지 않다. 완판본에서는 심청이 태어난 지 이레 만에 어머니를 잃는 것으로 되어 있으나, 경판본에서는 심청의 나이 세 살이 되었을 때 어머니를 잃는 것으로 되어 있다. 심 봉사도 애초부터 맹인이 된 것이 아니고 아내를 잃고 나서 안질을 얻어 앞을 못 보게 되었으며, 가정 형편도 완판본에서처럼 생계를 유지하지 못할 정도로 가난하지는 않고 어느 정도의 재산이 있었다. 경판본에서는 완판본에 나오는 뺑덕어미와 장승상부인에 관련된 삽화들이 나오지 않으며, 심봉사의 재혼도 맹인잔치 가는 길에서 이루어지는 것이 아니라, 맹인잔치에서 딸을 만나 눈을 뜨고 나서 왕의 중매로 절차를 갖추어 혼례식을 올리는 것으로 되어 있다. (정하영 역주, 16면)

경판본과 완판본은 서사 내용뿐 아니라 그 안에 담긴 분위기와 세계관도 상당히 다르다. 정하영은 경판본은 "불교적 인생관이 깔려 있고, 작중인물들은 돈독한 신앙심을 유지하고 있"고, 완판본은 "사건을 희화하거나 극단적 상황을 설정하여 독자의 흥미와 관심을 유도하고자 한다"고 주장한다(같은 곳). 그리고 심치열은 경판본에서는 "합리적 질서의 반영과 중세 이념 수용"을, 완판본에서는 "만화경적 갈등의 조명과 해학적 수용"을 엿볼 수 있다고 말한다.[6] 또 경판본은 "개인의 문제와 천상 세계"를 강조하는 반면, 완판본은 "집단의 문제와 지상 세계"를 강조한다고 주장한다.[7] 내 나름대로 경판본과 완판본을 읽고 신재효 본과 비교해보면, 경판본에서는 엄숙미 또는 비장미가 느껴지고, 나머지 두 이본에서는 눈물과 웃음, 비장함과 비속(卑俗)이 하나로 어우러진 판소리의 매력이 느껴진다.

이처럼 이야기의 맛과 분위기가 다르기는 해도 세 이본은 공통으로 어둠을 헤매는 인간의 구원 문제를 다루고 있고, 그 밑바탕에는 신과 인간에 대한 깊은 믿음이 자리 잡고 있다. 경판본은 단아한 어조로 한 개인의 개안(開眼)과 구원을 이야기하기 때문에 종교성이 겉으로 드러난다. 반면에 완판본과 신재효 본은 해학과 놀이 정신이 넘치기 때문에 종교성을 쉽사리 느끼기 힘들다. 하지만 이 두 이본에 내재된 종교성이 경판본보다 훨씬 더 대승적이고 매력적이다. 구원이 한 개인에 머무르지 않고 집단으로 확장될 뿐만 아니라 축제의 성격을 띠기 때문이다.

3. 옛사람들이 들려주는, 심청이 인당수로 간 사연

경판본, 완판본, 신재효 본을 읽어보면 심청이 공양미 삼백 석을 얻기 위해 뱃사람에게 몸을 판 행동이 짧은 생각에서 나온 것이 아님을 알 수 있다. 경판본에서 심청이 인당수에 간 것은 천지신명에 대한 깊은 믿음을 지니고 있었고, 꿈에서 계시를 받았기 때문이다. 부처님과 한 약속을 지킬 수 없어서 괴로워하는 아버지에게 심청은 부처님이 아버지의 정성에 감동할 거라고 위로하면서 "하느님이 비록 높이 계시지만 살피심이 밝으셔서, 아버지 정성을 천지일월(天地日月)이 밝히 내려다보시고 감복하실 것이니 너무 근심하지 마셔요"(정하영 역주, 25면)라고 말한다. 심청은 공양미 삼백 석을 구할 길이 없어 막막한 심정이 들자 목욕재계하고 하늘을 우러러 밤새도록 빌고 또 빈다. 그러다 심청이 방에 돌아와서 잠을 이루지 못하고 잠깐 졸 때 노승이 꿈에 나타나 심청의 미래를 예견하는 말을 한다. 노승은 심청에게 "내일 그대를 사려고 하는 사람이 나타날 것이니 팔리어 죽을 곳을 가게 되더라도 피하지 말라. 그대의 효성에 하늘이 감동하사 죽을 곳에 자연 귀한 일이 있으리라"(같은 곳)라고 말한다. 꿈에서 깬 심청은 마음속으로 이상하게 여기면서 날이 밝으면 무슨 일이 일어날지 궁금해하며 기다린다. 그런데 바로 그때 마침 남경에서 배를 타고 다니는 장사꾼들이 처녀를 사겠다고 외치는 소리를 듣게 되어 심청은 기쁜 마음으로 수신의 제물이 될 생각을 한 것이다.

완판본에서 심청은 아버지가 공양미 삼백 석을 부처님에게 시주하기로 한 것을 알고 정화수 한 그릇을 떠놓고 매일 밤 천지신명에게 기도를 드린다. "아비 허물을 제 몸으로 대신하옵고 아비 눈을 밝혀 주옵소서"(같은 책, 115면)라고 빌기를 계속하던 중, 남경 상인이 15세 처녀를 산다는 소리를 듣게 되어 귀덕 어미를 시켜 전후사정을 알아본 뒤에 자신을 팔 생각을 하게 된다. 나중에 승상 부인이 심청의 사연을 알게 되어 쌀 삼백 석을 내어줄 테니 뱃사람에게 도로 주라고 하자 심청은 사려 깊은 모습을 보인다.

"당초에 말씀 못 드린 것을 이제야 후회한들 무엇하겠습니까? 또한 부모를 위해 공을 드릴 양이면 어찌 남의 명분 없는 재물을 바라며, 쌀 3백 석을 도로 내어주면 뱃사람들 일이 낭패이니 그도 또한 어렵고, 남에게 몸을 허락하여 약속을 정한 뒤에 다시 약속을 어기면 못난 사람들 하는 짓이니, 그 말씀을 따르지 못하겠습니다. 하물며 값을 받고 몇 달이 지난 뒤에 차마 어찌 낯을 들어 무슨 말을 하겠습니까? 부인의 하늘 같은 은혜와 착하신 말씀은 저승으로 돌아가서 결초보은하겠습니다." (같은 책, 129면)

곧 완판본에서 심청은 아버지의 눈을 뜨게 하기 위해서는 자신의 노력으로 부처님과 한 약속을 이행해야 하고, 또 자신을 위해 오랜 시간을 기다려준 뱃사람과 한 약속을 저버릴 수 없기 때문에 장승상 부인의 제안을 거절하고 결연하게 목숨을 바칠 생각을 한 것이다. 심청의 말에서 신과 인간의 약속, 사람과 사람의 약속을 지키려는 의지와 '자기 복을 스스로 지으려는' 작복불교(作福佛敎) 정신을 읽을 수 있다.

신재효의 「심청가」를 보면, 몽은사(夢恩寺) 부처님 앞에 공양미 삼백 석을 바칠 생각을 한 인물은 다른 이본들과 달리 심 봉사가 아니라 심청이다. 신재효는 심청을 여느 효녀가 아니라 주관이 뚜렷하고 행동이 옹골차며 배포가 큰 여성으로 그렸다. 7세 나이에 아버지에게 "부자유친은 오륜의 으뜸이요, 칠 세에 부동석은 사소한 예절이라, 칠 세 여자 내외하자 집 안에 들어앉고, 병신 부친 내어놓아 밥을 빌어먹사오면 사람이라 하오리까"(신재효, 73면)라고 말하면서 혼자 밥 동냥을 할 결심을 한다. 아버지가 자신이 곁에 없는 사이에 죽을 뻔했던 사실을 알게 된 심청은 아버지의 개안을 위해 자신을 바칠 결심을 한다. 심청은 공양미 삼백 석을 몽은사에 시주해서 아비가 눈을 뜰 수 있도록, 자기 몸을 사갈 사람을 지시해달라고 하느님에게 이레 동안 정성껏 기도를 드린다. 그렇게 기도하던 중에 들게 된 소리가 "나이 십오세요, 얼굴이 일색이요, 만신에 흠파 없고, 효열행실(孝烈行實) 가진 여자 중가(重價) 주고 사려 하니, 몸 팔 이 누가 있소"(같은 책, 77면)라는 뱃사람들의 외침이다. 또 신재효 본에서 심청이 몽은사 부처님에게 공양미 삼백 석을 시주하려고 자기 목숨을 내준 것은 예정된 운명을 따른 것이라 볼 수도 있다. 늦도록 자식이 없어서 기자(祈子) 치성을 드리는 심 봉사 부부에게 몽은사 부처님이 특별히 점지해준 자식이 심청인 것이다.

옛사람들이 남긴 이본들이 공통으로 보여주는 특징은 심청이 정화수한 그릇을 떠놓고 천지신명과 부처님에게 공양미 삼백 석을 바칠 수 있게 해달라고, 자기 몸을 사갈 사람을 점지해달라고 오랫동안 간절하게 빌었다는 점이다. 그렇게 기도하던 중에 뱃사람이 나타났기 때문에 심청은 천지신명이 자신의 기도에 응답했다고 믿고 인당수에 투신할 생각을 한 것이다.

4. 그림책이 보여주는, 심청이 인당수로 간 사연

그림책에서 심청이 인당수 투신을 결정하기까지 과정이 어떻게 소개되고 있는지를 간략하게 살펴보자.[8] 그림책은 속성상 사건 전개와 인물 구성이 간결하고 주인공의 삶이 덜 각박한 경판본에서 얼개를 빌려오는 것이 나을 텐데 대부분의 그림책이 완판본에서 화소를 빌려왔다. 그림책에는 심학규, 곽씨 부인, 장승상 부인, 귀덕 어미, 뺑덕 어미 등이 등장한다. 또 심 봉사는 원래부터 눈이 보이지 않고 심청의 어머니는 딸을 낳자마자 죽어서 심청이 동냥젖을 얻어 먹고 자란 것으로 되어 있다.

그림책에서 독자들은 사건을 따라가기 바쁘기 때문에 심청의 내면과 사건 전후상황에 대해 제대로 알지 못한다. 씽크하우스에서 나온 『효녀 심청』(이주록 그림, 표시정 글, 2007)의 관련 대목을 살펴보자.

집에 돌아온 심 봉사는 금세 후회했지.

"눈을 뜰 수 있다는 말에 쌀 삼백 석을 약속했으니

이를 어쩌면 좋단 말이냐?"

심 봉사가 땅이 꺼져라 한숨짓자

심청이는 오히려 아버지를 위로했어.

"무슨 방법이 있을 거예요. 너무 걱정 마세요."

하루는 뱃사람들이 동네에 나타나 소리쳤어.
"바다에 제물로 바칠 처녀를 구하오!
무엇이든 필요한 걸 주겠소!"
심청이가 이 소리를 듣고 뱃사람들을 찾아갔어.
"이보시오, 나를 사 가시오.
부처님께 쌀 삼백 석을 바치면
앞 못 보는 저희 아버지가 눈을 뜰 수 있답니다."
뱃사람들은 얼른 쌀 삼백 석을 몽은사에 갖다 주었어.

심청이 아버지 말을 듣고 뱃사람들을 만날 때까지 과정이 일사천리로 진행되기 때문에 독자는 심청이 아버지의 말을 듣자마자 깊이 생각하지 않고 충동적으로 몸을 팔 결정을 했다는 느낌을 받을 수 있게 된다. 이러한 편집이 씽크하우스 본에서만 이루어진 것은 아니다. 내가 살펴본 그림책 열한 권에서, 심청이 정화수를 떠놓고 천지신명에게 기도를 드리는 장면과 자신이 죽은 뒤 아버지가 겪을 고통에 대한 걱정을 제대로 표현한 책은 극소수에 불과했다. 대부분의 그림책에 심청이 공양미를 구하지 못해서 근심하던 차에 우연히 뱃사람들의 외침을 듣거나 동네 사람들이 뱃사람에 대해 이야기하는 소문을 듣고 인당수의 제물이 될 결심을 한 것으로 그려져 있다. 심청의 기도와 뱃사람의 등장이 보여주는 유기적인 맞물림이 제거된 그림책을 읽은 아이들은 심청이 짧은 생각으로 자신의 목숨을 버리는 불효를 저질렀다고 판단하기

그림 4 씽크하우스 본에서 심청이 뱃사람들을 만나 자신을 사라고 하는 장면.

쉽다.

또 작가들은 대부분 완판본에서 화소는 빌려오되 그 안에 담긴 세계관이나 미학에는 관심이 없는 것 같다. 완판본처럼 분량이 많은 소설에서 기본적인 얼개만 빌려온 그림책을 읽으면서 원전에 담긴 비장미와 골계미를 맛볼 수 있으리라 기대하지는 않는다. 그렇다 하더라도 적어도 완판본이 보여주는 대동(大同) 세계의 모습을 그림책도 어느 정도는 보여줄 필요가 있지 않나 싶다. 도화동 사람들은 어미 잃은 심청에게 동냥젖을 주고 의지할 데 없는 심 봉사 부녀에게 밥을 나누어주고 그들에게 닥친 불행을 자기 일처럼 걱정했다. 심청은 부처님과 뱃사람에게 한 약속을 자기 힘으로 이행하려 했고, 자신을 희생함으로써 뱃사람들의 안녕을 지켜주고 아버지와 모든 맹인의 눈을 뜨게 해주었다. 그런데 내

가 살펴본 그림책 열한 권 가운데 결말을 완판본이나 신재효 본처럼 모
든 맹인이 눈을 뜨는 것으로 끝맺은 것은 세 권(아이즐, 초방책방, 한국글렌
도만 본)뿐이다. 이 세 권 가운데 모든 「심청전」에서 공통으로 발견되는

그림 5 초방책방 본에서 심청이 정화수를 떠놓고 기도 드리는 장면.

화소인 심청이 정화수를 떠놓고 기도드리는 모습을 담은 작품은 초방
책방의 『심청가』(이현순 글, 최은미 그림, 2003)뿐이다.[9]

이처럼 「심청전」의 본디 모습이 그림책으로 제대로 표현되지 못하고

있는데, 심청의 불효를 부각하는 어린이책들이 출간되고 있다. 이형진이 쓰고 그린 『비단 치마』(느림보 2005)에서 심청은 아버지의 눈도 뜨게 할 겸 눈부신 비단 옷도 입을 겸 겸사겸사 중국 뱃사람들에게 몸을 판 철부지 소녀로 그려졌다. 또 인터넷 서점에서 『효녀 심청』보다 훨씬 많이 판매되고 있는, 이경혜가 글을 쓴 『심청이 무슨 효녀야?』(바람의 아이들 2008)를 보면 죽은 곽씨 부인의 착한 친구인 뺑덕 어미가 심청에게 "이런 불효막심한 년! 아비 눈을 뜨게 하려고 네 목숨을 버린다구? 너 죽고, 네 애비가 눈을 뜨면 그 눈에서 피눈물밖에 더 나겠냐?"(56면)라고 호통을 친다. 옛이야기의 패러디 또는 전복을 꾀하는 이러한 새로쓰기는 아이들이 「심청전」을 잘 알고 있는 상황이라면 우리 고전의 지평을 넓혀가는 작업으로 긍정적으로 평가할 수도 있다. 하지만 지금과 같은 상황에서는 바람직한 글쓰기라고 보기 어렵다.

5. 신과 인간에 대한 믿음이 사라진 시대에 심청을 생각하며

완판본 「심청전」과 신재효의 「심청가」가 보여주는 세계는 지금 우리가 살고 있는 현실과는 아주 다르다. 그 세계에서 사람들은 우주에 존재하는 신들에 대한 믿음을 지녔고, 어미 잃은 아이를 자기 아이처럼 측은하게 여겼으며, 이웃의 불행을 자기 것인 양 안타까워했고, 사람과 사람 사이의 신의를 지키려 했다. 유일한 악인이 뺑덕 어미일 정도로 신과 인간에 대한 믿음이 살아있는 세계다. 지금 우리 아이들은 신과 인간에 대한 믿음을 상실한 척박한 시대에 살고 있다. 그러한데 아이들에게 공양미 삼백 석과 자기 목숨을 바꾼 심청의 행동만을 따로 떼어놓고 그 잘잘못을 따져보라고 요구하는 것은 온당하지 않다.

심청의 인당수 투신에 대해 그 옳고 그름을 세속의 잣대로 쉽사리 따질 수 없는 까닭은 또 있다. 심청은 늦도록 자식이 없던 심 봉사 부부가 명산대찰을 두루 찾아다니면서 천지신명과 부처님에게 간절히 빌고 사월 초파일에 신이한 태몽을 꾼 뒤 갖게 된 신성한 아이다. 어느 한 어머니가 아니라 수많은 어머니들의 젖을 먹고 자란 심청은 자신의 목숨을 던져 아버지와 수많은 맹인의 눈을 뜨게 하고 뱃사람들의 안녕을 지켜주었다. 다시 말해 심청은 죽음과 물의 세계를 체험하고 '바다의 연꽃'에 실려 세상으로 돌아와, 어둠 속을 헤매는 많은 사람에게 빛을 가져다준

그림 6 아서 박의 삽화(앞의 책).[10] 용궁 안 모습이 정성스럽게 그려져 있다.

그림7 무신도 용왕. 19세기(?), 88×51cm, 서울.[11] 그림작가 가운데 용왕 머리에 물고기 대가리를 그려놓은 이도 있는데, 옛사람들이 상상한 용왕이나 용궁 부인은 모두 사람 형상을 하고 있다. 용왕은 손에 용을 상징하는 여의주를 들고 있고, 용왕이나 용궁 부인 모두 용을 타고 있다.

신성한 치유자이자 구원자인 것이다. 심청의 죽음과 부활은 「심청전」을 단순한 고전소설 차원에서 벗어나 풍어(豊漁)를 기원하고 실명(失明)을 치유하는 '심청굿'으로 나아가게 하였다.

그림8 무신도 용궁 부인. 20세기, 87×52cm, 서울.[12]

8장. '잃어버린 얼굴'을 찾아 떠난 예술 여행,
『까막나라에서 온 삽사리』

* 이 글은 필자가 『어린이문학』 2003년 1월호에 쓴 「옛이야기의 재창조『까막나라에서 온 삽사리』와, 오사카국제아동문학관에서 2006년 3월에 발간한 『한국 그림책(韓國の繪本)』이란 논문집에 쓴 「잃어버린 얼굴을 찾아 떠난 예술 여행, 『까막나라에서 온 삽사리』를 결합해서 새롭게 쓴 글이다.

1. 외국 것보다 더 낯선 것이 된 우리 옛이야기와 옛 그림

그림책 작가 정승각은 어느 에세이에서 다음과 같이 말한 적 있다. "이미 외국 정서에 물들어 있는 우리 아이들에게 어떻게 우리 정서를 전해줄 수 있을까? 뿌리 없는 나무는 바람에 견딜 수가 없다. 우리의 전통적인 색과 선, 그리고 형태를 찾아주어야 한다. 그래서 우리의 잃어버린 얼굴, 우리의 모습을 되살려야 한다."[1] 정승각이 말한 것처럼 우리 전통문화는, 특히 옛 민중이 남긴 이야기와 그림은 오늘날 후손에게 제대로 전해지지 않고 있다. 일제강점기의 식민지 정책, 서구 문화의 무분별한 수용, 경제적인 이익과 세계화만을 앞세운 국가 정책 같은 여러 요인이 복합적으로 작용해서 우리 전통문화는 지난 백 년간 지속적으로 많은 손상을 입었다. 우리 민중의 옛 그림과 이야기는 과거 유물이 되어 오랫동안 박물관과 도서관에만 놓여 있었다. 지난 십여 년간 소수의 그림책 작가들과 출판인들이 눈물겨운 노력을 기울인 덕분에 지금 아이들은 부모 세대보다 좀 더 쉽게 전통문화를 만날 수 있다. 하지만 여전히 아이들 대부분이 유년기에 주로 디즈니 애니메이션, 일본 만화, 유럽 동화, 그리스 신화 들을 보고 들으며 자란다.

우리 전통문화가 외국 문화보다 더 낯선 것이 되어가는 현상을 안타까워한 정승각이 아이들에게 '우리의 잃어버린 얼굴'을 되찾아주기 위해 쓰고 그린 그림책이 바로『까막나라에서 온 삽사리』(통나무 1994; 초방책방 2001)다. 1994년에 처음 출간된 이 책은 우리 옛이야기와 옛 그림에서 소재, 모티프, 기법을 빌려왔다. 하지만 옛것을 그대로 모방한 작품이 아니라 옛것을 새롭게 창조한 작품이다. 정승각은 옛사람들이 남긴 문화유산에 생기와 온기를 불어넣어 어린이들이 사랑할 수 있는 새로운 형태로 만들었다.『까막나라에서 온 삽사리』에 담긴 이야기의 토대는 우리의 기층문화를 형성하는 구전신화다. 그림도 우리 옛사람들의 다양한 전통 회화 기법을 결합한 데에서 나왔다. 민화(民畵)를 그린

그림 1『까막나라에서 온 삽사리』표지.

옛 화가들이 정통 회화를 비롯한 다양한 종류의 그림에서 자유분방하게 소재와 기법을 빌려왔듯이 정승각은 옛사람들의 미술 표현 기법을 폭넓게 활용했다. 특히 조선시대 엘리트 계층의 화가들이 그린 세련된 정통 회화보다는 자기 그림에 낙관조차 찍을 수 없었던 힘없는 백성들이 그린 민화와 무신도에 큰 관심을 기울였다. 그리고 민화와 무신도의 뿌리라 할 수 있는 고구려 고분벽화와 고려 불화의 기법도 자유롭게 활용했다.[2]

『까막나라에서 온 삽사리』는 독자에게 꾸준한 사랑을 받아 2009년에 개정된 초등학교 교과서『국어 읽기 2-1』(교육과학기술부)에 열 면에 걸쳐 비중 있게 실리게 되었다. 과거 초등학교 저학년 교과서가 토막글과 볼품없는 삽화로 구성된 것과는 달리 이 교과서에는『까막나라에서 온 삽사리』전체 내용이 크게 손질되지 않고 실렸고, 그림도 이 책에서 직접 몇 컷 가져다 썼다. 하지만 교과서 편집 방식이나 학습 내용에 아쉬운 점이 없는 것은 아니다. 이 가운데 옛이야기 전승 차원에서 가장 걱정되는 문제점 하나는 교과서에 제목이 원작 그대로 명시되지 않고 '불개 이야기'로 바뀌어 있다는 것이다.『까막나라에서 온 삽사리』는 구전신화 '일식과 월식'에서 불개 모티프를 끌어온 창작옛이야기이지 단순히 '불개 이야기'가 아니다. 그런데 '일식과 월식' 신화는 교과서에는 물론이고 교사용 지도서에도 단 한 줄도 언급돼 있지 않다. 구전신화를 새롭게 쓴 창작옛이야기를 아이들에게 가르칠 때 원전을 함께 알려주지 않는다면 우리 전통문화가 온전하게 계승될 수 없다.

이 글에서는『까막나라에서 온 삽사리』를 그 토대가 된 옛이야기 및 옛 그림과 비교함으로써 정승각이 어떠한 방식으로 우리 전통문화 유

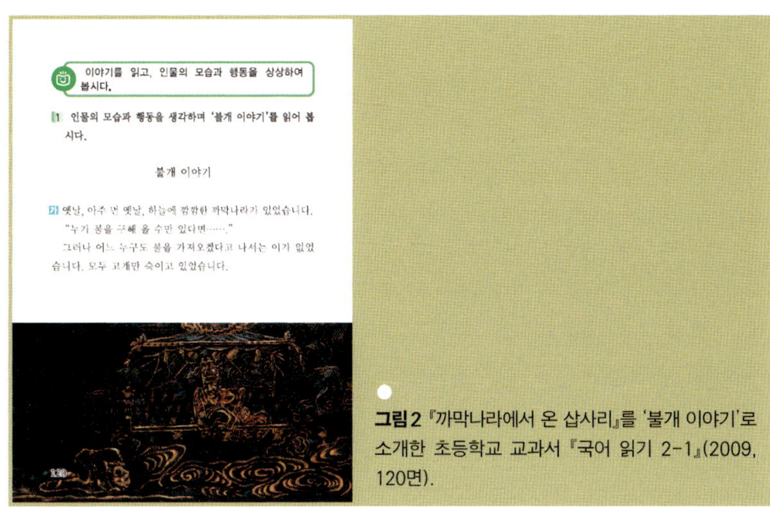

그림 2 『까막나라에서 온 삽사리』를 '불개 이야기'로 소개한 초등학교 교과서 『국어 읽기 2-1』(2009, 120면).

산을 계승하고 새롭게 해석했는지를 살펴보려 한다. 정승각이 여러 모티프를 끌어온 '일식과 월식' 신화, 그리고 이야기 구성에 간접적으로 영향을 끼쳤을 것으로 보이는 아기장수 전설 및 일제강점기의 삽사리 수난사를 소개하고, 인물과 형상을 묘사할 때 참조했을 것으로 보이는 옛 그림과 기법에 대해 간략하게 짚어보기로 한다.

2. '일식과 월식' 신화와 아기장수 전설이 어우러진 이야기

『까막나라에서 온 삽사리』가 원전으로 삼은 '일식과 월식' 신화에는 '일월신화'로 일컬어지는 「해와 달이 된 오누이」와 마찬가지로 옛사람들의 우주적인 상상력이 담겨 있다. '일식과 월식' 신화는 오래전부터 우리 옛사람들이 민간에서 전승해온 구전신화다. 정인섭이 1912년에 울산 언양에서 그 각편을 채록[3]했고, 손진태는 『조선민담집(朝鮮民譚集)』(鄕土硏究社 1926)[4]에 담은, 1923년에 채록한 각편 말미에 이 신화가 우리나라도처에 존재한다고 썼다(10~11면). ‘일식과 월식’ 신화는 각편마다 약간씩 차이가 있기는 하지만 기본 줄거리는 엇비슷하다. 내용을 요약하면 다음과 같다.

까막나라에는 불개라 불리는 용감한 개들이 많이 있었다. 임금은 어둔 세상이 싫어서 가장 용감한 불개를 시켜 해를 물어오게 한다. 불개는 해를 훔치려고 몇 번이나 입에 물었다 놓았다 하지만 해가 너무 뜨거워서 버티지 못하고 토해버린다. 화가 난 임금은 그다음으로 용감한 불개를 보내 달을 물어오게 한다. 이 불개 역시 달이 너무 차가워서 몇 번 물었다 놓았다 하다가 달을 훔쳐오는 데 실패하고 만다. 불개들의 실패가 반복되지만 까막나라 임금은 아직도 단념하지 않고 다른 불개들을 계속 해와 달로 보내고 있다. 그래서 “불개들이 해를 훔치려고 입에 물었을 때에 지상에서는 일식이 되고, 불개가 달을 물었을 때는 월식이 된다.”[5]

정승각은 이러한 내용의 구전신화에 피와 살을 붙여 『까막나라에서 온 삽사리』로 재창조했다. 우선 정승각은 구전신화에서는 복수 집단으로 존재하는 불개를 단일 개체로 그렸다. 또 불개가 빛을 찾아 해와 달의 나라로 여행할 때 고구려 고분벽화에 등장하는, 동서남북 각 방향을 지키는 사신(四神) 가운데 현무(玄武), 청룡(靑龍), 백호(白虎)를 만나는 것으로 설정했다. 곧 불개는 북쪽으로 갔다가 동쪽과 서쪽을 거쳐 다시 까막나라로 돌아온 것이다.

『까막나라에서 온 삽사리』의 전반은 ‘일식과 월식’ 신화에 바탕을 두고 있지만 후반은 완전히 새롭게 쓴 이야기다. 불개는 온갖 고초를 치른 뒤 까막나라에 빛을 가져온다. 그 빛은 불개가 뜨거운 해와 차가운 달을 물었을 때 자기 몸속에 스며들어온 불덩이를 토해낸 것이다. 임금과 신하들은 밝은 빛을 가져온 불개를 포상하기는커녕 초자연적인 능력이 두려워 그를 처형한다. 이러한 설정으로『까막나라에서 온 삽사리』는 일식과 월식의 기원에 관한 설화가 아니라 자신이 속한 사회에서 추방당해 다른 세계로 나아간 문화 영웅 이야기가 되었다.

『까막나라에서 온 삽사리』에서 불개의 운명은 아기장수 전설 속의 민중 영웅들을 떠올리게 한다. 아기장수 전설은 한반도 본토와 제주도에서 각편이 백여 편 넘게 채록되었을 정도로 전국적으로 전승되어온 우리의 대표 광포 전설이다. 이 유형에 속하는 설화로는 아기장수 전설뿐 아니라 김덕령(金德齡)과 이재수(李在守)를 비롯한 여러 민중적·민족적 영웅의 비극적인 삶을 그린 설화가 다수 포함된다. 아기장수 전설의 기본 줄거리는 매우 간단하다. 어느 평민 집안에 아들이 하나 태어났는데, 그의 겨드랑이에 영웅의 표식인 날개가 돋아 있었다. 부모는 아기가 자라면 장차 역적이 되어 가문을 망하게 할 것이라고 생각해 그 아기를 죽인다. 이런 기본 줄거리에 다양한 화소가 첨가된 각편이 전국적으로 폭넓게 전해진다. 아기장수 전설에서 백성들은 고통과 어둠뿐인 삶에 구원의 빛이 되어줄 영웅을 기다리면서, 막상 그러한 영웅이 세상에 나타났을 때 기존 세상을 변혁 또는 전복할 수 있는 그 영웅의 비범한 힘이 두려워서 그를 죽인다. 아기장수 유형인 영웅들의 이런 비극적인 운명과 불개의 운명은 상당히 유사하다. 불개는 온갖 고초를 치르고 까막나라에 빛을 가져오지만 포상을 받기는커녕 처형당한다. 이는 곧 임진왜란 때 장수 김덕령의 운명과 일맥상통한다. 김덕령은 무공을 세우고도 그의 뛰어난 용맹을 두려워한 선조와 신하들에 의해 처형을 당한다. 이러한 이야기들에는 부조리와 억압이 지배하는 세상을 개혁할 영웅을 기다리는 민중의 꿈과 패배의식, 그리고 민중 영웅이 가져올 사회체제 전복을 두려워하는 지배집단의 피해의식이 짙게 깔려 있다.[6]

'일식과 월식' 신화와 아기장수 전설은 모두 비극으로 끝나지만『까막나라에서 온 삽사리』는 해피엔드다. 대부분의 영웅설화에서 선약을 구하러 힘든 여행을 떠난 영웅은 고향으로 귀환해서 행복한 삶을 살거나 아니면 비장한 최후를 맞이한다. 하지만 정승각의 이야기는 그러한 도식에서 벗어난다. 죽음의 낭떠러지로 떨어진 불개는 주작(朱雀)과 학의 도움으로 암흑 세계를 벗어나 빛과 생명이 넘치는 새 땅에서 새 삶을 시작한다. 정승각은 비극으로 끝난 신화와 전설에 민담에서 발견할 수 있는 희망적인 메씨지를 담은 것이다.

하늘의 "까막나라"와 지상의 "우리나라"는 전혀 다른 두 세계라기보다 우리 사회의 어둠과 빛을 상징하는 것으로 풀이할 수 있다. "까막나라"는 아기장수 우투리나 김덕령과 같은 민중 영웅이 버림받는 부조리한 한국 사회를, "우리나라"는 민중 영웅이 꿈꾸는 빛과 생명으로 가득 찬 한국 사회를 상징하는 것 같다. 옥황상제와 선녀만이 살 것이라고 상상했던 하늘에도 까막나라가 있고, 불완전한 인간들이 사는 이 지상에도 빛과 생명의 나라가 존재한다는 설정은, 천상계와 지상계에 대한 틀에 박힌 생각을 떨쳐버리고 우주를 좀 더 다양한 눈으로 바라보게 한다. 그리고 이 두 세계를 연결하는 초자연적인 조력자로 주작과 학을 설정한 것은 우리 고유의 상징체계로 보나 세계의 보편적인 상징체계로 보나 자연스럽다.[7]

3. '불개'가 '삽사리'로 변신한 까닭은?

『까막나라에서 온 삽사리』와 '일식과 월식' 신화를 읽은 독자는 '왜 정승각은 까막나라의 불개가 삽사리의 시조라고 상상한 것일까?' 하는 의문을 갖게 된다. '일식과 월식' 신화에서는 불개가 삽사리라는 근거를 찾기 어렵다. 하지만 정승각이 불개를 삽사리의 시조로 본 것이 전혀 터무니없는 발상은 아니다. 정승각은 우리 역사와 옛 그림 속에 등장하는 삽살개(삽사리)에 대해 나름대로 조사한 다음 까막나라의 불개가 삽살개 형상을 하고 있을 거라고 추정한 것 같다. (사)한국삽살개보존협회 홈페이지(www.sapsaree.org)에서 유전공학자 하지홍이 제공하는 풍부한 참고자료를 읽어보면 정승각이 왜 불개를 삽살개로 설정했는지 어느정도 가늠할 수 있다. 이 홈페이지에 있는 여러 글과 그림을 중심으로 불개가 삽사리가 된 까닭을 추정해보면 다음과 같다.[8]

우선 삽살개는 우리나라 토종 개 가운데서 역사적 기원이 가장 오래된 개다. 하지홍의 글에 따르면 삽살개에 관한 설화는 무수히 많다. 삽살개에 관한 가장 오래된 이야기로는 신라 김유신 장군이 삽살개를 군견으로 싸움터에 데리고 다녔다는 이야기가 있고, 중국과 일본의 불교계에서 환생한 지장보살(地藏菩薩)로 떠받드는 중국 당나라 때의 고승 김교각(金喬覺)이 볍씨와 삽살개를 데리고 돛단배를 타고 중국으로 건너갔다는 기록이 있다.

또 고구려 고분벽화와 조선시대 민화에 그려진 삽살개 그림을 살펴봐도 우리 옛사람들이 삽살개를 하늘나라에서 온 신화적인 동물로 여겼던 것을 알 수 있다. 하지홍은 고구려 고분 장천1호분의 현실 들머리

그림 3 장천1호분(5세기 전반, 중국 지린성 지안현)에 있는 그림. 하지홍은 이 두 동물을 삽살개로 본다.

위에 그려진 예불도(禮佛圖) 속 두 동물을 삽살개로 본다. "불교적 색체가 강한 이 고분에는 보살도, 연화화생도 등이 그려져 있는데 단군 할아버지처럼 묘사된 부처님 아래 두 마리 개들은 단상 쪽으로 등을 대고 반대편을 보면서 앉아 있다. 긴 털로 인해 양쪽으로 갈라진 꼬리는 들려 있으며 발달된 상체가 눈에 띈다. 조선시대에 와서 많이 볼 수 있는 삽살개 그림들과 맥이 통하는 것이다."[9] 또 문배도(門排圖)와 기원 어유봉(杞園 魚有鳳)의 그림을 보면 삽살개 머리 부분에 신령함을 뜻하는 붉은 기운(또는 광배)이 그려져 있다.[10] 옛사람들이 삽살개 머리에 신령함을 뜻하는 붉은 기운을 그린 것은 삽살개를 초월적 세계에서 온 신화적인 동물로 인식했기 때문인 듯싶다. 또 붉은 기운은 삽살개를 악귀를 쫓는 개 또는 신선 개로 일컬었던 우리 옛사람들의 정서를 잘 보여준다.

정승각이 까막나라의 불개를 삽사리로 설정한 또 다른 이유는 '일식과 월식' 신화 속 불개의 수난에서 일제강점기에 우리 민족과 삽사리가 겪은 수난을 떠올렸기 때문이 아닐까 싶다. 하지홍에 따르면 일본은 내

선일체(內鮮一體) 정책을 표방하면서 일본 개를 닮은 진돗개를 조선을 대표하는 개로 선정하고 진돗개와 닮지 않은 개들을 대대적으로 도살했다. 일본이 삽살개를 비롯한 한국 토종 개를 도살한 과정은 그야말로 참담하다.

1940년에는 견피 수집이 국책이 되면서 일제는 한반도에 총독부령으로 조선 원피 주식회사를 설립하여 진돗개 이외의 개들은 모두 야견이란 명목으로 도살토록 했으니 우리 개들의 수난사는 참으로 세계 역사 어디에도 그 유래를 찾아볼 수 없을 만큼 특이한 것이었다.

기록에 의하면 대동아 전쟁 기간 중에는 연간 30~50만 마리의 개들이 도살되었으며 견피는 일본 군인들의 방한복 재료로 쓰기 위해 만주로 반출되었다고 한다.

일본 개들과는 전혀 닮지 않았을 뿐만 아니라 용맹스럽고 싸움 잘하는, 어떤 면에서는 한국 사람들의 기질을 닮은 우리의 삽살개는 빠른 속도로 이 땅에서 사라질 수밖에 없었다. 해방과 더불어 밀려들기 시작한 서양 문물에 대한 선호의식 또한 삽살개 멸종과 무관하지 않았던 듯싶다.[11]

일제의 이러한 잔혹한 개 도살 정책으로 가장 많은 피해를 본 개는 일본 개를 전혀 닮지 않은 삽살개였다. 삽살개는 광복 뒤에도 외국 개의 유입과 사람들의 무관심으로 원형이 제대로 보존될 수 없었다. 최근에 유전공학자 하지홍의 노력으로 삽살개 순종이 복원되고 많은 사람이 삽살개 보존을 위해 노력하고 있지만 아파트 생활이 보편화되고 있는 한국에서 몸피가 크고 활동이 왕성한 삽살개를 키우거나 만나는 일은 쉽지 않다. 이러한 삽살개 수난사는 곧 우리 전통문화 수난사와 닮은꼴이다. 삽살개의 운명을 안타깝게 생각한 정승각은 어린이들이 토종 개 삽살개의 존재를 더욱 친숙하게 느낄 수 있도록 작가의 신화적 상상력을 동원해서 삽살개의 기원에 관한 옛이야기를 새롭게 창작한 것 아니었을까.

4. 옛 그림에서 찾은 우리의 잃어버린 얼굴

『까막나라에서 온 삽사리』의 회화 기법은 앞서 언급했듯이 주로 고구려 고분벽화, 고려 불화, 조선 민화에 바탕을 둔 것이다. 곧 정승각은 시간의 흐름과 미술 장르의 경계를 초월해 다양한 표현 기법을 폭넓게 활용하고 변용해서 그림을 그렸다. 언뜻 생각하기에는 이 세 장르의 그림이 서로 상반되는 것처럼 보인다. 고분벽화와 불화는 엘리트 계층의 화가들이 그린 그림이고, 민화는 정통 회화 기법을 배우지 못한 민중의 그림이기 때문이다. 하지만 한국 회화의 역사를 살펴보면 이 세 종류의 그림이 서로 깊이 연계되어 있음을 알 수 있다.

고구려 고분벽화에서 느낄 수 있는 고대인의 우주적 상상력과 역동적인 힘을 계승한 예술가는 정통 회화를 그린 조선시대 엘리트 계층의

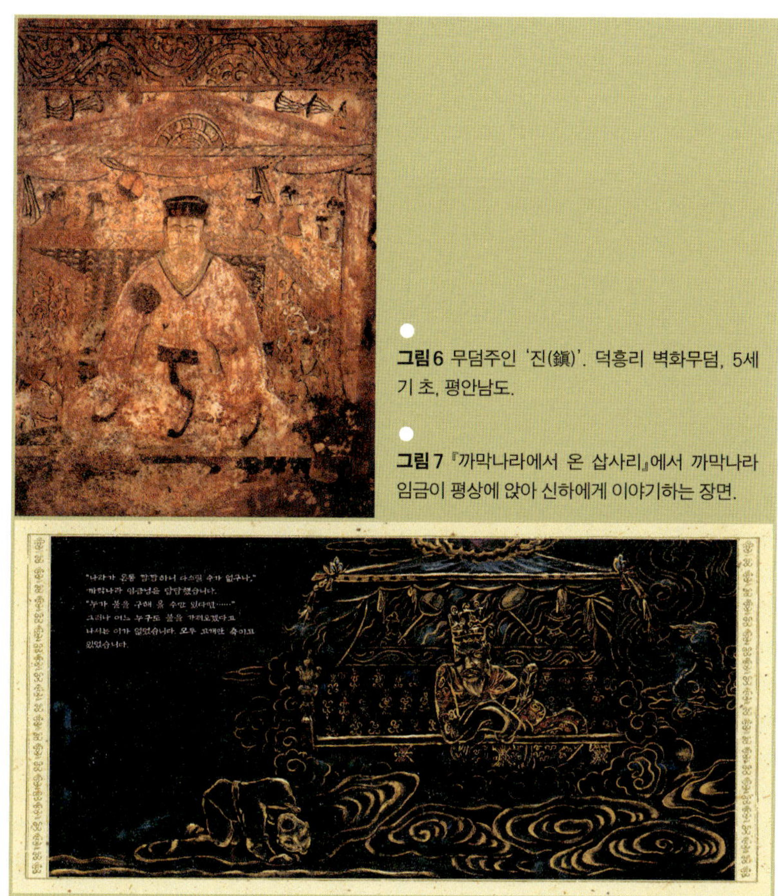

그림6 무덤주인 '진(鎭)'. 덕흥리 벽화무덤, 5세기 초, 평안남도.

그림7 『까막나라에서 온 삽사리』에서 까막나라 임금이 평상에 앉아 신하에게 이야기하는 장면.

화가가 아니라 민화를 그린 무명의 민중 예술가들이었다. 조선 민화 중에 영수도(靈獸圖)에 등장하는 용, 삽살개, 기린의 몸에 불꽃 기운이 그려져 있는 것이나 무신도의 인물들이 상호간 비례를 무시한 채 중요한 인물이 크게 그려진 것 따위는 모두 조선시대 민화가 고구려 고분벽화 기법을 계승했기 때문이다. 불화와 민화의 관계 또한 매우 밀접하다. 고려시대에 화려한 전성기를 맞이했던 불화는 조선의 숭유억불(崇儒抑佛) 정책으로 위기를 맞으면서 양반에게는 홀대받고 민중에게 가까이 다가가는 그림이 된다. 조선시대에 제작된 사찰의 벽화와 탱화를 보면 산신, 호랑이, 고사(古事) 인물, 석류 같은 민화의 소재를 손쉽게 발견할

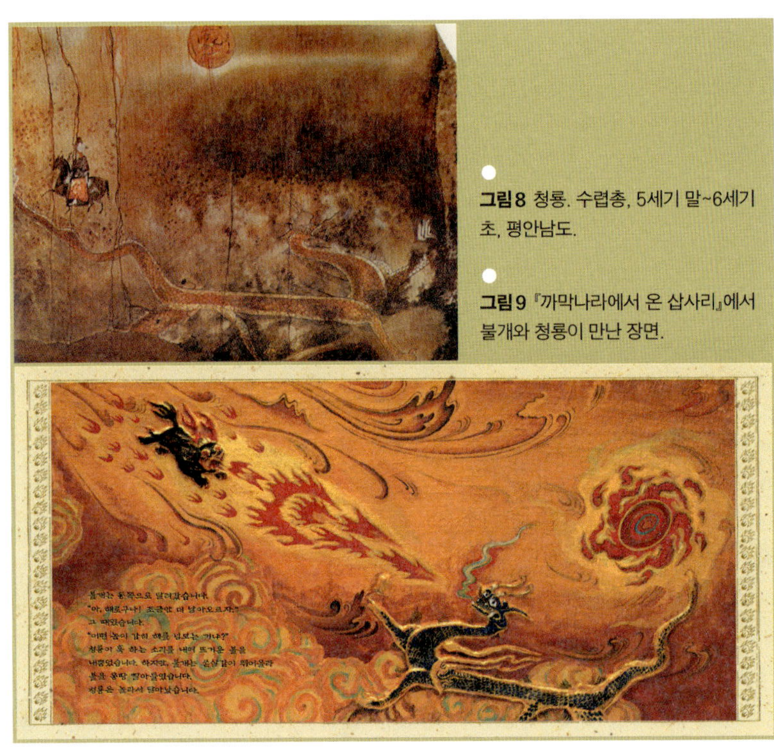

그림8 청룡. 수렵총, 5세기 말~6세기 초, 평안남도.

그림9 『까막나라에서 온 삽사리』에서 불개와 청룡이 만난 장면.

수 있다. 특히 조선 말기에 승려 화가들은 민화적인 표현 방식을 적극적으로 수용했다.[12]

정승각은 『까막나라에서 온 삽사리』에서 그러한 고분벽화와 불화와 민화의 전통을 살리고자 했다. 그는 불개 몸에 불꽃 기운을 그려넣었고, 까막나라의 임금과 시종 또는 신하를 그릴 때에도 임금의 전제적인 힘을 표현하기 위해 인물 상호간의 비례를 무시한 채 그렸다. 까막나라의 임금이 휘장이 있는 궤 비슷한 평상에 정면으로 앉아 있는 그림과, 부채를 든 시종과 함께 서 있는 그림에서는 무덤 주인의 생활을 그린 고구려 고분벽화와 일월성신(日月星神)을 그린 무신도의 인물 구성법이 끼친 영

그림 10 백호. 약수리 벽화무덤, 5세기 초, 평안남도.

그림 11 『까막나라에서 온 삽사리』에서 불개와 백호가 만난 장면.

향을 느낄 수 있다. 또 맨 마지막 장면에 등장하는 물결, 학, 해, 구름, 바위 들은 우리의 대표적인 민화인 십장생도(十長生圖)에서 기법을 빌려온 것이다.

고구려 고분벽화와 민화의 전통에 대한 정승각의 애착이 가장 잘 드러나는 부분은 사신이 등장하는 그림들이다. 불개가 불을 찾아 떠난 여행에서 만나게 된 신비로운 동물들, 곧 북쪽 바다에서 만난 지혜로운 현무, 동쪽에 있는 해의 나라에서 만난 청룡, 서쪽에 있는 달의 나라에서 만난 백호, 그리고 추락하는 불개를 구하러 남쪽에서 온 주작은 모두 고구려 고분벽화에 등장한다. 정승각은 사신의 형상을 고구려 고분벽화

그림 12 주작. 강서중묘, 7세기 전반, 평안남도.

그림 13 『까막나라에서 온 삽사리』에서 주작이 불개를 돕는 장면.

에 의존해서 그렸으며, 그림책에서 민화와 마찬가지로 강렬한 원색을 거리낌 없이 사용했다. 정승각이 그림을 그리는 데 사용한 오방색(흑·청·백·적·황)은 전통적인 색채미학을 살린 것으로서 우리 조상의 오행사상이 담겨 있다.

또 정승각은 까막나라라는 공간 배경과 그곳에 사는 인물의 형상을 고려 불화의 대표적인 선묘법(線描法)인 금니화(金泥畵)[13] 기법을 택해 그렸다. 금니화 기법은 삼국시대부터 조선시대에 이르기까지 우리나라 화가들이 사용해온 전통적인 기법이지만, 일제강점기에 안타깝게도 맥이 끊겨버려 우리에게는 낯설게 느껴진다. 정승각은 금니화 기법을 활용한 이유를 두 가지로 밝힌 바 있다. 우선 그는 깜깜한 배경 속에서 형상들이 신비한 느낌으로 다가오도록 하는 데는 금니화 기법만큼 훌륭한 네거티브 기법이 없다고 보았다. 둘째로 그는 『까막나라에서 온 삽사리』를 가능한 전통적인 미술 표현 기법으로 그리고자 했다. 정승각은

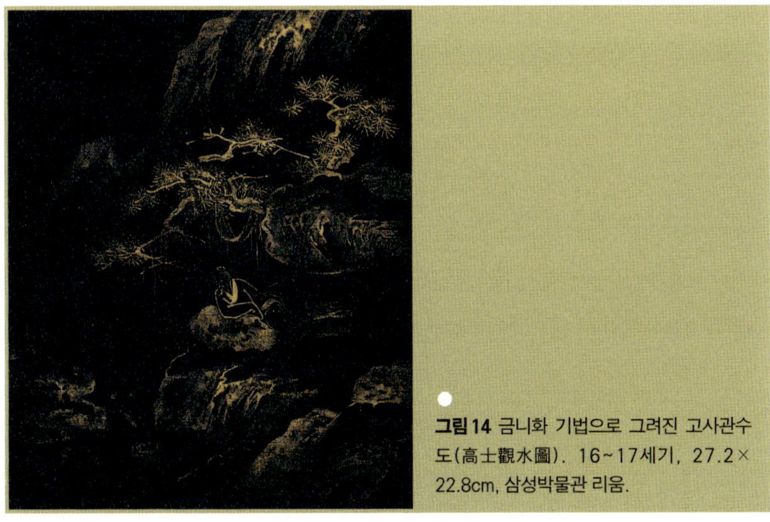

그림14 금니화 기법으로 그려진 고사관수도(高士觀水圖). 16~17세기, 27.2×22.8cm, 삼성박물관 리움.

한국의 미술교육이 아이들에게 벽화, 민화, 불화, 목판화, 탱화 같은 우리 전통 그림들에 대해 가르치지 않는 현실을 안타까워했다.[14] 그는 아이들이 자신들의 소중한 문화유산을 만날 기회조차 갖지 못한 채 서양 문화의 렌즈로 사물을 획일적으로 바라보도록 길들여지는 것은 바람직하지 않다고 생각한 것이다.

5. 옛 그림을 새롭게 재해석한 '구도자 불개와 선지식 현무의 만남'

정승각은 전통문화를 있는 그대로 계승하는 데 머무르지 않고 자신의 독창성과 상상력을 동원해서 여러 새로운 시도를 했다. 그러한 시도를 가장 잘 엿볼 수 있는 그림이 『까막나라에서 온 삽사리』에서 불개와 현무가 만나는 장면이다. 정승각은 불을 찾아나선 불개가 현무를 만나는 장소를 푸른빛이 도는 검푸른 바다로 표현했다. 오방색 상징체계에 따르면 검정색은 북쪽을 뜻하고, 북쪽은 물을 상징한다. 또 북쪽을 지키

그림 15 현무. 호남리 사신총, 6세기, 평양시.

는 상상의 동물은 거북과 뱀이 한몸으로 뒤엉켜 있는 현무다. 물 위에 떠 있는 현무 모습을 그릴 때 정승각은 고구려 고분인 평양시 호남리 사신총에 그려진 현무도를 따랐다.

정승각이 전통의 계승만을 중요시한 화가라면 현무 형상을 호남리 사신총 현무도가 아니라 다른 고분의 현무도에서 따왔을 것이다. 왜냐하면 호남리 사신총 현무도는 정통적인 현무도와는 다른 독특한 형상을 하고 있기 때문이다. 이 현무도에서 거북과 뱀은 서로 얼굴을 마주 보지 않고 같은 방향을 보고 있다. 고구려 고분벽화를 연구한 전호태는 "뱀과 거북의 이러한 자세는 다른 고분벽화의 현무에서는 볼 수 없는 것으로 자웅상응(雌雄相應)이라는 현무의 표현 원칙과는 맞지 않는다"[15]고 보았다. 정승각은 이 독특한 현무도를 보면서 '뱀과 거북은 서로 마주 보지 않고 도대체 무엇을 보고 있던 걸까'라는 호기심을 가졌던 것 같다. 정승각은 호남리 사신총 현무도에서 형상을 따오면서 뱀과 거북의

그림 16 『까막나라에서 온 삽사리』에서 불개와 현무가 만난 장면.

시선이 향한 곳에 불개를 그려넣었다. 현무도에 새로운 의미를 부여한 것이다. 호남리 사신총 현무가 바라보는 방향에 어쩌면 불개와 같은 신화적인 동물이 있었을지 모른다고 생각한 화가의 상상력이 참신하고 재미있다.

또 정승각이 뱀과 거북의 머리에 푸른 두광(頭光)을 그려넣음으로써 현무를 신성한 존재로 부각한 점에도 주목할 필요가 있다. 지혜로운 현자 모습을 한 현무는 불을 찾아 헤매는 불개에게 "환한 빛은 해와 달에서 나오는 거란다. 그러나 새겨 두어라. 참다운 빛은 마음속에 있는 거란다"라고 말한다. 검은 북쪽 바다 위에 떠 있는 금빛 찬란한 현무가 불을 찾아 헤매는 불개에게 진리를 전하는 모습에는 관세음보살의 형상이 겹쳐 있다. 현무의 금빛 신체, 거북과 뱀의 두광, 불개가 있는 바위 아래 그려진 산호와 보석 등은 고려시대의 대표적인 불화인 서구방(徐九方)의 수월관음도를 연상시킨다. 이 그림을 보면 선재동자(善財童子)에게 불법을 설하는 관세음보살의 신체가 금채(金彩)로 칠해져 있고 주변 바위에 산호와 보석이 놓여 있다.

정승각은 깨달음을 얻기 위해 구도의 길에 오른 선재동자 자리에 불개를 그려넣고, 불법을 전해주는 관세음보살 자리에 현무를 그려넣은 것으로 보인다. 하지만 정승각은 수월관음도에서 관세음보살과 선재동자가 보여주는 수직적인 위계질서를 벗어나 불개와 현무의 관계를 수평적으로 표현했다. 고구려의 현무도와 고려의 수월관음도에 등장하는 요소들을 결합하고 변용해서 불개와 현무의 관계를 구도자와 선지식(善知識)의 수평적인 관계로 새롭게 설정한 작가의 발상에서 독창성과 유머 감각을 느낄 수 있다.

그림 17 고려시대의 대표적인 불화인 서구방 필(筆) 수월관음도(1323년, 165.5×101.5cm, 일본 센오쿠하쿠고칸 泉屋博古館).

6. 집단적 인간이 걸어온 독행자의 길

분석심리학자 카를 융은 예술가에 대해 다음과 같이 정의한 적이 있다. "예술가란 자신의 목적을 추구할 수 있도록 자유의지가 주어진 존재가 아니다. 그는 자신을 통해 예술이 그 목적을 실현할 수 있도록 돕는 존재다. 한 인간으로서 그는 기분, 의지, 개인적 목표를 지닐 수는 있을지 모른다. 하지만 예술가로서 그는 좀 더 높은 차원의 '인간'이다. 곧 그는 인류의 무의식적·정신적 삶을 내면에 간직하고 있고 또 이를 형성해나가는 '집단적 인간'이다."[16] 『까막나라에서 온 삽사리』를 처음 읽었을 때 내게 떠오른 그림책 작가 정승각의 모습은 카를 융이 말한 '집단적 인간'의 모습이었다. 다시 말해 우리 민족의 '무의식적·정신적 삶을 내면에 간직하고 있고 또 이를 형성하는 집단적 인간'의 모습을 발견할 수 있었다.

우리 옛이야기와 옛 그림에서 소재와 기법을 끌어와 독창적으로 재창조한 정승각의 그림책에서 우리 민족의 역동적인 힘, 우주적·신화적 상상력, 격식에 얽매이지 않는 자유분방함, 익살과 해학, 소박하고 꾸밈 없는 동심, 미래지향적인 세계관을 느낄 수 있었다. 정승각은 민간신화와 전설을 민담 형태로 변용했고, 고구려 고분벽화, 고려 불화, 조선 민화의 전통을 살려 우리 어린이들이 지금까지 좀처럼 만나기 힘들었던 새로운 형태의 독창적인 그림책을 만들었다. "어른들이 제시하는 유형화된 이미지"[17]에 길들여진 아이들에게 다양한 미학적 체험을 하게 하고 문화적 정체성을 일깨우는 그림책을 만든 것이다.

동양화를 전공하고 전통 회화 기법을 살려 구전설화를 아름다운 그림책으로 꾸민 작가는 여럿 있지만, 정승각처럼 우리 민중의 역동적인 힘과 넘치는 생명력을 생생하게 표현한 예술가는 드물다. 정승각의 그림에서 우리 민중의 얼과 삶과 꿈이 느껴지는 것은 옛 민중의 화법을 미술대학에서 배운 것이 아니라 다양한 옛 그림을 홀로 공부해서 체득하였기 때문이 아닐까 싶다. 서양화를 전공한 정승각이 한국 대학 강단에서 오랫동안 소홀하게 취급해온 옛 민중의 그림에 관심을 기울이게 된 계기가 대학 졸업반 때 있었다고 한다.[18] 당시 수해를 입은 지역의 아이들을 돌보는 일을 하다가 그는 깊은 충격을 받는다. 해마다 물난리를 겪었던 아이들이 부러진 크레파스로 가슴속 응어리를 토해내듯이 그린 그림들을 보면서 정승각은 참다운 그림이란 "생활 속에서 몸에 스며든 자기 얘기와 생각을 있는 그대로, 느낌 그대로, 숨결 그대로 그린 그

그림 18 십장생도 10폭대병풍 부분. 18세기, 각 136.5×51.7cm, 국립중앙박물관. 정승각은 대표적인 민화인 십장생도의 기법을 빌려 『까막나라에서 온 삽사리』의 마지막 장면을 연출했다.

림"[19]이라는 사실을 깨닫는다. 이 사건을 통해 정승각은 미술대학에서는 배울 수 없는 아름다운 그림이『오소리네 집 꽃밭』(권정생 글, 정승각 그림, 길벗어린이 1997)의 들꽃처럼 우리 삶 주변에 있다는 사실을 새삼 인

그림 19『까막나라에서 온 삽사리』의 마지막 장면. 십장생도 기법이 곳곳에서 느껴진다.

식하게 된다. 그 뒤 그는 그러한 들꽃 같은 그림이 지닌 아름다움과 생명력을 표현하기 위해 옛 민중 예술가들과 마찬가지로 옛사람들의 가르침과 자신의 힘에 의지해 고독하게 작업을 해왔다.

그러한 고독하고 힘든 작업의 결실이 『까막나라에서 온 삽사리』지만, 이 책은 '받아 마땅한' 비평적 관심을 오랫동안 받지 못했다. 그림책평론가 최윤정은 『그림책』(비룡소 2001)에서 류재수, 이억배, 정승각과 같은, 독행자(獨行者)의 길을 걷고 있는 한국 그림책 작가들의 작품을 신랄하게 비판한 적이 있다. 그는 특히 『까막나라에서 온 삽사리』에 대해 참담할 정도의 혹평으로 일관하면서 다음과 같이 결론을 내린다. "한국적인 이미지 부각, 테크닉을 갈고 닦음으로써 '예술'에 도달하고자 하는 열망, 이야기에 형이상학적인 차원을 더함으로써 보다 격조 높은 작품으로 격상시키고자 하는 야심 등이 어우러져 친근하게 다가가기 어려운 책이 되었다. 이처럼 어린이 그림책의 '차원을 높인' 작품들은 어린이를 겨냥하고 있지 않다. 어린이들이 쉽게 이야기를 읽어 낼 수 있는 단순하고 명쾌한 그림을 담은 그림책은 진지하거나 예술적일 수 없어서 그런 것일까?"(138면) 최윤정은 그림책을 평가하면서 어린이의 시선과 현실을 앞세우지만, 그의 시선은 이미 다분히 서구적인 자리에 서 있다.

오늘날 어른들은 서양식 집에서 서양식 옷을 입고 서양 동화, 서양 신화, 서양 소설을 읽으면서 할리우드 영화와 디즈니 애니메이션을 보고 자랐기 때문에 서구의 렌즈로 사물을 바라보고 서구의 잣대로 예술을 평가하도록 길들여져 있다. 그렇게 길들여진 어른에게 우리 옛 그림과 옛이야기는 서양 그림과 이야기보다 훨씬 낯설게 느껴진다. 마치 외국 문화를 대하듯이 온갖 노력을 기울여 우리 옛 그림과 옛이야기를 공부해야 겨우 그 매력과 가치를 느낄 수 있다.

하지만 다행스러운 것은 옛것을 사랑하는 그림책 작가들의 노력 덕분에 우리 전통문화가 최근 아이들에게 조금씩 친근하게 다가가고 있다는 점이다. 여러 해 동안 부모, 초등학교 교사, 작은 도서관 사서 모임 등에 강의하러 다니면서 나는 옛이야기 그림책을 읽은 아이들이 의외로 전통문화, 특히 사신과 같은 신화적 동물 형상에 많은 관심을 보인다는 사실을 확인했다. 어느 모임에서 유아기 자녀를 둔 한 어머니가 내게 물었다. "『까막나라에서 온 삽사리』에 숨어 있는 옛 그림과 옛이야기를 알지 못하는 아이가 책을 자꾸만 보려고 하는 건 무엇 때문일까요? 한국인의 집단 무의식이라는 것이 있어서 아이가 저절로 끌리는 걸까요?" 독행자의 길을 꿋꿋이 걷고 있는 소수 '집단적 인간'들의 노력 덕분에 조금씩 우리의 '잃어버린 얼굴'을 되찾는 것만 같아 마음이 따뜻해졌다.

제2부
서양 옛이야기

1장. 그림 형제와 안데르센의 일그러진 얼굴

1. '동화' 하면 서양 요정담을 떠올리는 아이들

2007년 가을 어느 대학에서 아동문학 강의를 시작하는 첫날 학생들에게 '동화(童話)'란 말을 들으면 가장 먼저 떠오르는 이미지나 단어를 하나씩 적어보라고 했다. 당시 학생들이 가장 많이 적은 단어는 '백설공주, 안데르센, 어린이, 아이들, 이솝우화, 신데렐라, 그림 형제' 따위였다.[1] 2002년 가을에도 '동화와 문화'란 교양과목을 가르치면서 학생들에게 자기 삶에 영향을 준 동화에 대해 써보라고 한 적이 있다. 그때는 백여 명의 학생이 강의를 들었는데, 언급된 동화를 살펴보면 안데르센(H. C. Andersen)의 요정담이 36%, 디즈니 애니메이션으로 소개된 옛이야기가 20%(「인어공주」를 포함한다면 31%), 우리나라 옛이야기가 26% 정도였다. 가장 많이 언급된 작품은 「신데렐라」「인어공주」「미운 아기 오리」와 같은 서양 요정담이었고 나머지는 주로 「행복한 왕자」「아낌없이 주는 나무」「피노키오」 따위와 같은 서양 창작동화였다. 한

국 작품 가운데 창작동화는 「강아지똥」 단 한 편뿐이었고 나머지는 모두 옛이야기였다.[2]

1990년대 이후 우리 옛이야기가 단행본과 전집류 그림책으로 많이 소개되었고 또 창작동화도 수없이 많이 출간되었는데도 아이들이 '동화' 하면 서양 요정담을 떠올리는 이유는 무엇일까? 그 이유로 여러 가지를 생각해볼 수 있다. 우선 '동화'란 용어가 안고 있는 태생적인 한계를 들 수 있다. 일제강점기에 '동화'라는 단어가 문학용어로 새롭게 등장하게 된 것은 그림 형제와 안데르센의 요정담과 같은 마법적인 옛이야기, 경이로운 사건을 세련된 문장과 문학적인 기법으로 그려낸 옛이야기를 가리키기 위해서였다. 하지만 오늘날 어린이문학 현장에서는 아이들의 일상현실을 그린 생활동화가 주류를 이루고 있고 장편동화도 많이 생산되고 있다. 또 사전에서 동화를 "어린이를 위하여 동심을 바탕으로 지은 이야기"(표준국어대사전 stdweb2.korean.go.kr)나 "어린이를 상대로 동심을 기조로 하여서 지은 이야기"(네이버 한자사전 hanja.naver.com)로 뚜렷이 정의하고 있다. 따라서 이제는 '동화'란 용어를 달리 사용할 만도 한데, 어린이문학 현장을 벗어나면 상황이 크게 개선된 것 같지 않다. 그리고 우리나라의 많은 번역자들이 아직도 서양 옛이야기를 우리말로 옮기면서 '요정담'(fairy tale) 또는 '메르헨'(märchen)이라는, 우리에게 익숙하지 않은 용어 대신 '동화'라는 용어를 쓰고 있다. 또한 아이들이 유아기에 최초로 만나는 그림책과 애니메이션이 주로 서양 요정담을 개작한 작품이라는 점도 이유로 들 수 있다.

하지만 샤를 페로, 그림 형제, 안데르센 등이 쓴 요정담은 어린이의 읽을거리가 될 수는 있어도 '어린이를 위하여 동심을 바탕으로 지은 이야기'는 아니어서 '동화'라는 용어에 부합하는 것이 아니다. 서양의 메르헨 또는 요정담을 규정짓는 가장 중요한 요소는 '어린이'가 아니라 '경이성 또는 마법성'이다. 페로, 그림 형제, 조지프 제이콥스(Joseph Jacobs) 등이 요정담을 쓸 때 가장 중요한 원전으로 삼은 이야기들은 어린이를 위해 전승된 이야기라고 보기 힘든 구전민담이다. 안데르센 작품 168편 가운데 어린이 독자를 겨냥해서 쓴 이야기는 28편 정도에 불과하고 나머지는 어른과 어린이 모두를 독자로 삼아 쓴 이야기다. 따라서 서양 요정담 가운데는 감수성이 예민한 유아들에게 적절하지 않은 이야기가 많다.

그런데 우리나라에서는 그림 형제나 안데르센의 요정담을 주로 유아용 그림책으로 만들고 있어서 여러 문제를 낳는다. 그림 형제와 안데르

그림 1 샤를 페로(1628~1703) 초상화(작자 미상, 1670).

그림 2 야코프 그림(1785~1863, 오른쪽)과 빌헬름 그림(1786~1859) 초상화(1855). 예리하우 바우만(Elisabeth Jerichau-Baumann) 그림.

센의 이야기를 원작 그대로 그림책으로 만들기에는 글이 너무 길고, 또 유아들 정서에 충격을 줄 수 있는 잔혹한 장면이 많아서 우리나라 어린이책 작가들은 원작을 많이 뜯어고친다. 어른들의 엄격한 검열 잣대로 걸러진 이야기를 유아기에 그림책으로 보고 자란 아이들은 나중에 자신들이 봤던 이야기가 원작과 매우 다르다는 사실을 깨닫고 충격을 받기 쉽다. 그러다 보니 몇몇 일본 작가들이 안데르센과 그림 형제의 진실 운운하면서 유행시킨 '잔혹 동화'라는 것에 많은 청소년들이 쉽사리 이끌리게 된다.

2. '세계 명작동화'라 일컬어지는 그림책들

앞서 언급한 것처럼 우리 청소년이나 대학생 들이 '동화' 하면 「백설공주」「신데렐라」「인어공주」를 떠올리는 데는 유아기에 읽은 그림책, 특히 전집으로 출간된 이른바 '세계 명작동화'가 한몫을 단단히 했다고 볼 수 있다. 교육열이 남다른 우리나라 어머니들은 아이를 위해 책을 살 때 보통 전집을 한 질 이상은 사는 편이다. 학생들의 유년기 독서 체험을 들어보거나 학자들이 어린이용 전집류 책의 실태를 조사한 논문을 읽어보면 그 사실을 잘 알 수 있다.

그런데 1990년대 전후만 해도 전집류 책 대부분이 날림으로 만들어진 것이었다. 광복 이후 출판사들은 열악한 출판 환경 속에서 이윤을 극대화하기 위해 우리나라 작가들이 창작한 동화들보다는 일제강점기부터 널리 소개된 서양 이야기들을 전집으로 만들어냈다. 안데르센과 그림 형제의 요정담, 「보물섬」「로빈슨 크루소」「소공자」 따위로 구성된 이른바 '세계 명작동화' 전집들은 대부분 원작에 충실한 것이기보다는 일본어판을 그대로 중역(重譯)한 책이었다.[3] 이 전집들은 1958년 이후 도입된 미국식 방문판매를 통해 아이들에게 널리 읽혀왔고, 1990년대 중반까지도 그러한 관행에서 크게 벗어나지 못했다.

이 어린이용 전집 시장은 규모가 매우 커서, IMF 구제금융기 뒤에 출간된 한국 아동 전집의 실태를 조사한 어느 논문에 따르면 교원, 대교, 웅진닷컴, 한솔교육 등 어린이용 전집을 방문판매하는 아홉 개 회사의 시장 규모가 대략 8,000억 원 정도라고 한다.[4] 민음사, 시공사, 랜덤하우스코리아 같은 주요 단행본 출판사 열 곳의 2006년 매출을 합하면 2,750억 원 정도인 것을 고려할 때 어린이용 전집 시장의 규모가 얼마나 큰지 쉽사리 짐작할 수 있다.[5]

2009년 현재 서점에서 낱권으로 구입할 수 있는 유아용 옛이야기 책들을 살펴보아도 주로 서양 요정담을 담은 책이라는 걸 알 수 있다. 인터넷 교보문고(www.kyobobook.co.kr)와 인터넷 서점 알라딘(www.aladdin.co.kr)에서 우리에게 잘 알려진 한국과 외국의 옛이야기 책을 검색해보면 우리나라에서 어린이책으로 가장 많이 만들어지고 있는 옛이야기는 이솝우화, 「백설공주」「신데렐라」「인어공주」「아기 돼지 삼 형제」 등이다. 이러한 서양 옛이야기들이 주로 그림책으로 만들어져 판매되고 있으니 이 땅에서 자라는 많은 아이들이 맨 처음 읽는 이야기가 이솝우화 또는 서양 요정담이라 할 수 있다. 이러한 독서 환경에서 자란 아이들이 '동화' 하면 이솝우화나 서양 요정담을 떠올리는 건 지극히 자연스러운 일이다.

서양 요정담을 그림책에 담은 작가들이 저지른 가장 큰 잘못은 원작자의 이름을 표지에 내걸면서도 원작을 함부로 고쳐 썼다는 데 있다. 우

그림 3 디즈니 애니메이션을 유아용 그림책으로 만든 『백설 공주』 『신데렐라』 『인어 공주』 한국어판(삼성출판사 2003) 표지들.

리나라 작가들은 원작을 꼼꼼하게 읽지 않은 채 교육적으로 바람직하지 않다고 느껴지거나 사건 전개가 느리다고 생각되면 과감하게 이야기를 생략한다. 그러다 보니 웅진닷컴에서 만든 전집 '토토리 세계명작'에 들어 있는 『헨젤과 그레텔』(그림 형제 원작, 한정아 글, 허태준 그림, 2003)처럼 오누이가 오리를 함께 탄 모습을 버젓이 그리는 일이 발생한다. 「헨젤과 그레텔」이 담고 있는 중요한 의미 중 하나가 나약한 그레텔이 혹독한 통과의례를 거치고 독립적인 존재가 된다는 것이다. 그리고 그것을 상징하는 중요한 내용이 바로 그레텔이 호수를 건널 때 오리를 혼

그림 4 웅진닷컴 본 『헨젤과 그레텔』에서 헨젤과 그레텔이 같이 오리를 탄 장면.

그림 5 월터 크레인(Walter Crane)의 「헨젤과 그레텔」 삽화 (1882).[6] 그레텔이 혼자 오리를 타고 있다.

그림 6 제니 하버(Jennie Harbour)의 「헨젤과 그레텔」 삽화 (1921).[7]

자 타는 것이다.

3. 어학 교재와 디즈니 애니메이션으로 제한된 이야기 수용

지난 십여 년간 영어 조기교육 열풍으로 서양 요정담은 아이들에게 더욱 친근한 것이 되었다. 가나출판사, 시사영어사, 월드컴 등이 영어 학습용 교재로 개작해 출간한 요정담이 널리 읽히고 있다. 서양 요정담 가운데 가장 잘 알려진 「백설공주」와 「신데렐라」의 경우 2009년 현재 인터넷 서점에서 가장 많이 판매되는 책들은 모두 어린이에게 영어를 가르칠 목적으로 만들어진 어학 학습용 교재다.[8] 또 디즈니 영화사가 만든 애니메이션, 스토리북(디즈니가 애니메이션에서 그림을 발췌해 만든 유아용 그림책), 퍼즐의 영향도 무시하기 어렵다. 서양의 수많은 요정담 가운데서 유독 「백설공주」「신데렐라」「인어공주」가 우리나라에 널리 알려진 것도 모두 디즈니의 장편 애니메이션 영향으로 볼 수 있다. 「신데렐라」는 페로 본과 그림 형제 본이 매우 다른데, 우리나라에서는 디즈니 애니메이션에서 원작으로 삼은 페로 본이 주로 많이 소개되고 있다. 최근에는 디즈니 애니메이션이 '디즈니 고전 명작 10종 DVD 세트'로 만들어져 책 한 권 값도 안 될 정도로 싸게 판매되고 있어서 부모들이 아이들 영어 교육을 위해 많이 사고 있다.

취학 전부터 영어 녹음테이프로 서양 요정담을 듣고 디즈니 애니메이션을 보고 자란 아이들이 어른이 되어서 '동화' 하면 서양의 「백설공주」나 「신데렐라」를 떠올리는 것은 너무도 자연스러운 일이다. 더군다나 요즈음 부모들은 아이들이 영어 문장을 저절로 외울 수 있도록 반복적으로 들려주기 때문에 아이들이 자라서도 서양 요정담은 유년기의 추억으로 마음속에 남아 있기 쉽다. 하지만 영어 교재 반복 학습이 아이들의 영어실력을 키워줄 수 있을지는 몰라도 아이들의 정서와 사고에 끼칠 수 있는 부정적인 영향도 적지 않다.

우리나라에서 출간된 것이든 영국이나 미국에서 출간된 것이든 어린

그림 7 디즈니 고전 명작 10종 DVD 세트.

이 영어 교재로 만들어진 학습서는 대부분 원작의 작품성과 민속적 가치를 고려하지 않은 책들이다. 예를 들면 「빨간 모자」의 경우 페로 본과 그림 형제 본은 결말이 매우 다르다. 페로 본에서 빨간 모자는 늑대에게 잡아먹혀 죽고, 그림 형제 본에서는 사냥꾼에 의해 구출된다. 그런데 월드컴에서 만든 영어 교재를 비롯한 여러 책들에서는 원작자가 페로로 명시돼 있으면서도 사냥꾼이 등장한다. 또 원작자를 그림 형제로 명시한 『이보영의 영어 만화 Hansel and Gretel』(그림 형제 원작, 장승이 그림, 가나출판사 2007)에서도 웅진닷컴에서 만든 『헨젤과 그레텔』과 마찬가지로 오누이가 오리 위에 다정하게 함께 앉아 있는 그림이 나온다.

서양인들이 소위 '영어가 모국어가 아닌 사람들을 위해 만든' ELS 교재에 실린 요정담도 원작에 충실한 것은 거의 없다. 영국 옥스퍼드 대학 출판사와 펭귄 출판사에서 영어 학습 교재로 출간한 『헨젤과 그레텔』

『백설공주』『빨간 모자』들을 살펴보면 그림 형제나 안데르센이 쓴 이야기와 상당히 다르다. 빨간 모자를 구출한 사람이 사냥꾼이 아니라 아버지로 되어 있고, 백설공주가 깨어난 것이 왕자가 유리관 뚜껑을 열고 키스를 했기 때문이며,「헨젤과 그레텔」의 계모와 마녀가 죽지 않고 멀리 달아나버린다. 이러한 교재에는 이야기를 고쳐 쓴 글작가 이름이 아예 없거나, 이름이 있더라도 그림 형제나 안데르센이 아니다. 하지만 이야기의 제목이 똑같기 때문에 그러한 교재로 영어를 배운 우리나라 아이들은 자신이 읽은 이야기가 그림 형제나 안데르센의 작품과 같다고 오해할 수밖에 없다. 내가 만나본 학생 가운데 상당수도 디즈니의「인어공주」와「백설공주」가 그림 형제와 안데르센의 요정담과 많이 다르다는 사실을 알지 못했다. 그러한 영어 학습 교재나 디즈니 애니메이션으로만 서양 요정담을 본 학생들은 문화적인 해독력이 현저히 떨어지게 된다.

4. 왜곡된 옛이야기 개작과 잔혹동화

옛이야기란 변화·생성하는 유기체적 속성을 지닌 것이라서 고쳐쓰기나 새로쓰기 자체를 비판할 생각은 전혀 없다. 원작을 고쳐서 더 나은 작품을 만들 수만 있다면 그것은 매우 바람직한 일이다. 그림 형제가 『어린이와 가정을 위한 옛이야기 *Kinder- und Haus- Märchen*』(1812~57)를 출간할 때 입말로 전승되는 이야기를 그대로 쓴 것은 아니다. 그림 형제는 많은 설화를 수집한 뒤 다양한 화소를 끌어와서 옛이야기를 재구성했다. 초판본이 나온 뒤 그림 형제, 특히 동생 빌헬름 그림(Wilhelm Grimm)은 개작에 개작을 거듭하면서 자신의 도덕관과 교육관에 어긋나는 대목을 많이 손질했다. 우리가 알고 있는 「백설공주」나 「헨젤과 그레텔」은 1857년에 출간된 제7판본(최종본)에 바탕을 둔 것이어서 계모가 등장하지만, 1810년 무렵에 쓴 초고나 1812년에 출간된 초판본에는 친어머니로 되어 있다. 빌헬름 그림은 개작할 때 잔혹한 장면들은 거의 그대로 남겨두었지만 선정성이 느껴지는 대목들을 삭제하거나 고쳤다. 또 안데르센은 처음에 요정담을 쓸 때는 어린이를 주된 독자로 삼았지만, 1844년 이후에는 어른과 어린이를 모두 독자로 생각했다. 따라서 안데르센이 쓴 168편의 이야기 가운데 나이 어린 아이들이 읽기에는 적절하지 않은 이야기가 적지 않다.

이러한 사실을 인식한 탓인지 그림 형제나 안데르센의 요정담을 어린이책이나 애니메이션으로 꾸밀 때 어린이에게 충격을 줄 수 있거나 교육적으로 문제가 될 수 있는 부분을 디즈니나 많은 어린이책 작가들이 새롭게 고쳐 썼다. 또 안데르센과 그림 형제의 이야기에서 가부장제 이데올로기, 계급주의, 기독교주의를 느낀 많은 현대 작가들이 다양한 방식으로 고쳐쓰기나 새로쓰기를 시도했다. 하지만 그러한 작품들이 원작보다 나은 경우는 매우 드물다. 디즈니가 만든 「백설공주와 일곱 난쟁이」 「인어공주」 「신데렐라」 따위 장편 애니메이션은 아기자기한 재미를 줄 수 있을지는 몰라도 예술성이 떨어지고 가부장제 이데올로기와 외모지상주의가 훨씬 더 두드러지게 표현됐다. 제임스 핀 가너의 『정치적으로 올바른 베드타임 스토리』(1993; 김석희 옮김, 실천문학사 1996)나 바바라 워커의 『흑설공주 이야기』(1996; 박혜란 옮김, 뜨인돌 1998; 2002)도 예술성과 철학적 깊이가 부족해 원작보다 낫다고 평가하기는 어렵다.

새로쓰기를 시도한 책 가운데 가장 문제가 많은 것은 키이유우 미사

그림 8 제임스 핀 가너의 『정치적으로 올바른 베드타임 스토리』 한국어판 표지.

오, 안나 이즈미와 같은 일본 작가들이 쓴 이른바 '잔혹 동화'라 일컬어지는 책들이다. 『알고 보면 무시무시한 그림동화 1~3』(1998~2005; 기류 미사오, 이정환 옮김, 서울문화사 1999~2005), 『안데르센의 절규』(1999; 안나 이즈미, 황소연 옮김, 좋은책만들기 2000), 『기발하고 야한 일본 엽기동화』(1999; 나카미 토시오, 조양욱 옮김, 현대문학북스 2001; 개정판 『기발하고 야한 옛이야기 — 일본편』, 북폴리오 2004) 등은 옛이야기에 담긴 잔혹성과 선정성만을 주로 부각하는 상술로 독자의 관심을 끌려고 한다. 이러한 개작이 지닌 가장 큰 문제는 심리학자와 역사학자 들의 책과 사료를 적당히 인용하면서 그림 형제와 안데르센의 진실을 보여줄 수 있는 것처럼 독자를 현혹한다는 점이다. "안데르센이 독자들을 향해 말하고 싶어 했던 진실의 세계"(『안데르센의 절규』, 20면) 또는 "'그림 동화' 초판의 잔혹하고 거친 표현 방법을 그대로 살리면서 그 안에 감추어져 있는 심층 심리와 그것의 진정한 의미를 철저하게 파헤쳐"(『알고 보면 무시무시한 그림동화 1』,

14면) 보여주겠다면서 안나 이즈미와 기류 미사오는 독자의 말초신경을 자극하는 방식으로 원작을 왜곡했다. 더군다나 이러한 책들을 국내에 소개한 출판사들이 교수나 정신과 의사 등의 추천사를 덧붙였기 때문에 원작을 읽지 않은 독자들은 형편없는 싸구려 소설을 그림 형제와 안데르센의 진실을 담고 있는 작품으로 잘못 알기 쉽다.

5. 서양 요정담의 한국적 수용이 안고 있는 문제

서양 요정담의 한국적 수용이 안고 있는 가장 큰 문제는 개작이 원작에 대한 충분한 이해 없이 졸속으로 이루어지고 있다는 점이다. 옛 작가의 작품을 고쳐 쓰거나 새로 쓰는 일이 후대 작가에게 주어진 권한이라 할지라도 그들의 명성을 상업적으로 이용할 때는 최소한 '죽은 자'에 대한 예의는 갖출 필요가 있다. 독자가 원작자의 이름을 보고 책을 사주길 바라면서 부모나 교사 들의 검열에 걸릴 수 있는 부분을 은근슬쩍 고친다거나 원작의 진실을 보여준다는 구실로 '죽은 자'의 작품을 왜곡하는 일은 잘못된 것이다. 그림 형제, 페로, 안데르센, 제이콥스 등 서양 작가의 이름을 표지에 내세우려면 그들 작품에 담긴 매력과 가치를 잘 살려서 보여줄 수 있어야 한다. 또 원작이 유아들이 볼 그림책이 되기에 문제가 있다고 판단되어 고치고 싶은 글작가는 자기 이름만을 당당하게 표지에 내걸어서 독자들이 원작과 개작을 혼돈하지 않도록 배려해야 한다.

아이들이 사춘기에 접어들 때 자신이 유아기에 읽은 서양 요정담이 원작과 많이 다르다는 사실을 깨달을 경우 『알고 보면 무시무시한 그림 동화』와 같은 잔혹동화에 더욱 흥미를 느낄 수 있다. 이 책은 인터넷 서점에서 19세 이상 성인이 살 수 있는 책으로 판매되고 있지만 사실상 출간 이후부터 지금까지 많은 청소년들이 읽어왔다. 그림 형제와 안데르센의 원작을 거의 그대로 어린이에게 보여주는 유럽과 미국의 출판사들은 관심조차 갖지 않는 저급한 책이 유독 우리나라에서 인기가 있는 것은 그림책들의 내용이 원작과 많이 다르기 때문이다. 따라서 안데르센이나 그림 형제의 요정담을 어린이에게 소개할 때는 어른의 시각에서 탐탁하지 않은 면이 있다 하더라도 되도록 원작에 충실하게 제시하는 것이 좋을 거라 본다. 그들의 이야기가 취학 전 유아에게 적절하지 않다고 생각한다면 굳이 뜯어고치면서까지 그림책으로 만들어 유아에게 보일 필요는 없으니 말이다.

오랫동안 '고전'이나 '명작'으로 간주돼온 작품을 고쳐 쓸 경우에는 폴 젤린스키가 한 것처럼 개작 내용을 독자에게 알려주는 것이 바람직하다. 젤린스키는 「라푼 」과 「룸펠슈틸츠헨」을 그림책으로 만들 때 표지에

그림 9 폴 젤린스키의 『룸펠슈틸츠헨』(1986) 한국어판(이지연 옮김, 베틀북 2001) 표지.

는 다시 쓴(retold) 작가로 자기 이름만 명시하고 작가 후기에 그림 형제 본을 어떻게 손보았는지를 밝혔다. 그림 형제도『어린이와 가정을 위한 옛이야기』를 쓸 때 젤린스키와 마찬가지로 거의 모든 이야기마다 맨 끝에 일일이 주석을 달아서, 독자에게 자신들이 어떠한 구전설화와 문헌 설화로부터 화소를 끌어와 이야기를 재구성했는지를 알려주었다. 이렇게 옛 글과 새 글의 차이를 알려주고 원전의 출처를 밝히는 것이 새로움과 예술성을 추구하는 동시에 옛이야기의 전통과 가치를 보존하는 길이다.

2장. 「백설공주와 일곱 난쟁이」에 숨겨진 이데올로기

1. 우리 어린이들이 읽고 있는 「백설공주」 이야기의 문제점

영어 조기교육 강화로 최근 부모들이 아이들을 위해 디즈니 애니메이션 DVD나 영어 학습용 서양 요정담 책을 부쩍 많이 구입하고 있다. 유명 인터넷 서점에서 '백설공주'를 검색해보면 판매량 순위 1위와 2위는 디즈니 애니메이션이고, 3위에서 5위까지는 영어 학습 교재다.[1]

디즈니 애니메이션이 어린이 영어 교육을 위해 널리 활용되고 있는 것은 바람직한 현상이라고 보기 어렵다. 가부장제 이데올로기, 백인우월주의, 문화제국주의 등과 같은, 디즈니 애니메이션에 담긴 여러 문제는 이미 서양과 우리나라의 여러 학자들이 지적한 바 있다. 또 그런 문제 이전에 아이들이 원작을 만날 수 있는 기회조차 갖지 못한다는 것도 아쉬운 점이다. 그래서 대부분의 사람이 그림 형제와 안데르센의 요정담과 디즈니 애니메이션의 차이를 제대로 알지 못한다. 안데르센 작품에서 인어공주가 왕자와 결혼을 하지 못하고 물거품이 되었다가 나중에 공기 요정의 삶을 산다는 사실과, 그림 형제 작품에서 백설공주가 식물인간 상태에서 깨어난 것이 왕자의 키스 때문이 아니라는 사실을 아는 사람이 많지 않다.

디즈니 애니메이션뿐 아니라 그림 형제를 원작자로 내세운 어린이책이나 영어 학습 교재도 문제가 많다. 『인기강사 이보영과 함께하는 영어만화 Snow White』(그림 형제 원작, 장승이 그림, 가나출판사 2005)에서는 맨 마지막에 왕비가 갑자기 못생긴 여자로 변하는 장면이 나오고 왕비가 사과 장수가 되었다면서 끝난다. 월드컴에서 나온 『백설공주와 일곱 난쟁이』(J. & W. Grimm, 2003)에서는 결말이 완전히 새로 써졌다. 백설공주를 키스로 살려낸 왕자는 백설공주의 왕국으로 사자(使者)를 보내 국왕에게 사건의 전모를 알려준다. 국왕의 징벌이 두려운 왕비는 달아나고, 그 뒤 아무도 왕비를 본 사람이 없다는 것으로 이야기가 끝난다. 그림 형제를 원작자로 내세운 책 가운데 개작이 가장 심한 책은 새샘에서 출간한 『백설공주』(그림 형제 원작, 신예영 글, 박선영 그림, 2001)다. 이 책에서는 백설공주의 결혼식에 참석한 마녀 왕비가 "이번에는 마술의 칼로 널 죽이고 말겠다"라고 말하면서 "마술의 칼을 휘두르며 빗자루를 타고 날아"오른다. 결국 그 마녀 왕비는 "하늘에서 '우르르 쾅' 하는 소리와 함께 번개가 칼끝에 부딪"히는 바람에 타 죽고 만다.

원작자가 그림 형제로 되어 있는 『백설공주』의 결말이 책마다 다르면 아이들은 어느 출판사의 책으로 읽었느냐에 따라 백설공주의 줄거리를 다르게 알게 된다. 부모나 교사가 『백설공주』를 아이들에게 보여주는 것은 아이들의 상상력을 풍부하게 해줄 뿐만 아니라 서양 문화에 대해 가르쳐주기 때문이다. 개작이 심한 판본으로 『백설공주』를 읽을 경우

그림 1 새샘 본 『백설공주』에서 왕비가 빗자루를 타고 날아오른 장면. 그림 형제의 원작과는 전혀 상관없는 장면이다.

아이들이 글자를 배울 수는 있을지 몰라도 서양 문화에 대해 잘못된 지식을 갖게 된다. 책 표지에 원작자가 그림 형제로 되어 있으면 독자들은 당연히 그 책에 담긴 이야기가 원작에 충실할 거라고 기대한다. 개작을 심하게 할 바에는 차라리 원작자를 내세우지 말고 '○○○이(가) 새로 쓴 백설공주'라고 하는 편이 훨씬 낫다. 좋은 설화를 다양하게 수집해서 작가 나름대로 창작옛이야기를 쓰거나 안데르센과 그림 형제의 요정담을 패러디하거나 혼성모방하는 것은 창작자들 자유다. 하지만 그림 형제나 안데르센의 작품을 소개할 때는 그것이 한 개인의 상상력과 감수성이 빚어낸 엄연한 예술작품이라는 사실을 인식할 필요가 있다. 죽은 작가에 대한 예의도 예의지만 아이들에게 서양 문화 코드를 제대로 읽을 줄 아는 능력을 키워준다는 취지에서도 원작을 제대로 소개할 필요가 있다.

디즈니를 비롯한 서양의 많은 작가와 영화감독 들도 그림 형제의 「백설공주」, 안데르센의 「인어공주」, 페로의 「신데렐라」 따위의 옛이야기를 새롭게 고쳐 썼다. 그들이 어떻게 「백설공주」를 고쳐 쓰거나 새로 썼는지 그 양상과 의미를 제대로 파악하기 위해서는 독자들이 그림 형제 작품에 대해 충분한 지식을 갖고 있어야 한다. 백설공주가 어떻게 구원받았고 계모 왕비가 어떻게 벌을 받았는지를 독자들이 제대로 알지 못하면 그림 형제의 「백설공주」에서 모티프를 끌어온 작품이나 패러디한 작품의 의미를 제대로 읽어낼 수 없다. 이 글에서는 영어 조기교육이 실시된 뒤 나이 어린 아이들이 무척 많이 보고 있는 디즈니 애니메이션 「백설공주와 일곱 난쟁이」를 그림 형제의 「백설공주」와 비교해보면서, 디즈니가 시도한 개작의 양상과 그 속에 숨은 이데올로기를 살펴보고자 한다.

2. 「백설공주와 일곱 난쟁이」, 가부장제 이데올로기의 강화

우리는 흔히 그림 형제의 옛이야기를 구전민담과 성격이 같다고 생각하기 쉬운데, 결코 그렇지 않다. 그림 형제가 쓴 『어린이와 가정을 위한 옛이야기』에 수록된 작품 가운데 상당수는 그림 형제가 여러 설화들로부터 다양한 화소를 뽑아 재구성한 것이어서 구전민담들과는 모양새나 세계관이 매우 다르다. 특히 그림 형제는 『어린이와 가정을 위한 옛이야기』를 1812부터 1857년까지 근 일곱 차례에 걸쳐 개정했기 때문에 똑같은 제목의 이야기라도 판본에 따라 내용이 많이 달라졌다. 세계적으로 가장 잘 알려진 판본은 빌헬름 그림이 자신의 교육관과 종교관에 맞게 개작해서 1857년에 출간한 최종본이다. 많은 작가와 디즈니가 그림 형제의 옛이야기를 그림책으로 만들거나 패러디할 때 원전으로 삼은 텍스트가 이 최종본이다.

미국의 대표적인 요정담 연구가 잭 자이프스는 디즈니 애니메이션, 특히 「백설공주와 일곱 난쟁이」가 지닌 자본주의 논리와 가부장제 가치관을 날카롭게 비판한 바 있다. 자이프스는 그림 형제가 지닌 가부장제 가치관을 디즈니가 그대로 계승했을 뿐만 아니라 오히려 그것을 더욱 강력하고 보수적인 형태로 미화했다고 보았다. 그는 디즈니의 「백설공주와 일곱 난쟁이」에서 여자와 남자 역할이 성(性)에 따라 뚜렷이 구분되고, 왕자와 난쟁이가 차지하는 비중이 그림 형제 본보다 훨씬 크다는 사실에 주목했다.[2] 사실상 우리가 그림 형제 최종본과 디즈니 애니메이션을 꼼꼼히 비교해보면 자이프스의 견해에 공감하게 된다.

우선 디즈니 애니메이션과 그림 형제의 최종본은 제목부터가 다르다. 디즈니 애니메이션의 제목은 '백설공주와 일곱 난쟁이'이고 그림 형제 최종본은 '백설공주'다. 디즈니 애니메이션에는 제목에 '일곱 난쟁이'가 붙을 정도로 남성인 일곱 난쟁이의 비중을 확대했다. 디즈니는 일곱 난쟁이에게 독특한 개성과 고유한 이름을 붙이고 공주를 보호해주는 조력자 구실을 맡겼다. 디즈니 애니메이션에서 일곱 난쟁이들은 사악한 왕비를 벼랑 끝까지 뒤쫓아 결국 왕비를 죽음에 이르게 한다. 왕비가 죽은 것은 난쟁이를 피해 달아나다가 갑자기 하늘에서 내리친 번개에 맞아 낭떠러지로 굴러 떨어졌기 때문이다. 하지만 그림 형제 최종본에서 계모 왕비를 죽음에 이르게 한 존재는 백설공주라 할 수 있다. 계모는 백설공주의 결혼식에 초대받아 갔다가 미리 준비된, 불에 달궈진 무쇠 신을 신고 춤을 추다가 죽는다.

디즈니는 '백마 탄 왕자'의 역할도 그림 형제보다 훨씬 비중 있게 그렸다. 그림 형제 최종본에서 왕자는 대단원에만 잠깐 등장하지만 디즈니 애니메이션에서는 그야말로 왕자가 '백마 탄 왕자' 모습으로 처음부터 화려하게 등장한다. 백설공주는 궁전 뜰에 있는 '소망의 우물'에 대고 미래의 연인이 자신을 찾아와주길 바라는 노래—"I'm wishing. For the one I love. To find me today. I'm hoping. And I'm dreaming of the nice things. He'll say"(나는 소원을 빌어요. 내가 사랑하는 단 한 사람이 나를 발견하기를. 오늘. 나는 소망하네. 그리고 나는 꿈을 꾸네. 좋은 말들을. 그분이 말할.)[3]—를 부르고, 왕자는 그때 마침 나타나서 「단 하나의 노래 One Song」라는 열렬한 사랑의 찬가로 화답한다. 대단원에서도 왕자가 그림 형제 최종본보다 훨씬 비중 있게 그려진다. 그림 형제 최종본에서 백설공주가 깨어난 것은 유리관을 어깨에 떠메고 운반하던 시종이 발을 헛디디는 바람에 독 묻은 사과 조각이 목구멍에서 나왔기 때문이다.

그림 2 카이 닐센(Kay Nielsen)의 「백설공주」 삽화(1925).[4] 백설공주가 유리관 안에 누워 있다.

하지만 디즈니 애니메이션과, 그 내용을 유아용으로 줄인 책 디즈니 골
든북에서는 왕자가 백설공주를 찾아와 키스를 해주자마자 기적적으로
살아난 것으로 그려진다.

디즈니 애니메이션에서 백설공주는 어린 소녀 모습을 하고 있지만,
꼼꼼히 들여다보면 백설공주는 순진무구한 아이라기보다 남성 중심 사
회가 바라는 이상적인 여인에 가깝다. 디즈니의 백설공주는 잔혹한 계
모 밑에서 하녀처럼 시달리면서 '백마 탄 왕자'가 자신을 찾아와 달콤한
말을 해주길 기다린다. 또 백설공주는 어두운 숲속을 공포에 떨면서 헤
맸으면서도 먼지투성이의 낯선 오두막에 들어가자마자 노래를 부르면
서 즐겁게 청소를 하고 음식을 준비할 정도로 완벽한 주부로 그려진다.
더군다나 일곱 난쟁이에게 청결을 엄격히 강조하고, 요리를 솜씨 있게
만들며, 일터로 나가는 난쟁이들 이마에 키스를 해주는 백설공주 모습
은 그야말로 가부장제 사회가 꿈꾸는 이상적인 현모양처 모습이다. 그

그림 3 디즈니 골든북 『백설 공주』
한국어판(삼성출판사 2003)에서
백설공주가 난쟁이 집에서 동물들
과 청소를 하는 장면.

림 형제 최종본에서 백설공주가 계모에게 버림받은 나이가 일곱 살인 점을 감안하면 디즈니 애니메이션에서 보여준 백설공주 모습은 너무도 비현실적이다.

자이프스가 언급하였듯 디즈니는 그림 형제보다 남녀 간 성 역할을 훨씬 뚜렷하게 구분했다. 그림 형제 최종본에서 난쟁이들은 자신들의 집 안을 깔끔하게 정리하고 사는 매우 유능한 살림꾼들이다. 하지만 디즈니 애니메이션에서는 집 안을 엉망진창으로 해놓고 잘 씻지도 않기 때문에 백설공주가 어머니면서 가정주부 노릇을 해줘야 하는 존재들로 그려진다. 디즈니 애니메이션에서는 또 첫 장면에서부터 우유같이 뽀얀 피부로 종달새처럼 귀엽게 노래 부르며 계단 바닥에 엎드려 열심히 청소하는 백설공주 모습을 보여준다.

또한 그림 형제 최종본에서 '사랑'은 중심 테마가 아니지만 디즈니는 사랑을 중심 테마로 설정했다. 디즈니 애니메이션에서 백설공주는 단 한 번 만났을 뿐인 '백마 탄 왕자'에게 절절한 사랑을 느낀다. 왕비가 백설공주를 죽일 결심을 하게 된 것도 잘생긴 '백마 탄 왕자'와 사랑의 노래를 주고받는 공주에게 맹렬한 질투심을 느꼈기 때문이다. 백설공주는 난쟁이의 오두막에 살면서도 「언젠가는 나의 왕자님이 오실 거예요 Some day my prince will come」란 노래를 부른다. 백설공주는 역경에 처해서도 언젠가는 '백마 탄 왕자'와 결혼해서 영원히 행복하게 살 거라는 맹목적인 믿음을 포기하지 않는다. 백설공주가 왕비가 준 독 있는 사과를 먹은 것도 한 입만 베어 먹어도 모든 소원을 들어주는 마법의 힘이 들어 있다고 왕비가 유혹했기 때문이다. 백설공주가 사과를 먹기 전에 빌었던 소원도 언젠가 왕자가 나타나 자신을 왕자의 성으로 데려가서 영원히 함께 행복하게 사는 것이었다.

3. 「백설공주와 일곱 난쟁이」에 담긴 백인우월주의

디즈니가 지닌 백인 중심적 사고를 애니메이션 「백설공주와 일곱 난쟁이」와 디즈니 골든북에서 여실히 찾아볼 수 있다. 디즈니의 두 판본과 그림 형제 본의 들머리를 비교해보면 그 차이를 뚜렷이 알 수 있다.

디즈니 골든북 『백설 공주』

하얀 피부가 눈부시게 아름다운

백설 공주가 마음씨 나쁜 새 왕비와

함께 살고 있었어요.

새 왕비는 백설 공주에게 하루 종일 힘든

일을 시켰지만 마음씨 착한 백설 공주는

불평 한 마디 하지 않고 열심히 일을 했어요.[5]

디즈니 애니메이션 「백설공주와 일곱 난쟁이」

옛날 옛적에 백설이라는 이름을 가진 사랑스러운 어린 공주가 살았어요. 그녀의 허영이 많고 사악한 계모 왕비는 백설공주의 아름다움이 자기보다 예뻐지는 걸 두려워했죠. 그녀는 어린 공주에게 누더기를 입히고 하녀처럼 일을 시켰어요. 허영이 많은 왕비는 매일 그녀의 마술 거울에게 물었죠. "벽에 걸린 마술 거울아. 세상에서 누가 제일 예쁘지?" 그리고 그 거울이 "당신이 제일 예쁩니다"라고 대답하는 한 백설공주는 왕비의

잔인한 질투에서 안전했습니다.[6]

그림 형제의 「백설공주」

먼 옛날 어느 한겨울이었어요. 솜털 같은 눈송이가 흩날리던 날이었죠. 한 왕비가 까만 나무 창틀 앞에서 바느질을 하고 있었어요. 그런데 바느질을 하며 창밖에 휘날리는 눈송이를 바라보다 그만 바늘에 손가락을 찔리고 말았어요. 붉은 피가 세 방울 눈 위에 떨어졌죠. 새하얀 눈 위에 떨어진 핏방울의 붉은 빛깔이 너무 아름다워 왕비는 속으로 생각했어요.

'눈처럼 희고, 피처럼 붉고, 이 창틀처럼 검은 아이가 있었으면……'

얼마 뒤 왕비는 딸을 낳았어요. 아기는 살결이 눈처럼 희고, 입술은 피처럼 붉으며, 머리칼은 까만 나무처럼 검었어요. 그래서 사람들은 아기를 백설공주라 불렀죠. 그런데 왕비는 딸을 낳은 후 세상을 뜨고 말았어요.[7]

우선 디즈니 본이 그림 형제 본과 다른 점은 백설공주의 친어머니에 대한 언급이 한 줄도 들어 있지 않다는 것이다. 그림 형제 본에서 어머니는 들머리에서 매우 중요하게 등장한다. 그림 형제는 백설공주의 친어머니가 창가에 앉아 눈송이가 흩날리는 밖을 바라보다가 바늘에 찔리는 모습을 자세히 묘사한다. 백설공주의 친어머니는 흑단으로 만들어진 창틀 앞에서 눈 위에 떨어진 붉은 피를 보며 딸을 낳고 싶은 소망을 읊조린다. 이 첫 장면은 주인공의 탄생, 주인공 이름의 유래, 주인공이 하얀 피부를 갖게 된 사연을 독자에게 알려주는 것이어서 서양 사람들은 유치원 아이들이 읽는 책에서도 "눈처럼 희고, 피처럼 붉고, 흑단처럼 검은"이란 표현을 그대로 사용한다. 그래야 그림 형제 작품에 대해 올바로 이해할 수 있기 때문이다.

하지만 디즈니 본에서는 백설공주의 친어머니가 아예 등장하지 않는다. 독자는 백설공주가 하얀 피부를 갖게 된 사연과 이름의 유래를 알지 못한다. 특히 디즈니 골든북에서는 처음부터 "하얀 피부가 눈부시게 아름다운"이란 구절로 이야기를 시작한 뒤 곧이어 백설공주의 착한 마음씨에 대해 말한다. 이 장면을 나타낸 그림을 살펴보아도 왼편에는 흰옷을 입고 열심히 청소하는 백설공주가 그려져 있고, 오른편에는 검은 망또를 입은 사악한 표정의 계모가 그려져 있다. 흰색과 검정색을 선과 악

그림 4 낸시 에콤 버커트가 그림을 그린 『백설 공주와 일곱 난쟁이』 한국어판(1972; 그림 형제 글, 랜달 자렐 엮음, 이다희 옮김, 비룡소 2004)의 들머리 장면. 「백설공주」의 첫 장면을 잘 살렸다.

으로 대비시키는 디즈니의 백인우월주의를 엿볼 수 있다. 아이들이 '하얀 피부' 하면 '아름다움'과 '착함'을 떠올리고, '검정' 하면 '사악함'을 연상하게끔 이야기가 구성된 것이다. 디즈니가 검정을 노골적으로 악의 상징으로 설정한 것은 애니메이션과 골든북을 통틀어 검은 의상을 입고 나오는 인물이 오로지 계모 왕비뿐이라는 사실에서도 알 수 있다. 그림 형제 본에서는 흑단처럼 검은 것도 백설공주가 지닌 아름다움의 한 속성으로 처음부터 묘사되기 때문에 흰색과 검정색이 선과 악을 상징하지 않는다.

우리나라에서 그림책으로 출간된 『백설공주』를 살펴보면 많은 책이 디즈니 본의 문제점을 그대로 보여준다. 깊은책속옹달샘(그림 형제 원작, 금동이책 엮음, 함정선 그림, 2004), 삼성출판사(그림 형제 원작, 목계선 글, 깔초바 이리나 그림), 새샘에서 출간한 『백설공주』를 보면 모두 디즈니 골든북처럼 주인공의 살결이 눈처럼 희고 고와서 '백설공주'라 한다고 씌어 있

그림 5 디즈니 골든북 『백설 공주』의 들머리 장면.

을 따름이다. 앞서 소개한 월드컴과 가나출판사에서 나온 학습용 교재의 경우는 하양, 빨강, 검정을 언급하기는 했지만 그림 형제 본과는 다르게 묘사돼 있다. 백설공주의 뺨 또는 입술이 장미처럼 붉고, 머리칼이 밤(night) 또는 찌르레기처럼 까맣다고 묘사된 것이다. 디즈니 애니메이션에서 거울이 계모 왕비와 대화를 나누다가 백설공주를 묘사할 때 "장미처럼 붉은 입술"이란 표현을 쓰는데, 아마도 그 영향을 받았기 때문인 듯하다. 그림 형제가 세 가지 색(하양, 빨강, 까망)을 아름다움의 속성으로 언급한 것은 세 가지 화소, 곧 하얀 눈, 세 방울의 피, 흑단 창틀과 관련 있기 때문이다. 그런데도 그림책이나 영어 교재의 글을 쓴 작가들이 세 가지 색을 수식하는 말을 함부로 바꾼 것은 그림 형제의 작품에서 어머니가 바느질하는 장면이 지닌 중요성을 알지 못하기 때문이다.

4. 디즈니 애니메이션의 양면성

1937년에 제작된 디즈니 애니메이션 「백설공주와 일곱 난쟁이」는 지

그림 6 베스 리빙스(Bess Livings)의 「백설공주」 삽화(1938).[8] 백설공주의 친어머니가 바느질을 하는 장면.

구촌 아이들에게 오랜 세월 폭넓은 사랑을 받아왔다. 디즈니의 뛰어난 유머 감각, 독특한 개성과 매력을 지닌 일곱 난쟁이들, 동물 내지 무생물과 인간의 따스한 교류, 밝고 경쾌한 음악, 질서와 아름다움이 느껴지는 공간 등은 아이들에게 환상과 꿈을 심어준다. 백설공주는 먼지가 자욱한 일곱 난쟁이의 집을 동물들과 힘을 합쳐 깨끗하고 아늑한 공간으로 바꾸고, 난쟁이들은 다이아몬드가 아름답게 반짝이는 광산에서 노래를 흥얼거리며 즐겁게 열심히 일한다. 백설공주가 난쟁이와 더불어 사는 숲은 노동의 즐거움과 가정의 아늑함이 느껴지고 동물과 인간이 서로 화기애애하게 교감하는 별천지다.

디즈니 애니메이션에서 보여주는 이러한 유토피아적 아름다움과 따스함 때문에 그 밑에 깔려 있는 가부장제 가치관과 백인우월주의가 쉽사리 눈에 띄지 않는다. 하지만 앞서 밝힌 바와 같이 디즈니 애니메이션에 담긴 가치관은 그림 형제의 것보다 훨씬 더 보수적이다. 디즈니는 남성인 일곱 난쟁이와 '백마 탄 왕자'를 강조하고 백설공주를 살림과 청소

그림 7 제니 하버의 「백설공주」 삽화(1921).[9] 계모 왕비 모습.

에 능숙한 가정주부이면서 남자와의 사랑에 자기 삶 전체를 거는 여성으로 그린다. 그리고 하양과 까망을 선과 악의 상징으로 활용하면서 백인이 우월하다는 생각을 어린 관객에게 은근히 주입한다. 이러한 문제점은 디즈니 애니메이션 「라이온 킹」(1994)과 「포카혼타스」(1995)에서도 엿볼 수 있다. 「라이온 킹」에서 주인공 심바는 미국 표준 영어를 쓰지만 악과 죽음을 상징하는 하이에나들은 흑인 영어를 쓰고, 포카혼타스는 역사 속 인물과는 달리 백인 남자 스미스에게 홀딱 반한 여성으로 그려진다.[10]

디즈니 애니메이션이 지닌 이러한 문제점은 시각적인 효과와 노래에 가려져 쉽게 드러나지 않는다. 또 설령 아이들이 디즈니 애니메이션을 재미 삼아 몇 차례 본다고 해서 그것이 아이들 삶에 부정적인 영향을 끼칠 거라고 잘라 말하기도 어렵다. 하지만 부모가 영어를 가르치기 위해 아이들이 대사를 외울 정도로 수십 차례 반복해서 보여주는 것은 문제를 야기할 수 있다. 특히 취학 전의 나이 어린 여자아이들이 「백설공주와 일곱 난쟁이」를 수십 번 되풀이해 볼 경우, 그 아이들 내면에 각인된 유아기 기억이 성장 뒤에도 오랜 세월 삶에 부정적인 영향을 끼칠 수 있다. 조그마한 여자아이들이 그 뜻도 잘 모르면서 어릴 때 따라 부르는 「언젠가는 나의 왕자님이 오실 거예요」라는 노래가 현실에는 존재하지 않는 '백마 탄 왕자'에 대한 환상과 하얀 피부에 대한 동경을 심어줄 가능성이 크기 때문이다.

3장. 「신데렐라」의 진실, 삶과 죽음의 경계를 초월한 모성애

* 이 글은 필자가 『창비어린이』 2003년 여름호(창간호)에 쓴 「「신데렐라」의 진실, 삶과 죽음을 초월한 모성애」를 부분적으로 손질한 것이다.

1. 우리가 알고 있는 「신데렐라」의 허와 실

전 세계에서 수없이 많은 각편이 발견된 신데렐라 설화는 그 최초의
문헌설화가 845년 무렵 중국에서 발견된 민담 「섭한(葉限)」으로 알려졌
을 정도로 오랫동안 폭넓게 전승되어온 이야기다.[1] 어머니가 죽은 뒤
자신에게 닥쳐온 온갖 역경과 학대를 묵묵히 견디다가 요정의 도움으
로 멋진 왕자를 만나 신분 상승을 이루는 신데렐라 이야기는 이제 너무
도 친숙해서 진부하게 느껴질 정도다. 또 「신데렐라」가 우리 심성에 끼
치는 부정적인 영향은 신데렐라콤플렉스, 외모 콤플렉스, 착한 여자 콤
플렉스 등으로 널리 인식돼오기도 했다.

하지만 「신데렐라」와 그 유형에 속하는 「콩쥐팥쥐」는 오늘날에도 동
화, 멜로드라마, 영화, 애니메이션으로 끊임없이 재현되고 변용될 정도
로 여전히 현대인의 마음을 사로잡고 있다. 「신데렐라」가 시공간을 초
월해 끊임없이 인류의 마음을 사로잡는 까닭은 과연 무엇일까? 서구의

그림 1 구스타브 도레(Gustave Doré)의
페로 본 「신데렐라」 삽화(1867).[2]

여러 심리학자들은 우리가 「신데렐라」에 빠져드는 가장 큰 이유로 「신데렐라」가 어린이의 내면에 존재하는, 모성 상실에 대한 근원적인 두려움을 완화해주고 삶과 죽음의 경계를 초월해 존재하는 어머니와 자식 간의 사랑을 느끼게 해주기 때문이라고 말한다. 이러한 학자들의 견해가 우리에게는 모순되게 들릴 수 있다. 「신데렐라」에는 어머니가 부재하지 않은가? 그런데 「신데렐라」가 모성 상실의 두려움을 완화해주고 어머니의 사랑을 느끼게 해준다니?

우리에게 서구 심리학자들의 견해가 이치에 닿지 않게 느껴지는 까닭은 우리나라에 보편적으로 수용되고 있는 「신데렐라」가, 인류가 1천여 년 넘게 전승해온 구전설화에 충실한 판본이 아니라 17세기 말엽 루이14세의 절대왕정시대에 프랑스 작가 샤를 페로가 당대 귀족 사회의 정서와 자신의 여성관에 맞게 개작한 「신데렐라」이기 때문이다. 우리나

그림 2 디즈니 골든북 『신데렐라』 한국어판(삼성출판사 2003)에서 신데렐라가 요술 할머니의 도움으로 마차와 드레스, 유리 구두를 얻는 장면.

라에서 「신데렐라」는 주로 유아용 '세계 명작동화'로 소개되고 있는데, 내가 살펴본 다섯 출판사(교학사, 바른사, 삼성출판사, 새샘, 지경사)의 『신데렐라』는 모두 페로와 디즈니 본을 임의로 결합한 것이거나 디즈니 본이었다.[3] 민중에 의해 입으로 전승돼온 신데렐라 설화에는 우리가 「신데렐라」 하면 흔히 떠올리는 호박 마차, 요술 할머니, 동물들의 변신, 유리 구두 등이 등장하지 않는다. 이러한 모티프가 신데렐라 이야기에 처음 등장하게 된 것은 페로가 구전설화를 그 시대 정서에 맞게 상상력을 동원해 개작했기 때문이다. 만약에 디즈니가 자신의 애니메이션과 스토리북의 원작으로 페로의 개작본 대신 구전설화 또는 구전설화에 좀 더 충실한 그림 형제의 「신데렐라 Aschenputtel」를 선정했더라면 우리는 다른 형태의 「신데렐라」를 알고 있을 것이다. 하지만 디즈니는 가부장제 가치관이 가장 뚜렷하게 반영돼 있는 페로의 「신데렐라」를 애니메이션 원작으로 삼음으로써 구전설화의 본래적 가치가 훼손된「신데렐라」를 전 세계에 퍼뜨렸다.

구전설화 또는 바질레(G. Basile)나 그림 형제의 요정담에 등장하는 신데렐라는 오늘날 우리가 알고 있는 신데렐라처럼 자신의 구원과 행복을 전적으로 타인에게 의존하고 매사에 비현실적일 정도로 착하기만 한 인물이 아니다. 신데렐라가 불운한 상황으로부터 해방된 것은 대모 요정(代母妖精, fairy godmother)과 '백마 탄 왕자'를 만나는 천재일우의 기회를 잡았기 때문이라기보다 나름대로 노력해서 이룬 것이라 볼 수 있다. 대부분의 신데렐라 설화에서 초자연적인 조력자는 어머니의 죽음을 슬퍼하면서 신데렐라가 남몰래 정성 들여 키운 나무와 동물이다. 보통 이러한 동식물에 친어머니의 영혼이 들어간 것으로 설정돼 있다. 또 프랑스와 이탈리아의 구전설화 가운데는 신데렐라가 그 누구의 도움도 없이 혼자 변신을 해서 행복을 차지하는 능동적인 인물로 그려진 것도 있다.

기명의 작가가 쓴 문헌설화 또는 전래동화 가운데 서구 심리학자들과 여성주의자들이 가장 긍정적으로 평가하는「신데렐라」는 그림 형제의 판본이다. 그 까닭은 그림 형제의「신데렐라」가 페로와 디즈니의 요정담과는 달리 어린이의 내면에 자리 잡은, 모성 상실에 대한 두려움을 완화해주기 때문이다. 하지만 우리나라에서는 그림 형제의「신데렐라」는 완역된 전집에나 겨우 수록돼 있을 뿐 일반인에게는 거의 알려져 있지 않다. 어린이용으로 꾸며져 판매되는 단행본에 수록되어야 어린이가 쉽사리 만날 수 있을 텐데, 내가 살펴본 여러 출판사(계림문고, 대일출판사, 두산동아, 삼성출판사, 중앙출판사)의 그림 동화 선집에는 놀랍게도 그림 형제의 「신데렐라」가 단 한 편도 수록돼 있지 않았다.[4] 이야기를 선정한 편찬자들이 그림 형제의 「신데렐라」를 배제한 이유엔 여러 가지가 있을 수 있다. 그림 형제의 「신데렐라」가 일반적으로 알려진 페로와 디즈니의 「신데렐라」와 스토리 전개가 많이 다르고, 또 대단원이 어린이 교육에 부적절하게 보일 수 있는 잔혹한 장면으로 이루어져 있기 때문일 것이다. 하지만 디즈니와 페로의 「신데렐라」가 교육적으로 부작용이 만만치 않은만큼, 또 그림 형제의 「신데렐라」에 대한 서구 심리학자들의 평가가 긍정적인 점을 고려할 때 그림 형제의 「신데렐라」가 지닌 가치와 문제점을 세밀하게 고찰할 필요가 있다. 이 글에서는 최근 서구의 「신데렐라」 연구에서 중요시하고 있는 '어머니의 존재(또는 부재)'란 주제에 초점을 맞추어 그림 형제와 바질레의 신데렐라 이야기와 최근에 외국 작가들에 의해 개작된 신데렐라 이야기를 간략히 살펴보고자 한다.

2. 그림 형제의 「신데렐라」

그림 형제의 「신데렐라」가 페로나 디즈니 본과 다른 가장 큰 특징은 요정 대신 죽은 어머니의 영혼이 깃든 나무와 새가 등장한다는 점이다. 디즈니의 스토리북을 보면 신데렐라의 친어머니에 대한 언급이 한마디도 없고, 페로 본을 보면 신데렐라가 "세상에서 가장 착한 여자였던 돌아가신 어머니의 착한 심성을 고스란히 물려받은 거지요"라는 언급만 있다.[5] 반면에 그림 형제 본을 보면 죽은 친어머니가 차지하는 비중이 아주 크다. 그림 형제의 『어린이와 가정을 위한 옛이야기』 1812년 초판본에서는 어머니가 죽으면서 직접 나뭇가지를 심으라고 신데렐라에게 유언한 것으로 되어 있고, 1857년 최종본의 경우 신데렐라가 여행을 떠나는 아버지에게 부탁해서 개암나무를 구한 것으로 되어 있다. 어쨌든 신데렐라는 그 개암나무 가지를 어머니 무덤가에 심고, 계모에게 구박당하고 하녀처럼 힘들게 일하면서 절망을 느낄 때마다 무덤에 와서 하루 세 차례씩 눈물을 펑펑 쏟으면서 눈물로 나무를 키우고 소망을 기도한다. 그 나무에 머물러 사는 하얀 비둘기는 신데렐라가 곤경에 처할 때 적극적으로 도와주고, 무도회에 가고 싶어할 때는 금과 은으로 된 아름다운 옷과 신발을 떨어뜨려준다. 또 왕자가 계모의 간계에 속아 황금 신의 주인을 의붓언니로 잘못 알았을 때는 이 사실을 깨닫게 해주고, 의붓언니들이 왕자와 신데렐라의 결혼식에 참석했을 때는 양쪽 눈을 쪼아서 맹인으로 만든다.

　그림 형제 본에 담긴 이러한 설정들이 페로와 디즈니의 「신데렐라」에 익숙한 우리에게는 무척이나 낯설게 느껴지지만 오히려 구전설화의 전통에 충실한 보편적인 설정이라고 할 수 있다. 아르네와 톰슨이 편찬한 『민담의 유형 The Types of the Folktale』(1973)이란 책을 보면 「신데렐라」는 '유형 510' 내지 '유형 510A'에 속하는 이야기인데, 이러한 유형의 이야기에서 마법적인 도움을 가져다주는 존재는 보통 죽은 어머니이거나 죽은 어머니의 무덤에서 자란 나무, 새, 염소, 양, 암소 등이다.[6] 그림 형제와 제이콥스가 쓴 신데렐라 이야기에서는 어머니 무덤 옆에 심은 개암나무가 조력자로 등장하고, 인도 카슈미르 지역의 설화에서는 염소로 변신한 어머니가 아이들을 계모의 학대로부터 보호한다. 또 린란(林蘭)이 쓴 중국의 신데렐라 이야기인 「세 가지 소원」에서는 누런 암소가 초자연적인 조력자로 등장하고, 우리나라의 신데렐라 설화인 「콩쥐팥쥐」에서는 검은 암소가 하늘에서 내려와 콩쥐의 밭일을 도와주고 맛있는 음식을 준다.[7] 일반적으로 이러한 이야기에서 어머니의 영혼이 들어간 암소나 염소가 계모에게 도살될 경우엔 그 유골로부터 나무가 자라서 이 나무의 정령이 아이를 돕는다. 신데렐라 이야기들에서 나무가 지닌 심리학적 가치에 대해 브루노 베텔하임은 『옛이야기의 매력 2』(1975, 1976; 김옥순·주옥 옮김, 시공주니어 1998)에서 다음과 같이 말한다.

나뭇가지에서 자라난 나무와 송아지의 뼈나 재 등이 갖는 이미지는 친어머니 또는 어머니에 대한 경험에서 발전된 다른 어떤 것의 이미지다. 나무 이미지는 특히 적절한데 고양이 신데렐라의 대추야자나무건, 신데렐라의 개암나무건, 나무에는 성장의 개념이 들어 있기 때문이다. 그것은 예전의 어머니가 내재화되어 있는 것만으로는 충분치 못함을 가리킨다. 어린이가 성장함에 따라, 이 내면화된 어머니 역시 그만큼의 변화를 겪어야 한다. 다시 말해 탈물질화의 과정을 거쳐야 한다. 즉, 이것은 어린이가 현실 속의 좋은 어머니를, 기초적 신뢰라는 내적 경험으로 승화시켜나가는 과정과 흡사하다. (415면)

특히 베텔하임은 그림 형제 본에서 신데렐라가 개암나무 밑에 앉아 눈물을 흘리고 기도를 드린 것, 나무라는 생명체를 눈물로 생성시킨 것 등은 삶이 자신에게 가하는 고통을 승화해가는 과정이고, 그 나무에 머물면서 신데렐라를 돕는 하얀 비둘기는 "훌륭한 어머니가 어린이를 보살필 때 어린이에게 전달된 기본적 신뢰로서 어린이의 마음속에 심어진 어머니의 혼"(같은 책, 416면)을 상징한다고 보았다.

『마녀는 죽었다』(2000; 조무석 외 옮김, 숙명여자대학교 출판국 2002)를 쓴 심리학자 셸던 캐시단도 베텔하임과 유사하게 그림 형제의「신데렐라」에서 개암나무와 새가 지닌 중요성에 대해 다음과 같이 말한다.

무덤가의 장면은 어머니와 자식 사이에 존재하는 확고한 유대감을 다시금 되풀이해준다. 개암나무 밑에 앉아서 신데렐라는 자기가 받았던 사랑과 자기를 길러주고 보호해주었던 어머니를 갈망한다. 어머니의 상징적 구현인 비둘기는 아이에게 자기를 잊지 않고 있으며 돌보아줄 것임을 확신시키려고 날아오른다.

(…)

개암나무는 비둘기를 매개로 해서 누군가 신데렐라를 염려한다는 것을 신데렐라에게 알려준다. 그것은 우주에 그녀의 행복을 염려하고 있는

'어머니'라는 존재가 있음을 알려주는 것이다. 그 존재는 한때 신데렐라 삶의 일부였고, 지금도 여전히 삶의 한 부분이다. (108면)

그런데 페로의 「신데렐라」나 디즈니 애니메이션에서는 어머니가 임종시 했던 맹세와 무덤가 장면이 없어짐으로써 "어머니의 죽음 때문에 생긴 분리의 고통"(같은 책, 109면)이 쉽게 생략돼버렸다. 따라서 캐시단은 페로와 디즈니가 "아이가 겪는 상실의 경험과 사라진 어머니를 되찾으려는 욕구 등 중요한 심리적 영역을 이야기에서 없애는"(같은 곳) 어리석음을 범했다고 본다. 페로와 디즈니는 보편적 「신데렐라」 유형에서 발견되는 어머니의 혼령이 들어간 동식물 조력자 모티프를 없애고, 대신 어느 날 갑자기 나타나 마술봉을 휘두르는 대모요정 모티프를 설정함으로써 오랜 세월 지구촌에 전승되어온 신데렐라 설화에 내재된 심리학적 가치, 곧 '모성 상실 또는 부재에 대한 두려움 극복'을 훼손했다고 할 수 있다.

3. 바질레의 「고양이 신데렐라」와 개작된 「신데렐라」

1634년경에 이탈리아 문화설화집 『펜타메로네 *Pentamerone*』에 수록된 바질레의 「고양이 신데렐라」는 페로의 「신데렐라」(1697)보다 육십여 년 앞서 세상에 나온 것으로, 여러 서구 학자들에 의해 새롭게 조명되고 있다.[9] 마리나 워너는 「부재한 어머니: 신데렐라」란 글에서, 페로의 「신데렐라」와 오늘날 읽히고 있는 「신데렐라」에서 어머니 존재가 사라지게 된 원인을 바질레에서 찾는다.[10] 바질레가 이야기 서두에서 어머니의 무덤과 뼈의 모티프를 없애버림으로써 어머니와 요정 사이에 존재해온 서술적 연결고리를 끊어놓았다고 보는 것이다. 바질레는「고양이 신데렐라」의 서두를 "옛날에 아내를 잃고 홀로 된 왕자가 있었습니다. 그에게는 딸이 하나 있었는데, 참으로 사랑스러워서 다른 사람들에게는 관심이 없었습니다."[11]로 시작해, 어머니를 이야기에서 배제해버렸다. 하지만 바질레 본에서 죽은 어머니가 신데렐라를 돕는 요정으로 등장하지는 않을지라도 페로나 디즈니 본에서처럼 어머니의 중요성이 완전히 사라진 것은 아니다.

「고양이 신데렐라」의 주인공 지졸라는 모성애에 대한 갈망으로 가득차 있다. 지졸라는 첫 번째 계모가 자신을 학대하자 어머니처럼 다정다감하게 자신을 대해주는 가정교사를 보면서 늘 "나를 애지중지하는 당신이 내 엄마가 될 수는 없는 걸까요"[12] 하는 소망을 피력한다. 결국 지졸라는 그 가정교사와 공모해 첫 번째 계모를 살해하고 그녀를 새어머니로 들어앉힌다. 그리고 두 번째 계모가 된 가정교사가 시간이 흘러 '착한 어머니'에서 '악한 어머니'로 변하게 되었을 때, 지졸라는 고양이처럼 화롯가의 재와 더불어 사는 신세로 전락해 '고양이 신데렐라'라 일컬

그림 4 워릭 고우블 (Warwick Goble)의 「고양이 신데렐라」 삽화 (1911).[13]

어진다. 지졸라는 계모의 학대에서 벗어나기 위해, 여행을 떠나는 아버지에게 요정들의 비둘기로부터 선물을 받아오라고 부탁한다. 아버지는 우여곡절 끝에 동굴의 요정한테서 선물(대추나무, 삽, 황금 물통, 비단 냅킨)을 받아오고, 지졸라는 대추나무를 정성스럽게 키운다. 지졸라가 나중에 왕비가 된 것은 자신이 키운 그 나무에 숨어 있는 요정으로부터 도움을 받았기 때문이다. 여기에서 죽은 어머니와 요정 사이에 연결고리가 존재하지는 않지만 주인공의 내면에 자리 잡은 모성애에 대한 갈망, 조력자로 등장하는 비둘기와 대추나무 등은 구전설화의 전통을 계승한 것이라 할 수 있다.

구전설화 또는 바질레와 그림 형제의 신데렐라 이야기와는 다르게 오늘날 대다수 독자들이 보고 듣는 「신데렐라」에서 어머니의 영혼과 딸의 슬픔이 부각되지 않는 것을 안타까워한 여러 작가들(안젤라 카터, 바바라 워커, 이링 페처, 기류 미사오 등)은 이를 보완하는 방식으로 「신데렐라」를 개작했다. 이들 작가의 개작동화가 보이는 공통된 특징은 그들이 원작으로 삼은 판본이 페로의 「신데렐라」가 아니라 그림 형제의 「신데렐라」 또는 구전설화이며, 마술봉을 휘두르는 요정 대신 친어머니의 영혼과 연계될 수 있는 조력자들이 등장한다는 점이다. 그리고 신데렐라가 누더기 옷을 입고 재투성이가 되어 살아가는 것을, 친어머니의 죽음을 슬퍼해서 머리를 풀어헤치고 상복을 입는 것과 같은 몽상(蒙喪)으로 해석한다.[14]

이링 페처의 『누가 잠자는 숲속의 공주를 깨웠는가』(1992; 이진우 옮김, 철학과현실사 1995)에 수록된 개작동화에서 신데렐라는 계모와 의붓언니들 밑에서 온갖 학대를 받은 뒤에 이에 저항하기 위해 하녀들 노조를 결성하는데, 그 비밀 모임을 어머니의 무덤가에서 갖는다. 또 기류 미사오가 쓴 『알고 보면 무시무시한 그림동화 1』(1998; 이정환 옮김, 서울문화사 1999)에서 신데렐라는 어머니의 죽음을 슬퍼하면서 어머니의 무덤가에 개암나무를 심고 몇 년째 정성스럽게 가꾼다. 신데렐라는 그 무덤가 개암나무에서 오랫동안 어머니의 유산을 착실하게 관리해온 어머니 친구를 만나 많은 도움을 받게 되고 화려한 복장으로 무도회에 간다. 여성주의자 바바라 워커가 쓴 『여성주의 요정담 *Feminist Fairy Tales*』(1996)[15]에 수록된 「신데헬 Cinder-Helle」을 보면, 신데헬의 원래 이름은 '헬'(Helle)인데 그런 이름을 갖게 된 까닭은 그녀의 어머니가 지하세계의 여신, 곧 명부의 여신을 섬기는 여 사제였기 때문이다. 헬이 계모와 의붓언니들의 학대로 재투성이 하녀가 되어 '신데헬'로 일컬어지게 되었을 때 어머니의 혼령은 자기 무덤가에 핀 버드나무에 들어가 딸의 슬픔을 위로하고 적극적으로 돕는다.

그림 5 바바라 워커의 『여성주의 요정담』 한국어판(『흑설공주 이야기』, 뜨인돌 2002) 표지.

「신데렐라」를 개작한 여러 작품 가운데 구전설화가 담고 있는 정서를 가장 잘 표현한 것은 안젤라 카터가 쓴 「신데렐라, 어머니의 혼령 Ashputtle, or The Mother's Ghost」[16]이다. 이 작품을 보면 친어머니의 혼령은, 계모 밑에서 재투성이 하녀가 될 정도로 힘겹게 일하면서 자신의 죽음을 애도하는 신데렐라가 안타까워서 암소, 고양이, 새의 몸속으로 차례차례 들어가 딸의 일을 도와주고 딸이 바라는 남자의 사랑을 얻을 수 있도록 보살핀다. 딸이 우유 짜는 일과 배고픔에 시달릴 때는 암소 몸속으로 들어가 자신의 모든 기력이 쇠할 정도로 딸에게 우유를 충분하게 제공하고, 딸이 마음에 드는 남자를 만났을 때는 재에 그을려 얼굴에 난 딸의 상처와 굳은살을 우유로 말끔히 씻어준다. 또 딸의 머리가 손질을 전혀 하지 않아 헝클어지고 엉켜 있을 때는 고양이 몸속으로 들어가서 발톱이 빠질 정도로 공들여 뒤엉킨 타래를 풀어주고, 딸에게 예쁜 옷이 필요할 때는 새의 몸속으로 들어간 뒤 자기 부리로 자기 몸에 상처를 내서 흐르는 붉은 피를 딸의 몸에 뿌려 빨간 드레스를 만들어준다. 마리나 워너는 안젤라 카터의 신데렐라 이야기가 보이는 이러한 특징을 전 세계에 퍼져 있는 신데렐라 설화가 지닌 보편적 특성에 부합하는 것으로 보았다.[17] 곧 신데렐라 설화의 보편적 특징은 딸이 고통스런 삶으로부터 벗어나는 데에 어머니의 혼령이 마법적인 일을 수행한다는 점에 있는데, 안젤라 카터의 개작동화가 그러한 특징을 온전히 잘 전승했다고 본 것이다.

4. 바람직한 「신데렐라」는 어떠한 것일까?

「신데렐라」가 지닌 교육적 가치가 서구 심리학자들이 주목하듯이 어린이들이 어머니의 죽음 또는 부재에 대해 느끼는 두려움을 극복하게 해주는 데 있다면, 우리나라에서 페로와 디즈니의 「신데렐라」만이 획일적으로 수용되고 있는 것은 바람직하다고 보기 어렵다. 우리나라에서 주로 페로의 「신데렐라」가 책으로 만들어져 널리 수용되고 있는 것은 디즈니 애니메이션이 끼친 영향 탓이기도 하지만, 전반적으로 서구 옛이야기의 수용이 다양한 시각에서 진지하게 검토된 뒤에 이루어지지 않고 다른 출판사들의 선례를 따라 무비판적으로 행해졌기 때문이 아닐까 싶다. 서점에 가보면 수많은 출판사에서 나온 서구 옛이야기 선집과 우화집이 서가에 꽂혀 있지만 대부분이 비슷한 줄거리와 차례를 지닌 닮은꼴이어서 아이들이 다양한 이야기를 만날 기회를 갖지 못한다. 우리나라에 「신데렐라」의 여러 판본이 폭넓게 수용되지 않은 상황에서 지난 이삼 년간 페로 작품집이 완역본으로 세 출판사에서 동시에 소개된 것은 아이들의 독서 편식(偏食) 현상을 더욱 심화할 수 있다.

구전설화에 충실한 서구의 「신데렐라」가 우리나라에 소개되지 못하는 또 다른 이유는 구전설화의 전통을 계승한 전래동화들이 보여주는 초자연적 설정과 엽기적인 묘사에 대한 거부감 때문일 것이다. 사실 그림 형제의 「신데렐라」는 대단원이 매우 충격적이다. 신데렐라의 계모는 왕자가 가져온 황금 신이 두 친딸의 발에 맞지 않자 왕비가 되면 걸을 일이 없을 거라 말하면서 발뒤꿈치와 발가락을 자르라고 칼을 건네기도 하고, 의붓언니들은 신데렐라의 결혼식에 참석하러 가는 길과 오는 길에 신데렐라 어머니의 혼령이 들어간 비둘기에게 양쪽 눈이 쪼여 장님이 된다.

우리가 언뜻 생각하기에는 교육적으로 상당히 해롭게 생각되는 이러

그림6 제니 하버의 「신데렐라」 삽화(1921).[18]

한 전래동화의 잔혹한 설정에 대해 베텔하임, 줄리어스 호이서, 캐시단과 같은 정신분석학자들은 의외로 긍정적으로 평가한다. 베텔하임은 "행복한 결말이란 적대자의 처벌 없이는 미완성"(베텔하임, 앞의 책, 436면)이기 때문에 악인이 철저히 처벌받는 권선징악적 결말이 교육적으로 바람직하다고 보고, 캐시단도 전래동화는 아이들에게 선과 악에 대한 명확한 이분법적 설명을 해줘야 한다고 말한다(캐시단, 앞의 책, 106면). 호이서도 그림 형제 본「신데렐라」의 엽기적인 대단원에 대해 긍정적으로 평가한다.[19] 그의 주장에 따르면 아이들은 잔혹한 내용을 읽을 때 그 설정이 너무도 황당하기 때문에 곧이곧대로 받아들이지 않는다. 의붓언니들이 발꿈치와 발가락을 잘린 뒤에 결혼식에 참석한다는 것이 상식적으로 있을 수 없는 일인 데다 새에게 눈을 쪼이고도 결혼식에 조용히 앉아 있다가 나오는 길에 또 비둘기에게 다른 쪽 눈을 쪼인다는 일 등이 현실적으로 있을 수 없다는 것을 어린이들이 잘 안다는 것이다. 다시 말해 동화에 등장하는 잔혹한 설정을 문자 그대로 받아들여 평가할 것이 아니라 상징적으로 볼 필요가 있다는 주장이다. 호이서는 신데렐라의 의붓언니가 장님이 된 것은 물질세계에 탐욕스럽게 빠져든 탓에 육체적 감각을 초월한 그 어떤 세계에 대한 믿음을 상실해버려서 결혼 생활 혹은 일반적인 삶에서 가치있고 아름답고 의미있는 일을 가려낼 수 있는 감각을 잃어버린 것을 뜻하는 상징적인 설정이라고 보았다.[20]

이러한 정신분석학자들의 견해를 참조할 때 옛이야기의 초자연적·엽기적 장면이 아이들 정서에 끼치는 영향에 대해 지나치게 우려할 필요는 없지 않나 싶다. 구전설화 가운데 어린이 정서에 부정적인 영향을 끼칠 수 있는 서사적 요소와 표현이 있다면 이는 손질을 가하면 되는 것인데, 그러한 지엽적인 요소 때문에 구전설화 또는 구전설화에 충실한 전래동화를 어린이 교육에 나쁘다고 배격하는 것은 잘못된 일이라 생각한다. 초자연적·엽기적 장면보다 오히려 교육적으로 더 문제 삼아야 될 사항은 작품이 담고 있는 잘못된 이데올로기, 곧 가부장제 가치관, 군국주의, 성차별주의, 인종주의, 오리엔탈리즘, 배금주의 등등일 것이다. 이 글에서는 우리나라에 수용되고 있는 페로와 디즈니의 「신데렐라」가 지닌 여러 문제 가운데 '어머니의 부재' 내지 '모성 상실'에 대해서만 주로 언급했지만 그 심층에 깔려 있는 가부장제 이데올로기와 성차별주의가 어린이 심성에 끼칠 부정적인 영향도 만만치 않다. 페로와 디즈니의 「신데렐라」 중심의 편파적인 수용에서 벗어나 어린이 교육에 바람직하고 예술성이 뛰어난 여러 문화권의 신데렐라 이야기를 다양하게 받아들일 필요가 있다. 이와 더불어 기존 신데렐라 설화를 한국 어린이의 정서와 사고 발달에 유익하고 오늘날의 시대정신과 조화를 이룰

수 있도록 우리 나름대로 주체적으로 새롭게 개작하고 패러디하는 것
도 시도해볼 만하다.

4장. 그림책에서 사라져버린 「인어공주」의 아름다움

1. 안데르센 요정담의 한국적 수용이 안은 문제점

'동화 왕'이란 일컬어지는 안데르센은 세계의 수많은 동화작가에게 정신적 스승 또는 마음의 고향과 같은 존재다. 국제적으로 어린이책 가운데 최고 가는 작품에 주는 상이 안데르센 탄생 150주년을 기념해 만들어진 '국제 한스 크리스티안 안데르센 상'일 정도로 안데르센의 문학적 위상은 매우 높다. 하지만 안데르센이 쓴 168편의 이야기 가운데 어린이를 위해 쓴 것은 고작 28편 정도이기 때문에 그의 요정담 전체를 '동화' 범주에 넣기는 어렵다. 안데르센의 요정담을 완역한 책 제목이 '어른을 위한 안데르센 동화전집'(『어른을 위한 안데르센 동화전집 1~3』, 윤후남 옮김, 현대지성사 1997)인 것도 그 때문일 것이다.

안데르센의 요정담 가운데 상당수는 「빨간 구두」처럼 내용도 충격적일 뿐만 아니라 이야기가 길고 어휘와 상징이 풍부해 유아들이 소화하기 힘들다. 하지만 우리나라에서 옛이야기와 안데르센의 요정담은 주

로 유아 또는 초등 저학년 아이들의 읽을거리로 잘못 인식돼 있어서 무리하게 유아용 그림책으로 만들어지고 있다. 따라서 안데르센의 요정담은 거의 손발이 잘린 거나 다름없는 일그러진 모양새로 아이들에게 전달된다. 아이들이 유아기에 그림책으로 안데르센 작품을 보았을 경우 고학년이 되어 충분한 문해력을 갖추게 돼도 새삼 원작을 다시 구해 읽지는 않는다. 이러다 보니 서구 아동문학과 문화를 이해하는 데 중요한 작품인 안데르센 요정담을 제대로 알고 있는 사람이 매우 드물다.

안데르센의 요정담은 19세기 초엽에 써진 만큼 오늘날의 시각에서 볼 때 모든 면에서 완벽하다고 하기는 어렵다. 하지만 작가의 뛰어난 예술성, 풍부한 상상력, 예리한 현실 인식을 느낄 수 있어서 안데르센의 요정담은 초등 고학년 이상의 아이들이 원작 그대로 읽어볼 필요가 있는 좋은 문학작품이다. 「인어공주」「꿋꿋한 장난감 병정」「미운 아기 오리」 따위의 작품에는 안데르센의 삶과 꿈, 절망, 고독, 열정 등이 예술적으로 잘 형상화돼 있다. 인어공주의 고통스러운 변신이나 장난감 병정의 지난한 여정이 그 어떤 세속적인 보상도 받지 못한 채 끝나는 썰렁한 결말이 독자의 마음에 와닿는 것은 인간 사회의 암울한 현실이 잘 반영돼 있기 때문이다. 안데르센은 사회의 부조리에 신음하는 한 개인이 지독한 고통과 외로움 속에서도 자신의 꿈과 품위를 잃지 않고 꿋꿋이 삶을 버티는 모습을 아이들에게 솔직하고 박진하게 들려준다.

특히 「인어공주」는 안데르센 스스로 최고의 작품으로 꼽았을 정도로 공을 들인 것이어서 그의 삶과 꿈, 그리고 예술성과 미학을 잘 엿볼 수 있는 작품이다. 안데르센이 「인어공주」를 자신의 예술적 성취로 꼽으면서 특별히 강조한 부분은 결말이다. 안데르센은 당대의 걸작인 푸케의 『운디네 *Undine*』(1811)와 자신의 작품을 비교하면서 인어공주가 불멸의 영혼을 얻기 위해 다른 종족인 인간의 사랑에 의존하지 않고 자연스럽고 거룩한 길을 걷게 된 것이 독창적인 발상이라고 무척 만족스러워했다.[1] 그런데 「인어공주」를 원작으로 읽지 않은 독자들은 안데르센이 왜 그토록 결말을 흡족하게 생각했는지 이해하기가 쉽지 않다.

요즈음 우리나라 대학생들의 독서 체험을 들어보면 거의 대부분 어릴 때 「인어공주」를 디즈니 애니메이션이나 그림책으로만 보았을 뿐 원작을 읽은 경우는 드물다. 안데르센이 쓴 「인어공주」는 보리스 디오도로프가 공들여 그림을 그린 『안데르센 동화집』(2005; 김경미 옮김, 비룡소 2005)에 원작 그대로 실려 있다. 또 한림출판사(2004; 안데르센 원작, 엄기원 글, 리스베트 츠베르거 그림, 2005)나 웅진주니어(안데르센 원작, 김서정 글, 율리아 야쿠시나 그림, 2005)에서 출간한 『인어공주』도 비교적 원작에 충실한 축약본이다. 독자들이 이러한 책으로 「인어공주」를 읽어야 그 매력과 가치를 제대로 인식할 수 있는데 유아용이 아니어서 그런지 폭넓게

그림 2 리스베트 츠베르거가 그림을 그린 『인어공주』 한국어판 표지.

읽히는 것 같지는 않다. 따라서 이 글에서는 유아용 그림책이나 디즈니 골든북으로 『인어공주』를 본 많은 독자들이 놓치기 쉬운 세 가지 요소, 곧 할머니, 조각상, 영혼불멸의 꿈에 대해 짚어볼까 한다. 이 세 가지는 안데르센의 생애 및 작품세계와 서구 설화의 전통을 이해하기 위해 관심을 기울일 필요가 있는 요소들이다.

2. 인어공주의 이야기꾼—할머니

디즈니 골든북이나 애니메이션으로 「인어공주」를 본 독자는 인어공주에게 훌륭한 '이야기꾼—할머니'가 있다는 사실에 의아해할 것이다. 디즈니의 「인어공주」에서는 바다 왕 트리톤이 비중 있게 나오지만, 안데르센의 작품에서 바다 왕의 비중은 거의 없다. 대신 인어공주의 할머니가 매우 비중 있게 나온다. 디즈니 애니메이션에서는 안데르센 작품에 등장하는 '이야기꾼—할머니'가 생략되고 단역에 불과했던 바다 왕

그림 3 마거릿 타랜트(Margaret Tarrant)의 「인어공주」 삽화 (1910). 인어공주가 할머니와 함께 있다.[2]

의 비중이 크게 확대된 것이다. 베틀북(안데르센 원작, 김현좌 글, 양혜원 그림, 2005), 깊은책속옹달샘(안데르센 원작, 이상교 엮음, 김주연 그림, 2006), 아이즐(김평숙 글, 강미선 그림, 2005)에서 출간한 그림책 『인어공주』에서도 디즈니 애니메이션과 마찬가지로 할머니가 전혀 등장하지 않는다.

인어공주의 할머니는 어머니를 일찌감치 잃은 여섯 공주를 돌보는 양육자이자 세상 이치를 가르쳐주는 선생이었다. 인어공주가 바다 위 인간 세상에 대한 호기심을 채울 수 있었던 것은 할머니가 배와 도시, 인간과 동물에 대해 알고 있는 것을 모두 이야기해주었기 때문이다. 인간 세상의 꽃들이 향기를 풍긴다는 사실과 나무들 사이를 새들이 날아다닌다는 사실을 인어공주에게 가르쳐주고, 인어공주가 열다섯 살이 되었을 때 곱게 단장시켜 넓은 세상을 구경할 수 있게 해준 존재도 할머니다. 왕자 곁에 머물던 인어공주가 바다를 보면서 그리워한 존재가 할머니며, 대단원에서 다섯 언니가 인어공주를 설득하기 위해 들려준 말도 할머니가 막내를 걱정하느라 흰머리가 다 빠졌다는 것이다. 곧 인어공주의 삶에서 왕자 다음으로 중요한 인물은 할머니인 것이다.

안데르센의 삶에서 할머니란 존재는 인어공주의 삶에서만큼이나 중
요하다. 안데르센의 할머니는 훗날 안데르센이 훌륭한 이야기꾼이 되
는 데 많은 영향을 끼쳤다. 「눈의 여왕」과 「할머니」에 등장하는, 꽃을 무
척 사랑하는 인자한 할머니나 불쌍한 성냥팔이 소녀를 품에 안고 추위
도 배고픔도 없는 세상으로 데려가는 할머니는 모두 안데르센 자신의
할머니를 모델로 삼은 것이다. 안데르센의 할머니는 안데르센이 유년
기일 때 날마다 손자 안데르센을 만나러 왔고, 특히 일요일 저녁이면 병
원에서 얻어온 꽃을 들고 찾아와 손자를 행복하게 해주었다고 한다. 안
데르센은 할머니에게 자신이 행복이자 기쁨이었으며, "할머니는 당신
의 모든 영혼을 바쳐 나를 사랑했다. 나도 그걸 알았고, 이해했다"[4]고
술회한다. 그리고 할머니가 정신병원에 딸린 정원을 청소하는 일을 하
러 갈 때 자신을 데려가준 것이 세상을 이해하는 데 많은 도움을 주었다
고 한다. 안데르센은 정신병원의 물레질하는 방에서 늙고 가난한 여인
네들이 들려주는 많은 이야기를 들으면서 세상을 점점 풍성하게 이해
할 수 있었고, 병원에 갇힌 환자들 모습과 마법적인 옛이야기의 대조를
통해 우리네 삶이 지닌 양면성을 배웠던 것이다.

3. 인어공주가 사랑한 조각상

　원작에 충실한 그림책『인어공주』를 보면 거의 빠짐없이 등장하는 삽화가 '미소년 조각상'이다. 율리아 야쿠시나가 그림을 그린『인어공주』(김서정 글, 앞의 책)는 표지 자체가 소년 조각상을 껴안고 있는 인어공주 모습을 보여준다. 보리스 디오도로프가 그림을 그린『안데르센 동화집』(김경미 옮김, 앞의 책)에서도 소년 조각상을 두 번씩이나 보여준다. 그중 한 장면은 조각상을 껴안고 있는 인어공주 모습을 그린 것이다. 이반 빌리빈, 아서 랙컴, 히스 로빈슨과 같은 유명한 일러스트레이터들이 조각상과 함께 있는 인어공주 모습을 그린 것은 이 조각상이 지닌 의미가 매우 크기 때문이다. 미소년 조각상은 인어공주 마음속에 인간 세상에 대한 호기심을 심어주었을 뿐만 아니라 처음 만난 왕자를 사랑하게 하였다.

그림5 율리아 야쿠시나가 그림을 그린 웅진주니어 본『인어공주』표지.

그림6 이반 빌리빈(Ivan Bilibin)의 「인어공주」 삽화(1937).[5]

안데르센의 인어공주는 디즈니 애니메이션의 아리엘과는 달리 매우 내성적이고 사색적인 인물이어서 언니들과 어울려 노는 것보다는 태양처럼 둥글게 만든 꽃밭에 햇살처럼 붉은 꽃들을 심어놓고 혼자 있기를 좋아한다. 언니들은 난파한 배에서 주워온 진기한 물건들을 보고 즐거워하는데 인어공주는 배가 침몰할 때 바다 밑에 가라앉은, 아름답고 흰 대리석 소년 조각상만을 벗 삼아 지낸다. 인어공주는 그 조각상을 보면서 바다 위 세상에 관심을 갖게 된다. 나중에 열다섯 살이 된 인어공주가 세상 구경을 갔다가 폭풍우에서 구해낸 왕자를 사랑하게 된 것은 바

그림7 아서 랙컴(Arthur Rackham)의 「인어공주」 삽화 (1932).[6]

닷속 작은 정원에 서 있던 소년 조각상과 닮았기 때문이다.

바다 세계로 돌아온 인어공주는 인간 세계의 왕자가 그리울 때마다 왕자를 닮은 조각상을 껴안으면서 그리움을 달랜다. 인어공주가 아끼는 해처럼 둥근 꽃밭과 인간 세상에서 온 조각상은 나중에 전개될 인어공주의 공간이동을 예시한다. 인어공주는 물의 요정에서 인간으로 변신했다가, 떠오른 해의 기운을 받아 공기의 요정이 된다. 곧 수중계에서 지상계를 거쳐 천상계로 상승한 것이다.

조각상이나 그림 속 여인과 사랑에 빠지는 이야기는 그리스에서 동북아시아에 이르기까지 세계 곳곳에 퍼져 있다. 그리스의 피그말리온 신화가 그 대표적인 예다. 조각가 피그말리온은 현실의 여성들이 모두 마음에 들지 않자 스스로 이상적인 여인상을 빚어 그 조각상과 사랑에 빠진다. 그리고 비너스 여신에게 생명을 불어넣어달라고 간절히 기원해서 소망을 이룬다. 그리스 민담 중에는 피그말리온 신화와 반대로 여자가 파스타 재료와 설탕으로 이상적인 남자를 빚은 뒤 그 조각상에 생명을 불어넣어달라고 신에게 기원해서 사랑을 이룬다는 이야기도 있다. 이러한 이야기들에는 아름다운 예술품에 생명을 불어넣고 싶어하는 인간의 보편적 욕망 또는 꿈이 담겨 있다.

4. 인어공주의 마음속에 자리 잡은 영혼불멸의 꿈

디즈니 애니메이션과 안데르센의 「인어공주」는 등장인물의 성격과 사건 전개가 매우 다르다. 디즈니 애니메이션의 주인공 아리엘은 구김살 없이 발랄한 말괄량이다. 그리고 왕자 에릭은 자신과는 종족이 다른 인어공주를 사랑하는 데 그 어떤 망설임도 보이지 않으며, 악과 매우 용감하게 싸우는 영웅이고, 아리엘의 사랑과 모험은 세속적으로 충분하게 보상을 받는다. 이와 달리 안데르센 작품의 인어공주는 내성적이고 침착한 인물이고, 왕자는 자기 곁에 있는 인어공주의 아픔을 알아차리지 못할 정도로 무신경하고 자신의 구원자가 누구인지 모를 정도로 아둔하다. 또 인어공주는 왕자의 사랑을 얻기 위해 자신의 모든 것을 바치지만 끝끝내 왕자의 사랑을 얻지 못한다.

이러한 차이 때문에 언뜻 보기에는 디즈니 애니메이션이 안데르센 작품보다 훨씬 더 현대적이고 진취적인 것 같다. 하지만 디즈니 애니메이션을 꼼꼼히 들여다보면 그 밑바탕에 안데르센의 「인어공주」보다 훨씬 더 전근대적이고 가부장제적인 세계관이 깔려 있음을 알 수 있다. 아리엘은 인간 세계로 진출을 했지만 마법을 푸는 데 성공하지 못하고 마녀 우술라에게 이끌려 바닷속으로 도로 들어간다. 이때 아리엘을 구해주는 존재는 아버지 트리톤 왕이고, 위기에 처한 왕을 구하기 위해 마녀를 죽이는 존재는 에릭 왕자다. 나중에 아리엘이 에릭 왕자와 결혼할 수 있었던 것은 마술봉을 되찾은 트리톤 왕이 아리엘을 인간으로 변신시

그림 9 디즈니 골든북 『인어 공주』 한국어판 (삼성출판사 2003)에서 에릭 왕자가 우술라와 대결하는 장면.

켜주기 때문이다. 아리엘은 발랄하고 명랑하기는 하지만 디즈니 애니메이션 속 백설공주와 마찬가지로 자신이 벌여놓은 일을 수습할 능력이 없어서 동물들과 능력있는 남자들의 도움을 필요로 하는 유약한 여성이다.

디즈니 애니메이션 속 인어공주가 인간 세상으로 나아간 것은 오로지 왕자에 대한 사랑 때문이지만 안데르센의 인어공주에게는 사랑이 전부가 아니다. 인어공주에게 두 가지 소망이 있었는데, 하나는 왕자의 사랑을 얻는 것이고 다른 하나는 죽지 않는 영혼을 얻는 것이다. 왕자를 구한 뒤 바닷속 세상으로 돌아온 인어공주가 할머니에게 "사람들이 물에 빠져도 죽지 않으면 영원히 살 수 있나요? 아니면 바닷속에 사는 우리처럼 언젠가는 죽게 되나요?"[8]라고 묻자, 할머니가 불멸의 영혼에 관한 이야기를 들려준다.

"그들도 죽는단다. 우리보다 생명이 훨씬 더 짧지. 우리는 삼백 년까지도 살 수 있지. 우리에겐 무덤도 없고 죽으면 물거품으로 변하지만 말야. 우리는 불멸의 영혼이 없기 때문에 다시는 생명을 얻지 못한단다. 우리는 해초와 같아서 일단 꺾이면 다시는 살아나지 못하지. 하지만 인간은 다르단다. 인간은 죽어서 흙이 된 후에도 영원히 사는 영혼을 가지고 있지. 영혼은 맑은 공기를 뚫고 반짝이는 별들 너머로 간단다. 우리가 물 위로 떠올라 인간 세계를 보듯이 인간들은 우리가 알지 못하는 미지의 찬란한 곳으로 올라가지."

"우리에겐 왜 불멸의 영혼이 없나요? 단 하루만이라도 인간이 되어 별 너머에 있는 찬란한 세계에 가볼 수 있다면 제 목숨을 주어도 아깝지 않겠어요." 인어 공주가 애처롭게 말했다.

"그런 생각을 하면 안 된단다! 우리는 인간들보다 훨씬 더 행복하고 훨씬 더 풍요롭게 살고 있단다."

"제가 죽으면 물거품이 되어 바다 위를 떠다니겠죠? 파도가 연주하는 음악 소리도 듣지 못하고, 아름다운 꽃도 붉은 해도 보지 못하겠죠? 어떻게 하면 영혼을 얻을 수 있나요?"

"영혼을 얻기 위해 네가 할 수 있는 일은 없단다. 하지만 인간이 자기 부모보다도 널 더 사랑하게 되어 오직 너만을 생각하고 사랑한다면 가능하지. 그 사람이 신부 앞에서 죽어서나 살아서나 진실로 너를 사랑하겠다고 약속하면 그의 영혼이 네 몸속으로 흘러들어가 인간의 축복과 행복을 함께 누릴 수 있단다."[9]

이 대화에서 엿볼 수 있듯이 인어공주는 할머니 말을 통해 인어는 삼백 년 뒤에 물거품이 될 수밖에 없는 숙명을 지녔지만 인간에게는 여러

생을 살 수 있는 불멸의 영혼이 있다는 사실을 알게 된다. 인어공주는
단 하루를 살더라도 불멸의 영혼을 지닌 인간이 되어 천상 세계를 체험
하고 아름다운 자연과 영원히 함께하고 싶어 한다. 인어공주가 무시무
시한 마녀의 집으로 스스로 찾아가 혀를 내주고 다리를 얻은 것은 왕자
와의 결혼을 통해 불멸의 영혼을 얻으려 했기 때문이다.

　안데르센의 「인어공주」를 어린이책으로 만들 때 반드시 '불멸의 영혼'
을 언급해야 하는 것은 이것이 작품의 고갱이일 뿐만 아니라 서구 요정
담 전통의 흐름을 이해하는 데 필요한 것이기 때문이다. 영혼을 갈망하
는 물의 요정이란 설정 자체는 안데르센의 독창적인 발상은 아니다. 안
데르센이 「인어공주」를 발표하기 전에 이미 푸케가 『운디네』란 작품에
서 그 소재를 다룬 바 있다. 『운디네』에서 물의 요정은 인간과의 결혼을
통해 영혼을 얻지만 남편이 다른 여성을 사랑하게 되자 어쩔 수 없이 물
의 세계로 되돌아간다. 안데르센은 「인어공주」에서 자신의 주인공이 운
디네와는 달리 인간에게 의존하지 않고 영혼을 얻을 수 있도록 설정했
고, 그렇게 쓴 결말이 독창적이라고 생각해서 큰 자부심을 가졌다. 하지
만 안데르센의 「인어공주」 역시 후대 작가의 작품에 의해 또다시 전복
된다. 「어부와 그의 영혼」에서 오스카 와일드(Oscar Wilde)는 인간 세계
의 남자가 인어와 함께 살기 위해 거추장스러운 영혼을 잘라버리고 바
다 세상으로 자진해서 들어가게 함으로써 안데르센의 「인어공주」를 넘
어서고자 했다.

5. 인어공주의 변신과 승천

　안데르센의 「인어공주」를 어린이책으로 꾸밀 때 여러 작가들이 인어

공주가 물거품이 되는 것으로 이야기를 마무리 짓는다. 이상교가 엮고 깊은책속옹달샘에서 출간한 유아용 팝업북『인어공주』를 보면 "막내 인어공주는 언니들이 준 칼을 바닷물 속에 던졌어요. 그리고 방울방울 물거품이 되어 바닷물 속으로 사라지고 말았어요"라고 이야기를 끝맺는다. 삼성출판사의『인어공주』(안데르센 원작, 유효진 글, 정현아 그림, 2003)도 "공주의 몸은 햇살을 받으며 서서히 녹아 버렸어요. 그리고 곧 물거품이 되어 멀리멀리 사라져 갔답니다"라는 말로 이야기를 마친다. 이처럼 그림책의 결말을 인어공주가 물거품이 되어 바닷물 속으로 사라지거나 몸이 녹아 멀리 사라져가는 것으로 끝맺는 것은 섬세한 감수성을 지닌 유아들 마음에 큰 슬픔을 안겨줄 수 있다. 그리고 이러한 마무리는 원작자인 안데르센의 의도에 크게 어긋나는 설정이다.

안데르센이 결말에서 말하고자 한 것은, 인어공주가 왕자를 죽이고 목숨을 연장하는 대신 스스로 죽음의 길을 택했지만 오히려 그런 지순한 사랑과 이타적인 행위로 구원을 받는다는 것이다. 인어공주는 바다에 몸을 던져 차가운 물거품이 되지만 떠오르는 태양의 기운을 받아 공

그림 10 히스 로빈슨의 「인어공주」 삽화.[10] 인어공주가 공기 요정이 된 모습을 형상화했다.

기 요정으로 변신한다. 하늘 세계로 올라간 인어공주는 다른 공기 요정들로부터 삼백 년을 떠돌면서 좋은 일을 하면 죽지 않는 영혼을 얻을 수 있다는 말을 전해 듣는다. 다시 말해 인어공주는 왕자의 사랑을 얻는 데는 실패했지만 그토록 원했던 불멸의 영혼을 얻을 수 있게 되었다. 인어공주가 목소리를 희생하면서까지 인간 세상으로 나아갔을 때 세웠던 두 가지 목표 가운데 하나를 이루게 된 것이다.

최근 여성주의 시각을 지닌 학자들은 대부분 「인어공주」를 부정적으로 평가한다. 한 여성이 자신보다 높은 신분을 지닌 남자의 사랑을 얻기 위해 가족도 버리고 목소리도 버리고 혀가 잘리고 발에 피가 흐르는 극도의 고통을 감내하다가 마침내 자신의 목숨까지 버렸다는 것이다. 하

그림 11 리스베트 츠베르거가 그림을 그린 『인어공주』(한국어판)에서, 거품이 된 인어공주가 태양의 기운을 받아 하늘로 올라가는 마지막 장면.

지만 인어공주를 여성을 대표하는 인물이 아니라 남녀의 경계를 초월한 보편적인 인간 또는 안데르센의 아니마(anima)로 간주할 경우 전혀 다르게 해석할 수 있다. 인어공주는 불멸의 영혼과 사랑을 얻기 위해 가족과 풍요로운 고향을 떠나 용감하게 낯선 세상으로 모험을 떠났고, 그 꿈을 이루기 위해 자신의 모든 열정과 노력을 기울였다. 비록 이성의 사랑을 얻는 데는 실패했지만, 고통받는 세상에 건강과 이로움을 가져다주는 대승적인 삶을 통해서 불멸의 영혼을 얻게 된 것이다.

이러한 인어공주의 삶은 글쓰기에 자신의 모든 것을 걸어 불멸의 명성을 얻은 안데르센의 삶과 닮은꼴이다. 가난한 구두수선공의 아들로 태어난 안데르센은 인어공주처럼 어릴 때 아름다운 목소리를 지녔지만 변성기 때문에 어느 날 갑자기 목소리를 잃고 성악가의 꿈을 접어야 했다. 또 자신의 학업을 후원해준 상류층의 언저리에 애완용 동물처럼 머물면서 혀 잘린 인어공주와 마찬가지로 제 목소리를 내지 못한 채 수동적으로 살아야 했다. 귀족 후원자와 친구 들을 향한 안데르센의 사랑이나 우정은 인어공주와 마찬가지로 거의 짝사랑에 가까웠다. 하지만 안

그림 12 예리하우 바우만이 그린 안데르센(1862). 안데르센이 병든 아이들에게 「천사」라는 작품을 읽어주고 있다.

데르센은 암울하고 외로운 삶이 준 고통과 덴마크 귀족 사회에서 느낀 굴욕감을 이기고, 많은 사람에게 위안과 즐거움을 주는 글쓰기를 통해 불멸의 삶을 산 것이다.

안데르센의 「인어공주」는 아이들에게 자신의 영혼을 살찌우는 창조적인 삶을 살기 위해서는 가족의 그늘에서 벗어나 새로운 세계로 홀로 모험을 떠나야 한다는 것, 자신의 꿈을 이루기 위해서는 외로움을 견디면서 매 순간 삶에 모든 열정을 다 쏟아야 한다는 것을 가르쳐준다. 그런데 지금 우리 아이들이 보는 『인어공주』에서는 안타깝게도 사랑의 비가(悲歌)는 들을 수 있어도 그러한 인생 교훈을 배우기는 어렵다.

5장. 늑대를 만난 소녀 이야기, 세 편의 「빨간 모자」

1. 「빨간 모자」와 어린이책

유아들이 보는 옛이야기 그림책 가운데는 아이들이 낯선 존재의 유혹에 넘어가서 목숨을 잃을 위험에 빠졌다가 구원되는 이야기가 무척 많다. 「헨젤과 그레텔」「빨간 모자」「늑대와 일곱 마리 아기 염소」「아기 돼지 삼 형제」「꼬마 엄지」「해와 달이 된 오누이」따위의 옛이야기가 어린이에게 널리 읽혀온 까닭은 아마도 부모들이 아이들의 안전을 걱정하기 때문일 것이다. 이 가운데서 가끔 뉴스를 장식하는 아동 성범죄를 볼 때마다 새삼 떠오르는 이야기가 「빨간 모자」다. 다른 이야기들은 거의 대부분 형제나 오누이가 함께 악의 세력과 대면하지만 「빨간 모자」에서는 여자아이 혼자서 길을 가다가 사악한 늑대와 마주쳐 끔찍스러운 체험을 하기 때문이다.

「빨간 모자」는 다양한 해석이 가능한 예사롭지 않은 이야기여서 그 속에 담긴 의미를 한두 마디로 잘라 말하기 어렵다. 소녀를 삼킨 늑대의 성별에 대한 견해가 심리학자마다 다를 정도로 이야기가 단순하지 않다. 어떤 학자들은 늑대를 부정적인 아버지상으로 보기도 하고, 어떤 학자들은 부정적인 어머니상 또는 태모(太母)로 보기도 한다.[1] 하지만 사회문화적인 시각에서 볼 때「빨간 모자」는 순진한 소녀가 음흉한 남자의 유혹에 넘어가서 성폭행을 당한 이야기로 풀이할 수 있다. 이러한 해석은 '빨간 모자' 이야기를 맨 처음 글로 쓴 샤를 페로가 작품을 쓸 때 의도했던 바이기도 하다. 페로는 이야기 말미에 붙인 교훈에서 "유감스럽게도 이 세상의 늑대 가운데서 가장 위험한 늑대"는 "처녀들을 집안까지 규방까지 따라다니는 친근하고, 상냥한, 부드러운 늑대"라고

그림 1 구스타브 도레의 페로 본「작은 빨강 모자」삽화(1867).[2]

경고했다.[3]

프랑스 절대왕정시대를 살았던 귀족 작가 페로가『교훈을 곁들인 옛이야기 *Histoires ou Contes du Temps passé*(부제: 내 거위 엄마 이야기 *Les Contes de ma Mère l'Oie*)에「작은 빨강 모자」를 수록한 시기는 1697년이다. 하지만 우리에게 잘 알려진「빨간 모자」는 페로가 쓴 이야기가 아니다. 우리나라와 외국의 어린이책 작가들이「빨간 모자」를 그림책으로 만들 때 주로 원작으로 삼은 작품은 그림 형제가 1857년에 출간한『어린이와 가정을 위한 옛이야기』최종본에 실린 것이다. 페로와 그림 형제의 판본이 보여주는 가장 큰 차이는 그 결말에 있다. 페로 본에서 빨간 모자는 늑대에게 잡아먹혀 죽고 말지만 그림 형제 본에서는 사냥꾼의 도움으로 늑대 배 속에서 구출돼 소생한다.

「빨간 모자」는 페로와 그림 형제가 쓴 원작 자체가 문제가 많기 때문에 서양 문화를 가르치기 위해서라면 몰라도 유아들의 정신적인 성장을 돕기 위해 선택할 만한 이야기는 아니다. 그림 형제는 페로 본이 문제가 많다고 생각해 결말을 대폭 손질했고, 최근 서양 작가들은 그림 형제 본이 '정치적 올바름' 또는 페미니즘 차원에서 문제의 소지가 많다고 여겨 이야기 전체를 새롭게 썼다. 하지만 최근 여성주의 작가들이 개작한 작품들 또한 대부분 문학성이 부족하거나 이야기가 극단적인 남녀 대결 구도로 치달아서 페로나 그림 형제의 작품보다 더 좋은 작품이라고 말하기 어렵다.

「빨간 모자」는 유아들의 정서와 사고에 바람직한 이야기는 아니지만 세계적으로 잘 알려진 데다 우리나라 어린이들도 폭넓게 읽는 작품이어서 그 장단점을 제대로 짚어볼 필요가 있다. 더군다나 아동 성범죄가

나날이 늘고 있어 부모들이 아이들 마음속에 낯선 존재에 대한 경계심
을 뚜렷하게 심어주기 위해서도 「빨간 모자」를 아이들의 읽을거리로 선
택할 가능성이 높다. 따라서 이 글에서는 페로와 그림 형제가 쓴 「작은
빨강 모자」, 최근 서양 학자들로부터 재조명되고 있는 1885년에 채록된
프랑스 민담 「할머니 이야기」, 그리고 우리나라에서 그림책으로 꾸며진
『빨간 모자』를 아울러 살펴보고자 한다.

2. 늑대 꾐에 넘어간 소녀의 죽음: 페로의 「작은 빨강 모자」

페로가 「작은 빨강 모자」를 출간한 프랑스 절대왕정시대에는 상반된
문화가 공존하고 있었다. 17세기 말은 살롱 문화의 발달로 여성들이 규

그림 2 구스타브 도레의 페로
본 「작은 빨강 모자」 삽화
(1867).[4]

방에서 활발하게 지적인 담론을 펼치던 시대이기도 하지만 양갓집 규수들이 결혼을 잘하기 위해 일찍 수녀원에 들어가서 결혼 적령기가 될 때까지 사회로부터 격리된 채로 살아야 했던 시대이기도 하다. 당대 귀족 여성들의 자유분방한 끼를 못마땅하게 생각했던 페로는 자신의 요정담을 통해 젊은 여성들의 그릇된 품행이 낳을 수 있는 비극을 경고하고자 했다. 페로는 경고담 성격을 뚜렷이 부각하기 위해 소녀가 늑대에게 잡아먹히는 비극으로 이야기를 마무리 지었다. 이러한 비극적 결말이 지닌 문제점은 소녀가 저지른 잘못에 비해 치른 대가가 너무도 크다는 것이다. 소녀의 잘못은 늑대의 말을 듣는 게 얼마나 위험한 일인지 몰라서 자신의 행방과 할머니 집의 위치를 가르쳐주고, 길을 가면서 호두도 따고 나비도 쫓고 꽃다발도 만들면서 놀았다는 것뿐이다. 그런데 소녀는 할머니를 죽게 하고 자기 목숨도 잃는다.

이러한 비극적 결말은 옛이야기의 보편적인 특성에서 크게 벗어날 뿐만 아니라 교육적으로도 바람직하지 않다. 위기에 처한 아이들을 주인공으로 삼은 옛이야기들에서 아이들은 대부분 사악한 존재를 통쾌하게 물리치고 행복을 되찾는다. 「헨젤과 그레텔」「늑대와 일곱 마리 아기 염소」「아기 돼지 삼 형제」「꼬마 엄지」「해와 달이 된 오누이」 등에서 주인공은 숲속이나 집 안에서 온갖 위험에 맞닥뜨리지만 모두 목숨을 건진다. 형제가 죽는 경우는 더러 있어도 주인공인 어린이는 늘 살아남는다. 그런데 페로 본에서는 큰 잘못을 저지르지도 않은 순진한 소녀가 죽고, 두 목숨을 앗아간 사악한 늑대는 그 어떤 벌도 받지 않는다.

또한 소녀의 죽음은 페로 자신의 옛이야기 철학에도 어긋난다. 페로는 요정담을 책으로 펴내면서 서문에서 "콩트의 남주인공, 여주인공이

그림 3 해리 클라크(Harry Clarke)의 페로 본「작은 빨강 모자」삽화(1922).[5] 늑대가 빨간 모자에게 어디로 가는지 묻고 있다.

불행에 빠져 있으면 어린이들도 슬픔과 충격 속에 빠져드는 걸 봅니다. 그러다 주인공이 행복해지면 아이들은 너무 기뻐 환호성을 지르지요. 또 악한 사람들이 잘되는 것을 가슴 졸이며 지켜보다가, 그들이 마침내 악행에 합당한 벌을 받는 걸 보면 환희에 젖습니다"[6]라고 밝힌 적이 있다. 페로는 다른 이야기에서는 권선징악적인 결말을 설정하면서 유독「작은 빨강 모자」에서는 그 원칙을 지키지 않았다. 마음속에 깊이 뿌리박힌 가부장제 가치관과 도덕주의 때문에 페로 스스로 자신의 옛이야기 철학을 부정한 것으로 보인다.

3. 다시 살아난 소녀와 두 번째 늑대: 그림 형제의「작은 빨강 모자」

『어린이와 가정을 위한 옛이야기』를 쓸 때 페로의『교훈을 곁들인 옛이야기』를 읽었던 그림 형제는 페로의 「작은 빨강 모자」가 문제가 많다고 생각했는지 대단원을 대폭 개작했다. 빨간 모자는 늑대에게 삼켜지지만 때마침 지나가던 사냥꾼의 도움으로 목숨을 건지고, 늑대는 소생한 빨간 모자가 재빨리 가져다 배 속에 넣어둔 돌멩이 때문에 꼬꾸라져 죽는다. 조력자의 도움, 해피엔딩, 권선징악, 교훈적 메시지 등은 독자들이 옛이야기에 기대하는 것들이어서 그림 형제 본은 얼핏 보기에는 나무랄 데 없는 이야기다. 하지만 대단원을 꼼꼼히 살펴보면 여러 문제를 발견할 수 있다.

그림 형제 본이 안고 있는 문제는 세 가지로 간추려볼 수 있다. 첫째, 소녀가 늑대 배 속에 수동적으로 머물러 있다가 외부로부터 도움을 받아 소생한 것은 참다운 구원이라고 보기 어렵다. 만약에 늑대 배 속에 들어 있는 소녀에게 사냥꾼이라는 조력자가 나타나지 않았다면 소녀는 죽을 수밖에 없는 것이다. 둘째, 그림 형제가 위기에 처한 소녀를 구원한 인물로 총을 멘 남성 사냥꾼을 설정한 것은 '정치적 올바름' 차원에서 바람직하다고 보기 어렵다. 셋째, "앞으로 어머니가 길에서 벗어나 숲속으로 들어가지 말라고 하시면 꼭 어머니 말씀대로 해야지"[7]라는 소녀의 결심은 어린이의 정신적 성장에 도움이 되지 않을 수 있다. 자칫 잘못하면 위기에 적극적으로 대처하는 아이들 능력을 약화시키고 아이들 마음속에 바깥세상과 낯선 존재에 대한 두려움만 잔뜩 심어줄 수 있다.

그림 형제는 이야기의 결말이 교육적으로 미흡하다고 느꼈는지 늑대 배 속에서 소생한 소녀가 스스로 꾀를 내서 늑대 배 속에 돌멩이를 넣는다는 설정과 두 번째 늑대가 등장하는 에필로그를 첨가했다. 에필로그에서 소녀는 할머니에게 빵을 가지고 가다가 두 번째 늑대를 만난다. 늑대는 소녀를 유혹해 길에서 벗어나게 하려고 다정하게 인사를 하지만 소녀가 곧장 할머니 집으로 가는 바람에 실패하고 만다. 늑대는 할머니 집으로 찾아와 문을 두드려도 대답이 없자 소녀가 집으로 돌아갈 때 어둠 속에서 잡아먹으려고 지붕 위로 올라간다. 이 사실을 눈치 챈 할머니와 소녀는 머리를 맞대고 늑대를 퇴치할 궁리를 한다. 할머니는 전날 끓인 소시지 국물을 양동이에 담아 집 앞에 놓인 돌로 된 구유에다 부어넣는다. 소시지 냄새가 코를 자극하자 늑대는 지붕 위에서 목을 빼고 아래를 내려다보다가 그만 미끄러져서 구유에 풍덩 빠져 죽는다. 늑대를 퇴

그림 4 월터 크레인의 그림 형제 본 「작은 빨강 모자」 삽화 (1875).[8] 이 삽화는 「잭과 콩나무」의 한 장면을 그린 아래 삽화와 대조적이다. 여자인 빨간 모자는 낯선 존재인 늑대와 대화를 나눈 대가로 잡아먹혔다가, 남자 조력자인 사냥꾼의 도움으로 간신히 목숨을 구한다.

그림 5 월터 크레인의 「잭과 콩나무」 삽화(1875).[9] 낯선 남자와 터무니없는 거래를 한 잭은 죽음을 무릅쓰고 세 번씩이나 하늘에 올라가고, 결국 거인한테서 황금 하프까지 훔친 뒤 콩나무를 타고 무사히 지상으로 돌아와 풍족하게 산다.

치한 소녀는 가벼운 마음으로 집으로 돌아간다. 그림 형제는 이 에필로 그를 통해 빨간 모자가 혹독한 대가를 치르고 배운 교훈을 잊지 않고 삶에서 새롭게 맞닥뜨린 위험에서 지혜롭게 대처하는 모습을 보여주고 싶어한 것 같다.

4. 스스로 구원한 강인한 소녀: 프랑스 민담「할머니 이야기」

프랑스 민중이 들려주는「할머니 이야기」에서 소녀는, 페로나 그림 형제의 이야기에서와 달리, 늑대인간을 만나지만 자기 목숨을 스스로 구한다.「할머니 이야기」는 특별히 어린이를 위해 전승된 것이 아니어서 유아들이 읽기에는 바람직하지 않은 화소가 여럿 들어 있다. 소녀가 바늘을 집으면서 즐거워하는 모습, 소녀가 할머니의 피와 살을 먹고 고양이가 소녀에게 욕을 하는 엽기적인 장면, 소녀가 스트립쇼를 하듯 옷을 차례차례 벗는 장면 들은 유아 독자에게 적절한 내용은 아니다. 하지만「할머니 이야기」에서 소녀가 늑대인간과 대면했을 때 취한 태도는 매우 조심스럽고 침착한 것이어서 관심을 기울일 필요가 있다.

「할머니 이야기」의 말미에서 소녀는 할머니 시늉을 하는 커다란 늑대인간과 털, 손톱, 어깨, 귀, 콧구멍에 관해 문답식 대화를 나누다가 자기 목숨이 위태롭다는 사실을 깨닫고는 탈출을 모색한다.

"어머, 할머니, 입은 왜 그렇게 크죠?"
"너를 잡아먹으려고 그렇단다, 애야."
"어머, 할머니, 저 볼일이 급해요. 밖에 나가도 될까요?"
"그냥 침대에서 누어라, 애야."

"어머, 안 돼요, 할머니. 밖에 나가고 싶어요."

"좋다. 하지만 후딱 일 보고 오너라."

늑대인간은 소녀의 발을 털실로 맨 뒤에 밖으로 나가게 했습니다. 소녀는 바깥으로 나오자마자 털실을 마당에 있는 자두나무에 매어놓고 도망쳤습니다. 늑대인간은 초조해져서 물었습니다.

"애야, 한 무더기 누고 있니? 한 무더기 누고 있니?"

아무런 대답이 없자, 늑대인간은 침대에서 후닥닥 튀어나왔습니다만 소녀는 이미 달아나버렸습니다. 늑대인간이 부지런히 소녀의 뒤를 쫓아 그녀의 집에 이르렀을 때는 소녀가 집으로 막 들어간 뒤였습니다.[10]

이 이야기에서 소녀는 아무것도 모르는 척하다가 결정적인 단계에서 똥 마렵다고 둘러대고 바깥으로 나가겠다고 한다. 소녀가 자신의 힘과 지혜에 의지해 스스로 목숨을 구한다는 설정에서 옛 유럽 민중의 지혜와 삶을 엿볼 수 있다. 늑대가 출몰하는 위험한 세상에서 혼자 심부름을 다닐 수밖에 없는 가난한 농촌 처녀에게 사냥꾼과 같은 구원자가 나타날 가능성은 희박하다.

이러한 해피엔딩은 많은 옛이야기에서 찾아볼 수 있는 보편적인 설정이다. 옛이야기에서 위기에 처한 아이들은 대부분 「할머니 이야기」의 소녀처럼 어른의 도움을 빌리지 않고 스스로 목숨을 구한다. 「헨젤과 그레텔」 「꼬마 엄지」 「아기 돼지 삼 형제」 「해와 달이 된 오누이」 따위의 이야기에서 절체절명의 위기에 처한 아이들이 의지할 수 있는 존재는 바로 자기 자신이다. 옛사람들은 이러한 이야기들을 통해 아무리 위급한 상황일지라도 자신의 용기와 슬기를 모으면 살 수 있다는 희망적인 메씨지, '호랑이 굴에 들어가도 정신만 똑바로 차리면 살 수 있다'는 교훈을 아이들에게 전해주고 싶어한 것 같다.

5. 그림책 『빨간 모자』가 보여주는 문제점

우리나라 어린이책 작가들이 다시 쓴 그림책『빨간 모자』를 보면 여러 문제점이 여실히 드러난다. 대부분의 작가가 원작으로 삼은 작품은 그림 형제의「작은 빨강 모자」인데, 원작의 장단점에 대해 충분히 검토를 하기는커녕 원작을 읽어보지도 않고 글을 쓴 작가가 많다. 그래서 원작자가 잘못 표기된 책이 자주 눈에 띈다. 베틀북(샤를 페로 원작, 김정미 글, 이용선 그림, 2005)과 꼬네상스(샤를 페로 원작, 유승희 글, 김현주 그림, 2005)에서 출간한『빨간 모자』에는 사냥꾼이 등장해서 할머니와 소녀를 구하는데도 원작자가 샤를 페로로 명시돼 있다. 특히 꼬네상스 본은 페로의 생애까지 간추려서 들머리에 소개하고 있어 독자에게「빨간 모자」에 대한 그릇된 지식을 전한다. 페로 본에 충실한 그림책으로는 최근에 게오르그 할렌스레벤이 그림을 그린『빨간 모자』(2006; 샤를 페로 글, 김주열 옮김, 샘터 2008)가 출간되어 그나마 다행이지만, 그림 형제 본의 경우 유아용으로 무수히 많이 만들어졌는데도 아직 원작에 충실한 그림책을 좀처럼 찾기 어렵다.

『빨간 모자』출판 현황이 이러한 실정이니 페로 본이나 그림 형제 본이 지닌 문제점을 보완하거나 전복한 그림책을 기대하기가 어렵다. 지금 우리 아이들이 보는 그림책에는 그림 형제가 교육적인 효과를 고려해서 쓴 대목, 곧 소녀가 늑대 배 속에 돌멩이를 넣는 장면과 두 번째 늑대를 퇴치하는 장면이 살아 있지 않다. 웅진주니어에서 나온『빨간 모

그림6 게오르그 할렌스레벤이 그림을 그린 『빨간 모자』 한국어판 표지.

자』(그림 형제 원작, 최숙희 그림, 보물섬 구성, 2005)를 보면 소녀가 돌멩이를 가져온 것이 소녀의 자율적인 판단으로 한 행동이 아니라 사냥꾼의 지시 때문에 한 행동으로 되어 있다. 또 아이즐(엄혜숙 글, 이은미 그림, 2004)과 대교출판(그림 형제 원작, 옹달샘 구성, 박문수 그림, 2000)에서 단행본으로 낸 『빨간 모자』에서는 늑대 배 속에 돌멩이를 넣은 것이 빨간 모자의 기지 때문이란 점이 제대로 부각되지 않았다. 늑대의 배를 가르고 돌멩이를 넣는 사냥꾼 또는 세 사람의 협동을 강조할 뿐이다.

문제가 가장 많은 그림책은 신예영이 글을 쓰고 새샘에서 출간한 『빨간모자』(그림 형제 원작, 임소정 그림, 2001)[11]다. 신예영은 그림 형제 원작이라는 표현이 무색할 정도로 이야기를 대폭 손질했다. 그림책 들머리에는 소녀가 할머니로부터 받은 생일선물인 빨간 모자를 강아지와 친구들에게 자랑하는 에피소드가 들어 있고, 작품 전체에 등장인물과 사건이 매우 다양하다. 토끼와 다람쥐가 등장하고, 밤나무가 늑대가 있다고 경고하고, 새들이 늑대 눈을 쪼아댄다. 소녀는 엄마와 밤나무의 경고를

그림 7 새샘 본의 마지막 장면. 아이의 반성과 어른의 훈계로 이야기가 마무리된다.

귀담아듣지 않고 늑대와 대화를 나누다가 결국 잡아먹힌다. 나중에 사
냥꾼의 도움으로 겨우 살아난 소녀는 "제가 엄마 말씀을 안 들어서 이렇
게 된 거예요. 흑흑흑……" 하고 눈물짓고, 할머니는 "빨간 모자야, 이제
부터라도 어른들의 말씀을 잘 들어야 한다"고 훈계한다. 이렇게 아이의
불행을 아이의 잘못으로만 돌리고 어른의 지혜와 도움을 돋보이게 하
는 개작은 아무런 의미가 없다. 개작이란 원작의 문제점을 보완해서 좀
더 나은 작품을 만들 때 비로소 가치를 지닐 수 있는데, 신예영은 원작
의 문제점을 고치기는커녕 오히려 극대화했다.

한편, 두 번째 늑대가 등장하는 에필로그는 그림 형제가『어린이와 가
정을 위한 옛이야기』를 여러 차례 개정하면서 모든 판본에 빠짐없이 넣
었을 정도로 중요한 대목이다. 조하르 샤빗, 브루노 베텔하임, 셸던 캐
시단 같은 학자들도 에필로그에 내재된 심리적·교육적 가치를 높이 평
가했다. 하지만 에필로그는 우리나라에서 출간된 거의 모든 그림책과,
버나뎃 와츠가 그림을 그린『빨간 모자』(1968; 그림 형제 글, 우순교 옮김, 시

공주니어 1996)에서 생략되었다. 내가 살펴본 그림책 가운데 에필로그를 포함한 작품은 씽크하우스에서 출간한 『빨간 모자』(그림 형제 원작, 안재선 그림, 양연주 글, 2007)가 유일하다. 그런데 아쉽게도 이 씽크하우스 본은 에필로그가 지닌 의미를 온전히 살리지 못했다. 이 책에서 소녀는 원작과 달리 두 번째 늑대에게 '떡갈나무 세 그루 밑에 있는 할머니 집'에 간다는 사실을 알려준다. 또 늑대가 죽는 방식도 그림 형제 본과는 다르게 제이콥스의 「아기 돼지 삼 형제」와 유사하게 표현했다. 늑대가 전날 끓인 소시지 국물 냄새를 맡다가 지붕에서 미끄러져 집 앞에 놓인 돌로 된 구유에 빠져 죽는 것이 아니라, 굴뚝을 타고 올라오는 펄펄 끓는 소시지 국물 냄새를 맡다가 솥단지에 빠져 죽는다. 굳이 원작을 변형할 타당한 이유가 없는데 자의적으로 변형한 것이다.

그림 8 씽크하우스 본에서 늑대가 굴뚝에서 솥단지로 떨어지는 마지막 장면.

6. 이 땅의 부모들이 안고 있는 딜레마

부모들은 낯선 존재의 위험성을 일깨워주기 위해 아이들에게 『빨간 모자』를 읽힌다. 낯선 존재와 이야기를 나눈 소녀가 죽는 페로 본이나 죽음을 체험한 소녀가 길을 이탈하지 않고 부모의 지시를 그대로 따를 것을 결심하는 그림 형제 본은 아이들 마음속에 낯선 존재에 대한 강렬한 두려움을 심어줘 아이들을 엄마의 치마폭에서 벗어나지 못하도록 길들인다. 하지만 이러한 이야기들이 아동 성범죄를 예방하는 본질적인 해결책이 될 수는 없다. 충격적인 아동 성범죄들은 아이들이 빨간 모자처럼 부모의 말을 무시하고 길에서 벗어나서 놀았기 때문에 발생한 것이 아니다. 아이들이 일상적으로 늘 다니던 길을 가다가 사악한 늑대를 만난 것이다. 아이들이 아파트 엘리베이터나 학교 근처에서 성범죄자들을 만났다는 사실은 오늘날 이 땅의 아이들이 빨간 모자보다 더 심각한 상황에 처해 있음을 시사한다.

더군다나 아이들의 안전을 위협하는 성범죄자들이 늘 낯선 존재인 것만도 아니다. 가정은 영원한 무풍지대가 될 수 없고 부모는 늘 아이 곁에 머물 수 없다. 아동 유괴와 성범죄 가운데 상당수는 학교 둘레의 어린이보호구역이나 집 근처에서 일어난 것이고 면식범의 소행인 경우가 많다. 빈부의 양극화 현상이 심해지고 사회가 나날이 황폐해지고 있어서 부모들이 예측하지 못한 형태의 위험과 아이들이 맞닥뜨릴 가능성이 점점 커지고 있다. 그렇다고 아이들이 낯선 세계를 두려워하고 낯선 존재와의 만남을 피하기만 해서는 사회생활을 제대로 해나가기 힘들다.

부모 처지에서는 아이들을 바깥세상으로 내보내자니 늑대들이 두렵기만 하고, 품 안에 잡아두자니 영원히 유아 상태에 머물러 있을 것 같아 안타깝기만 하다. 이 딜레마를 벗어날 수 있는 길을 찾기가 쉽지 않다. 위험이 가득한 세상을 살고 있는 우리 아이들에게 옛이야기를 통해 실질적인 도움을 주고 싶다면, 부모들은 「빨간 모자」가 아니라 나이 어린 주인공들이 절체절명의 위기에서 용기와 희망을 잃지 않고 침착하게 행동해서 스스로 자신을 구하는 이야기들을 들려줄 필요가 있다. 그런데 그러한 생존의 법칙을 제대로 가르쳐주는 옛이야기들은 대부분 험난한 세상을 살아온 민중이 꾸밈없이 입말로 들려준 민담 본이다. 안타깝게도 지식인들이 문학성, 교육성, 상업성 따위를 염두에 두고 손질한 이야기들에서는 민중이 남긴 삶의 지혜가 오롯이 살아 있지 않다. 이른바 '세계 명작동화'로 알려진 것 가운데 위기에 용감하게 대처하는 아이들 모습을 담은 작품을 찾는다면 그림 형제의 「헨젤과 그레텔」과 제

이솝스의 「아기 돼지 삼 형제」 정도를 꼽을 수 있을 뿐이다.

6장. 「아기 돼지 삼 형제」와 패러디동화의 힘겨루기를 보는 즐거움

1. 「아기 돼지 삼 형제」의 원작자는 누구일까?

대학에서 아동문학 강의를 하면서 학생들에게 유년기 독서 체험에 대해 물은 적이 있다. 학생들이 자기 삶에 좋은 영향을 끼쳤다고 언급한 서양 옛이야기는 주로 「아기 돼지 삼 형제」와 「헨젤과 그레텔」이었다. 학생들은 「아기 돼지 삼 형제」를 통해 근면의 중요성을 배웠고, 「헨젤과 그레텔」에서 오누이의 사랑과 위기를 헤쳐나가는 용기와 지혜를 배웠다고 말했다. 내 생각에도 이른바 '세계 명작동화'로 일컬어지는 요정담 가운데 이 두 편이 어린이의 읽을거리로 가장 추천할 만한 이야기인 것 같다. 특히 「아기 돼지 삼 형제」는 옛 영국 민중의 뛰어난 유머 감각도 엿볼 수 있고 삶의 지혜도 담겨 있는 좋은 이야기다. 더군다나 최근에는 존 셰스카, 데이비드 위즈너, 유진 트리비자스 등이 쓴 패러디 동화가 널리 읽히고 있어 원작(?)에 대해 좀 더 체계적인 관심을 기울일 필요가 있다.

우리나라에서 그림책으로 만들어진『아기 돼지 삼 형제』를 살펴보면 원작자가 거의 조지프 제이콥스로 되어 있다. 「아기 돼지 삼 형제」는 오랫동안 유럽에서 입에서 입으로 전승되어온 민담에 바탕을 둔 이야기여서 어느 개인을 원작자로 내세우기 어렵다. 하지만 구전민담을 맨 처음 글로 기록한 사람을 원작자로 간주한다면, 원작자는 제이콥스가 아니라 핼리웰–필립스(J. O. Halliwell-Phillipps, 아래 핼리웰)다. 제이콥스의 『영국 옛이야기 *English Fairy Tales*』(1890)에 수록된「아기 돼지 세 마리 이야기」는 핼리웰이 영국 구전민담을 1843년에 글로 기록한 것이다. 다시 말해 제이콥스는 원작자가 아니라 편찬자일 따름이다.『영국 옛이야기』에 실린 이야기들 가운데 제이콥스가 직접 쓴 것이 아니라 다른 학자들 책에서 빌려온 것이 적지 않다. 제이콥스는 그 빌려온 이야기들의 출처를 각주에 상세히 기록했다. 「아기 돼지 삼 형제 이야기」에 덧붙은 각주를 보면 제이콥스는 이야기의 출처를 핼리웰의『유아를 위한 시와 옛이야기 *Nursery Rhymes and Tales*』로 밝혔다.[1]

그림1 폴 갈돈이 쓰고 그린『아기 돼지 삼 형제』한국어판(시공주니어) 표지. 이 책은 핼리웰 본을 원전으로 삼았다.

영국 구전민담에 바탕을 둔 핼리웰 본은 근 백육십 년이 넘도록 세계 곳곳에서 많은 어린이의 사랑을 받았다. 우리나라에 소개된 피에르 코뉘엘의『아기돼지 삼 형제』(제이콥스 원작, 김소희 옮김, 웅진닷컴 2003)와 폴 갈돈의『아기 돼지 삼 형제』(1970; 1998; 이상희 옮김, 시공주니어 2007)는 모두 제이콥스의 책에 수록된 핼리웰 본을 원전으로 삼은 것이다. 또 조선경이 그림을 그리고 보물섬이 구성한『아기 돼지 삼 형제』(제이콥스 원작, 웅진주니어 1996)도 원작자로 제이콥스를 내세우고 있지만 실은 핼리웰 본을 손질한 것이다.

하지만 우리나라에서 명작동화로 출간된『아기 돼지 삼 형제』가운데 상당수는 핼리웰 본이 아니라 디즈니 본에 바탕을 두었다. 핼리웰 본과 디즈니 본은 줄거리 자체가 매우 다르다. 핼리웰 본에서는 첫째 돼지와 둘째 돼지와 늑대가 모두 죽지만, 디즈니 본에서는 이 세 동물이 모두 목숨을 건진다. 낱권으로 많이 팔리는 김현좌(제이콥스 원작, 채진주 그림, 베틀북 2005), 백미숙(영국 민화 원작, 포드콜친 에브게니 그림, 삼성출판사 2003), 엄혜숙(변정연 그림, 아이즐 2004), 옹달샘(제이콥스 원작, 이종균 그림, 대교출판 2000) 등이 글을 쓴 그림책『아기 돼지 삼 형제』들을 살펴보면 첫째 돼지와 둘째 돼지는 막내 돼지가 만든 벽돌집으로 달아나서 살고 늑대도 펄펄 끓는 냄비에 빠지지만 죽지 않고 도망친다. 디즈니 본의 줄거리를 그대로 따른 것이다. 그런데 김현좌 본과 옹달샘 본은 원작자를 디즈니가 아니라 제이콥스인 것으로 잘못 밝혀놓았다.

이야기의 줄거리가 달라지면 그 안에 담긴 세계관이나 교육관도 달라지는 법이어서 핼리웰 본과 디즈니 본을 동일시하는 것은 바람직하지 않다. 어린이책 작가가 원전을 제대로 읽지 않고 다시 쓰거나 고쳐 쓴 그림책은 좋은 작품이 될 수 없고, 원전의 내용을 알지 못하면 독자는 패러디동화의 묘미를 제대로 음미하기 어렵다. 따라서 이 글에서는 우선 「아기 돼지 삼 형제」의 최초 판본인 핼리웰 본을 살펴본 다음 그것이 디즈니 본과 패러디동화와 어떻게 다른지 비교해보고자 한다.

2. 생존의 법칙이 담긴 핼리웰 본

핼리웰의 「아기 돼지 세 마리 이야기」는 전반부와 후반부로 나누어볼 수 있다. 전반부는 엄마 돼지가 아기 돼지 세 마리에게 행운을 찾으라고 말하며 바깥세상으로 내보내는 것으로 시작한다. 첫째 돼지는 짚단을 지고 가는 사람을 만나 짚을 얻어 집을 짓지만 늑대에게 잡아먹힌다. 둘째 돼지는 가시금작화 나뭇단을 지고 가는 사람을 만나 그것으로 집을 짓지만 늑대에게 잡아먹힌다. 셋째 돼지는 벽돌을 운반하는 사람을 만나 벽돌을 얻어 집을 지어 늑대의 침입을 막는다. 여기까지가 이야기의 전반부라고 할 수 있다. 우리나라에서 만들어진 많은 그림책이 주로 이 전반부에 큰 비중을 두었다.

하지만 핼리웰이 공들여 이야기한 부분은 후반부다. 아기 돼지의 벽돌집으로 들어갈 수 없는 늑대는 셋째 돼지를 바깥으로 나오도록 유혹한다. 처음에는 아침 6시에 순무를 뽑으러 가자고 하지만 아기 돼지는 5시에 일어나 순무를 미리 뽑는다. 두 번째로 늑대는 새벽 5시에 사과를 따러 가자고 하지만 셋째 돼지는 새벽 4시에 일어나 사과나무로 간다. 하지만 미처 집으로 돌아가기 전에 늑대와 마주친 아기 돼지는 그 위기를 사과를 던져 겨우 벗어난다. 마지막으로 늑대는 오후 3시에 시장에 가자고 한다. 아기 돼지는 그 시각보다 일찍 시장에 가서 버터 통을 사가지고 오다가 멀리서 늑대가 오는 것을 목격한다. 돼지는 버터 통에 들어간 다음 고개를 데굴데굴 굴러서 늑대를 놀라게 해 위기를 모면한다. 결국 바깥에서도 아기 돼지를 잡아먹을 수 없던 늑대는 굴뚝을 통해 집에 침입하려다 끓는 물이 가득 든 냄비에 떨어져 죽는다.

핼리웰 본에서 아기 돼지의 근면성, 용기, 기지를 잘 엿볼 수 있는 부분은 이 후반부다. 아기 돼지는 바깥에 늑대가 있다는 사실을 알지만 집 안에만 머물지 않고 조심조심 바깥세상으로 나아간다. 위험을 무릅쓰고 자신의 식량과 필수품을 구하러 점점 더 먼 곳으로 진출한 것이다. 아기 돼지는 자신에게 위험이 닥칠 때마다 당황하지 않고 슬기를 모아 위기를 극복하고 자신이 원하는 것을 얻는다. 아기 돼지는 자신보다 크고 힘센 늑대를 만나지만 빨간 모자와는 달리 침착하게 행동해서 자기 목숨을 스스로 구한다. 핼리웰 본은 이렇듯 매력과 가치가 큰 이야기지만, 첫째 돼지와 둘째 돼지가 늑대의 밥이 되고 늑대는 또다시 셋째 돼지의 밥이 된다는 설정 때문에 후대 작가들에게 패러디 또는 전복의 대상이 되었다. 민속학자 앤드류 랭은 아기 돼지들이 여우 굴에 끌려가지

그림 2 레슬리 브룩(Leslie Brooke)의 「아기 돼지 삼 형제」 삽화(1905).[2] 돼지가 버터 통에 들어가 굴러서 늑대를 피하고 있다.

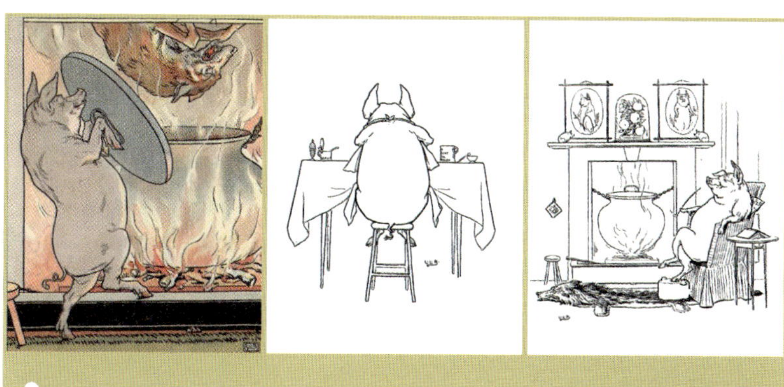

그림3 레슬리 브룩의 「아기 돼지 삼 형제」 삽화들(1905).[3] 솥에 빠진 늑대가 셋째 돼지의 밥이 되었다.

만 막내 돼지 때문에 모두 목숨을 건지는 것으로 고쳐 썼다. 또 디즈니와 데이비드 위즈너도 첫째 돼지와 둘째 돼지가 셋째 돼지의 벽돌집으로 피신해서 사는 것으로 이야기를 마무리 지었다. 이러한 개작은 민담의 보편적인 설정이라 보기 어렵다. 영국, 이탈리아, 프랑스 등에서 채록된 구전민담들을 읽어보면 핼리웰 본처럼 형제 또는 자매 들이 죽는 것으로 끝나는 이야기가 훨씬 더 많다.[4]

유럽에서 전승돼온 민담 본이 공통으로 보이는 가장 큰 특징은 어린 동물들의 생명을 위협한 사악한 늑대가 마지막에 반드시 죽는다는 것이다. 형제 또는 자매가 살아남는 이야기는 더러 눈에 띄어도 늑대가 살아남는 이야기는 좀처럼 찾기 어렵다. 앤드류 랭의 이야기에서도 아기 돼지들은 모두 살아남지만 돼지 집에 침입한 여우는 끓는 물이 담긴 주전자에 빠져 비참하게 죽는다.

그렇다면 민담 본에서 왜 늑대는 죽는 것일까? 그 이유를 잘라 말하기는 어렵지만, 내 생각에는 일종의 '생존의 법칙' 때문이 아닐까 싶다.

민담 본에서 늑대는 첫째 돼지와 둘째 돼지를 단숨에 먹어치운 무서운 육식동물이다. 그러한 존재가 살아 있는 한 아기 돼지는 끊임없이 목숨을 위협받을 수밖에 없고, 자기 목숨을 지키기 위해서는 적이 완전히 없어질 때까지 긴장을 늦추지 말아야 한다. 다시 말해 「아기 돼지 세 마리 이야기」를 통해 옛 민중은 어린이에게 험난한 세상을 헤쳐나가기 위해서는 냉철한 판단력과 배짱과 슬기가 필요하다는 것을 가르치려 한 것 같다. 또 늑대의 참혹한 죽음을 통해 힘없는 어린이의 목숨을 위협하는 사악한 존재는 철저하게 응징해야 한다는 것을 말하려 한 듯싶다.

3. 슬랩스틱 코미디가 되어버린 디즈니 본

1933년에 디즈니가 세상에 내놓은 단편 애니메이션 「아기 돼지 삼 형제」는 당시 아카데미상을 받을 정도로 평가가 좋았다. 디즈니는 짚단으로 집을 지은 첫째 돼지를 '피리 부는 돼지'로, 나뭇단으로 집을 지은 둘째 돼지를 '바이올린 켜는 돼지'로, 벽돌로 집을 지은 셋째 돼지를 '일 잘하는 돼지'로 이름 짓는다. 그런 다음 일과 놀이를 분명히 구분 지으면서 벽돌로 열심히 집을 짓는 셋째 돼지의 근면성과 지혜를 강조한다. "누가 크고 못된 늑대를 무서워해?" 하고 노래를 부르면서 놀기만 하다가 늑대가 나타나면 꼼짝도 못하고 벌벌 떠는 허풍쟁이 두 형제와는 대조적으로, 셋째 돼지는 낮에는 묵묵히 자기 일을 하지만 한가할 때는 피아노를 치면서 여가를 즐길 줄 아는 지혜를 지녔다.

디즈니 애니메이션에는 놀이 정신과 유머 감각이 넘친다. 늑대가 사악하고 힘이 세지만 어수룩하고 우스꽝스럽게 표현돼 있어서 공포감을 불러일으키지 않는다. 디즈니 애니메이션에서 늑대는 영국 민담 속 늑대와 달리 온갖 꾀를 쓰지만 번번이 돼지를 한 마리도 잡지 못한다. 그 뿐 아니라 늑대는 대담하고 용의주도한 셋째 돼지의 꾀에 넘어가 땅바닥에 내동댕이쳐지고 여러 차례 커다란 브러시로 머리를 얻어맞으며 테레빈유를 넣은 솥단지에 빠져 엄청난 신체적 고통을 겪는다. 그리고 돼지 삼 형제는 "누가 크고 못된 늑대를 무서워해?" 하고 흥겹게 합창한다.

디즈니는 「아기 돼지 삼 형제」가 놀라운 성공을 거두자 후속작을 십 년 사이에 세 편이나 만들었다. 늑대에게 잡아먹힐 위험에 처한 빨간 모자를 셋째 돼지가 구해주는 「크고 못된 늑대」(1934), 아기 늑대들이 등장하는 「늑대 세 마리」(1936), 셋째 돼지가 거짓말탐지기를 개발해서 늑대를 고문하는 「일 잘하는 돼지」(1939)를 잇달아 발표한 것이다. 이 단편 애니메이션들은 거의 모두 늑대와 아기 돼지의 치고받기 싸움을 다룬 슬랩스틱 코미디다. 말썽꾸러기 첫째 돼지와 둘째 돼지는 동생의 경고를 귀담아듣지 않고 늑대가 있는 바깥에 나가서 놀다가 늘 위험에 빠진다. 그럴 때마다 셋째 돼지가 형들을 구하러 쏜살같이 달려와 늑대를 혼내준다. 셋째 돼지는 집만 튼튼하게 잘 짓는 것이 아니라 각종 새로운 기계를 발명하고 피아노도 잘 치는 완벽한(?) 남성이다. 셋째 돼지가 기계를 발명해서 늑대를 잔혹하게 고문하는 장면을 보면 관객은 오히려 늑대에게 연민을 느끼게 된다. 늑대는 가발을 써서 양이나 인어로 분장하고 아기 돼지를 잡아먹으려 하지만 어수룩하기 짝이 없어서 번번이 셋째 돼지에게 들켜 고통을 겪는다.

디즈니가 그림책으로 만든 『아기 돼지 삼 형제』[5]는 애니메이션이 지닌 슬랩스틱 코미디의 맛을 제대로 살리지 못했다. 그림책에서 늑대를 골려주는 셋째 돼지의 장난기와 대담성은 제대로 표현되지 않고 주로 근면성과 슬기가 부각됐다. 게으르고 놀기 좋아하면서 경박하기까지 한 첫째 돼지와 둘째 돼지의 모습과 근면하고 영리하고 용감한 셋째 돼지의 모습이 극단적인 대립을 이룬다. 또 민담에서 강조해 보여주는 후반부가 이 책에서는 삭제되었기 때문에 아기 돼지들은 벽돌집 속에 머물러 있고 음흉한 늑대는 여전히 바깥세상에 살아 있는 채로 이야기가 어정쩡하게 끝난다. 이렇게 디즈니 그림책이 불완전한 결말을 지닌 것은 속편을 염두에 두고 제작된 디즈니 애니메이션에서 줄거리를 따왔기 때문이다.

우리나라의 많은 어린이책 작가들이 「아기 돼지 삼 형제」를 그림책으로 만들면서 디즈니 그림책의 줄거리를 그대로 따왔다. 그 이유가, 늑대를 살리는 것이 어린이 정서에 좋을 거라고 생각했기 때문인지 아니면 작가들이 어릴 때 본 디즈니 애니메이션의 영향 탓인지는 확실하지 않다. 하지만 디즈니 애니메이션에는 민담에 담긴 옛 민중의 지혜가 살아 있지 않다.

4. 놀이 정신이 담긴 패러디동화

지난 십여 년간 여러 출판사에서 「아기 돼지 삼 형제」를 새롭게 고쳐 쓴 그림책들을 번역 소개했다. 『늑대가 들려주는 아기돼지 삼형제 이야기』(1989; 존 세스카 글, 레인 스미스 그림, 황의방 옮김, 보림 1996)와 『아기 늑대 세 마리와 못된 돼지』(1993; 헬린 옥슨버리 그림, 유진 트리비자스 글, 조은수 옮김, 웅진주니어 2001; 김경미 옮김, 시공주니어 2006), 『아기 돼지 세 마리』(2001; 데이비드 위즈너 글·그림, 이옥용 옮김, 마루벌 2002), 『아기돼지 세 자매』(1994; 프레데릭 스테르 글·그림, 최윤정 옮김, 파랑새어린이 1999)와 같이 기존 옛이야기를 패러디하거나 뒤집기한 그림책들이 널리 읽히고 있다. 이른바 '세계 명작동화'로 알려진 작품들에 과연 문제는 없는지 검토하고 익숙한 이야기들을 새로운 시각에서 재해석하거나 거꾸로 읽어보는 것은 독자 내면에 자리 잡기 쉬운 선입견을 짚어볼 수 있는 유익한 경험이다.

『늑대가 들려주는 아기돼지 삼형제 이야기』는 기존 이야기를 거꾸로 읽은 작가의 재치와 유머 감각도 무척 뛰어나지만 진실의 상대성을 보여준다는 점에서 교육적으로도 긍정적인 평가를 할 수 있다. 존 셰스카는 서양 요정담에서 주로 나쁜 역만을 맡았던 늑대 처지에서 사건을 재구성함으로써 우리가 알고 있는 세상사는 표면 진실과 심층 진실이 전혀 다를 수 있음을 유머러스하게 기술한다. 곧, 주어진 사건을 누구의 시각에서 바라보느냐에 따라 그 진실이 전혀 다를 수 있기 때문에 남에

그림 4 존 셰스카의 『늑대가 들려주는 아기돼지 삼형제 이야기』표지.

그림 5 유진 트리비자스의 『아기 늑대 세 마리와 못된 돼지』표지.

게서 전해들은 말을 있는 그대로 믿기보다는 다양한 시각에서 살펴보아야 한다는 메시지를 아이들에게 익살스러운 방식으로 보여준다.

『아기 늑대 세 마리와 못된 돼지』는 「아기 돼지 삼 형제」의 상황 자체를 완전히 뒤집어 보여준다. 늑대 세 마리가 자라자 엄마 늑대는 아이들을 세상 밖으로 내보내고, 이 늑대 세 마리는 캥거루한테서 얻은 벽돌로 집을 짓고 크로켓 놀이를 한다. 크고 못된 돼지는 입김을 불어도 집이 무너지지 않자 쇠망치를 가져와 무너뜨린다. 그다음에 늑대들은 비버에게 콘크리트를 얻어 집을 짓고 배드민턴을 치고 놀지만 돼지가 굴착기를 가져와 집을 부순다. 세 번째로 늑대들은 코뿔소에게 철사, 철근, 강철판, 자물쇠 등을 얻어와 집을 짓고 놀지만 돼지는 다이너마이트를 설치해 집을 부순다. 마지막으로 아기 늑대들이 홍학에게 꽃을 얻어 집을 짓자, 돼지는 꽃향기에 취해 마음이 부드러워져서 노래하고 춤추면서 논다. 늑대들은 돼지가 달라진 것을 보고 함께 놀다가 집으로 초대를 한다. 이 책에서 작가는 아무리 튼튼하고 강력하게 집을 지어도 그것이

그림 6 데이비드 위즈너의 『아기 돼지 세 마리』 표지.

안전한 피신처는 될 수 없으며 열린 마음으로 타인과 어우러져 사는 자세가 필요하다는 것을 보여주려 한 듯하다.

위 두 그림책이 늑대 편에 서서 이야기를 기술하게 된 것은 디즈니 애니메이션의 영향 때문이 아닐까 싶다. 앞서 말한 대로 디즈니에서 제작한 「아기 돼지 삼 형제」와 속편 세 편에서 늑대는 어수룩하기 짝이 없어서 영악하고 공격적인 셋째 돼지가 파놓은 함정에 번번이 빠져 큰 곤욕을 치른다. 디즈니 애니메이션에서 셋째 돼지를 짓궂은 악동으로 그리고 늑대를 자기 꾀에 자기가 넘어가는 '헛똑똑이'로 그린 것이 세스카와 트리비자스에게 영향을 끼쳤을 것 같다.

데이비드 위즈너의 『아기 돼지 세 마리』는 늑대의 시각이나 처지에서 써진 이야기는 아니다. 위즈너는 포스트모던 기법을 활용해 『아기 돼지 삼 형제』는 단지 책일 따름이라는 사실을 깨닫게 해주고, 책 안의 세상과 책 밖의 세상을 동시에 보여줌으로써 어린이들이 새로운 미학적 체험을 할 수 있게 한다. 책 안에서 첫째 돼지와 둘째 돼지는 늑대에게 삼

그림 7 데이비드 위즈너의 『아기 돼지 세 마리』의 한 장면. 돼지들이 책 밖으로 나오고 있다.

켜지지만 사실은 늑대의 요란한 입김 때문에 책 밖으로 쫓겨나 목숨을 건진다. 책 밖으로 나온 아기 돼지 세 마리는 종이비행기를 타고 여러 곳을 여행하다가 용을 만나 함께 벽돌집으로 돌아와 늑대를 물리치고 잘 산다. 개연성과 이치를 따지자면 황당하기 짝이 없는 이야기지만 작가의 기발한 상상력과 유머 감각이 돋보이는 책이다. 위즈너는 책이라는 매체가 지닌 속성 자체를 즐거운 놀이의 대상으로 삼았다.

프레데릭 스테르의 『아기돼지 세 자매』는 여성주의 시각에서 「아기돼지 삼 형제」를 고쳐 쓴 것이다. 이 작품에서 첫째 돼지와 둘째 돼지는 돈 많고 잘생긴 남자와 결혼하려다 돼지 탈을 쓴 늑대에게 속아 죽는다. 하지만 셋째 돼지는 거꾸로 늑대 탈을 쓰고 용감하게 늑대에게 먼저 다가가 늑대를 처치한다. 스떼르는 백설공주나 빨간 모자와는 다른 유형의 여성, 세상을 적극적으로 살아가는 진취적인 여성을 그리고자 한 것 같다. 하지만 그 시도가 그다지 성공적이지는 않다. 결말을 보면 셋째 돼지는 자신이 늑대를 죽였다는 소문을 듣고 찾아온 수많은 신랑감을

그림 8 프레데릭 스테르의 『아기돼지 세 자매』의 한 장면. 늑대와 돼지가 각자 쓴 탈 때문에 관계가 역전돼 있다.

하나씩 면담한다. 이렇게 이해타산을 따져 결혼하려는 영악한 셋째 돼지를 독립적이고 진취적인 신여성이라고 보기는 어렵다.

5. 옛사람들이 어린이에게 들려주는 조언

「아기 돼지 삼 형제」는 핼리웰 본, 디즈니 애니메이션, 셰스카와 위즈너의 패러디동화 등이 모두 익살과 재치가 넘쳐서 아이들에게 풍성한 읽을거리 또는 볼거리로 제공된다. 아이들은 「아기 돼지 삼 형제」를 다양한 방식으로 변용한 작품들을 보면서 이야기 뒤집기의 즐거움과 그림책 기법의 재미를 맛보고 세상을 다양한 시각에서 바라보는 법을 배울 수 있다. 이렇듯 세 종류의 이야기 모두 나름대로 매력과 가치가 있는데, 그 가운데 하나를 골라 아이들에게 권한다면 나는 망설임 없이 가장 오래전에 쓰인 핼리웰 본을 권하고 싶다.[6]

내가 핼리웰 본을 높이 평가하는 이유는 오늘날 이 땅의 아이들이 살고 있는 현실이 너무도 살벌하기 때문이다. 지금은 21세기지만 아이들은 핼리웰 본 속의 셋째 돼지만큼이나 위험한 세상에 살고 있다. 아이들은 디즈니 애니메이션 속의 첫째 돼지나 둘째 돼지처럼 게으름뱅이거나 먹보여서 위험에 처하는 것도 아니고, 빨간 모자처럼 부모의 말을 듣지 않고 낯선 곳을 헤매다 불행한 일을 당하는 것도 아니다. 그렇기에 아이들이 삶에서 느끼는 불안과 공포는 그 어느 때보다도 강렬한 것 같다. 아이들에게 웃음과 즐거움을 선사하려는 어린이책 작가는 많지만 아이들 마음속에 깊이 자리 잡은 부정적인 감정에 귀를 기울이고 그것을 극복할 수 있도록 실질적인 조언을 들려주는 작가는 그다지 많지 않다.

세스카, 트리비자스, 위즈너 등이 쓴 패러디동화가 인간의 탈을 쓴 늑대가 우글거리는 세상에 살면서 불안감을 느끼는 아이들에게 어떤 조언을 들려줄 수 있을까? 패러디동화는 익살과 재치가 넘쳐 읽기 즐겁고 원전과 함께 읽으면 상상력과 창의력을 북돋지만, 오늘날 아이들이 사회현실에서 느끼는 불안이나 공포에 대한 진지한 배려는 담겨 있지 않다. 반면에 척박한 삶을 살다 간 옛 민중은 아이들에게 이 세상에는 많은 위험이 도사리고 있고 살다 보면 때로는 홀로 그 위험과 맞닥뜨릴 때도 있지만, 용기와 슬기를 모아 침착하게 잘 대처하면 그 위기를 무사히 극복할 수 있다는 조언을 들려준다.

7장. 페미니즘 시대에 다시 읽는 「헨젤과 그레텔」

1. 서양 옛이야기 속 성차별주의와 「헨젤과 그레텔」

『어린이 문학의 즐거움 1·2』(1992, 1996; 김서정 옮김, 시공주니어 2001)을 쓴 페리 노들먼은 이십여 년간 대학에서 아동문학을 강의하면서 학생들이 잘 알고 있는 옛이야기에 대해 조사한 적이 있다. 그는 학생들에게 책을 보지 않고도 어린이에게 들려줄 수 있는 옛이야기가 몇 편이나 되는지 물었는데, 학생들이 주로 꼽은 이야기는 다음 여덟 편이라고 한다. 「빨간 모자」「아기 돼지 삼 형제」「금발 소녀와 곰 세 마리」「헨젤과 그레텔」「잭과 콩나무」「백설공주」「잠자는 숲속의 미녀」「신데렐라」(『어린이 문학의 즐거움 2』, 473~74면 참조). 이 옛이야기 여덟 편은 미국 교사와 학부모 들이 어린이 문화해독력을 향상시키는 필독서로 간주하고 있는 허쉬의 '핵심 지식 시리즈'에 모두 포함되어 있으며,[1] 우리나라에서도 그림책으로 꾸준히 만들어져 취학 전 아이들에게 널리 읽히고 있다.

최근 그림 형제의 옛이야기를 유럽 7개국 언어로 소개하는 인터넷 사이트(www.grimmstories.com)가 생겨서 언어권별로 조회수가 높은 이야기들을 살펴보았다. 언어권별로 '톱 5' 안에 드는 그림 형제의 옛이야기는 「빨간 모자」 「헨젤과 그레텔」 「신데렐라」 「라푼 」 「찔레꽃」(「잠자는 숲속의 미녀」) 따위인데, 이는 노들먼의 조사와 크게 다르지 않다.[2] 특히 「빨간 모자」와 「헨젤과 그레텔」은 7개국 언어권에서 골고루 '톱 5' 안에 들 정도로 유럽인에게 폭넓은 사랑을 받고 있다.

미국과 유럽에서 인기 있는 옛이야기들 가운데 상당수는 성차별주의와 가부장제 가치관이 담긴 것들이어서 여성주의 시각에서 볼 때 문제가 적지 않다. 남성들은 낯선 세계로 모험을 떠나면 행운과 성공을 거두고 큰 노력을 기울이지 않고도 아름다운 여인을 얻지만, 여성들은 어리석고 나약하기 짝이 없어서 남성들의 도움을 필요로 한다. 빨간 모자는 숲속에서 낯선 존재와 대화 한 번 나누어도 죽을 운명에 처하고, 찔레꽃 공주는 낯선 방에 들어가 물레를 구경하다 북바늘에 손이 찔려 백 년간 잠을 자며, 백설공주는 낯선 방물장수에게 친절을 베풀다 혼수상태에 빠진다. 남성에게는 성공과 사랑의 열쇠인 호기심과 모험심이 여성에게는 곧 죽음에 이르는 병인 것이다. 또 나이 든 여성은 탐욕과 악의 상징인 계모나 마녀의 모습을 하고 나타났다가 비참하게 죽는다. 반면에 나이 든 남성은 예지력을 갖춘 노인, 착한 사냥꾼, 지혜로운 난쟁이로 등장해서 계모나 마녀에게 위협받는 소녀들을 돕는다.

우리에게 잘 알려진 서양 옛이야기 가운데 여성주의 시각에서 가장 높이 평가할 수 있는 작품은 그림 형제의 「헨젤과 그레텔」이다. 「헨젤과 그레텔」에도 여느 이야기처럼 나이 든 여성이 사악한 계모와 마녀로 등장하기는 하지만, 어린이 독자가 자신과 동일시할 수 있는 주인공인 그

그림 1 존 배튼(John Batten)의 「헨젤과 그레텔」 삽화(1916).[3]

레텔이 다른 옛이야기 속 소녀들과 무척 다르다. 우선 그레텔은 백설공주나 찔레꽃공주처럼 왕족도 아니고 빨간 모자나 신데렐라처럼 부유한 시민의 딸도 아니다. 기근이 닥쳤을 때 자식을 버릴 정도로 가난한 나무꾼의 딸이다. 또 그레텔은 다른 여성들이 식물인간처럼 관 속에 잠들어 있거나 늑대 배 속에 갇혀 있다가 '백마 탄 왕자'나 사냥꾼에게 구원받는 것과 달리 자신의 용기와 지혜에 의지해서 사악한 마녀를 퇴치하고 오빠와 자신을 스스로 구원한다. 이야기 들머리에서는 나약하고 수동적이었던 그레텔이 숲속 체험을 통해 적극적이고 주체적인 사람으로 변모한다.

그렇다면 그레텔과 같이 강인하고 독립적인 여성이 그림 형제의 옛이야기에 등장하게 된 것은 그러한 구전민담이 독일에서 전래되어왔기 때문일까? 「헨젤과 그레텔」은 오늘날에도 독일인이 '넘버원' 옛이야기로 꼽을 정도로 무척 아끼는 이야기지만 독일에서 오랫동안 전승되어온 옛이야기는 아니다.[4] 다시 말해 이 이야기는 그림 형제가 독일 구전민

그림 2 아서 랙컴의 「헨젤과 그레텔」 삽화(1909).[5]

담을 다시쓰기한 것이 아니라 다양한 설화와 요정담에서 화소를 끌어와 조각보처럼 재구성한 것이다. 그림 형제 이전에 써진 프랑스와 이탈리아의 요정담에서 「헨젤과 그레텔」과 부분적으로 비슷한 각편을 찾을 수는 있어도 이야기 짜임새가 전체적으로 비슷한 각편을 찾기는 어렵다. 더군다나 1810년에 쓰인 그림 형제의 책 초고와 1857년에 출간된 최종본을 비교해보면 「헨젤과 그레텔」은 분량도 배 이상 늘어났고 대단원도 크게 바뀌었다.

「헨젤과 그레텔」은 빌헬름 그림이 혼자서 구상한 이야기는 아니다. 2008년에 발표된 「헨젤과 그레텔」의 기원에 관한 논문을 보면 빌헬름 그림이 이십대 초반의 젊은 여성들과 협동해서 초기 본들을 썼을 가능성이 높다.[6] 따라서 「헨젤과 그레텔」을 해석할 때는 초기 본과 나머지 본들을 차별화할 필요가 있다. 1810년과 1812년에 쓰인 초고와 초판본에는 빌헬름 그림과 젊은 여성의 목소리가 중첩되어 있다고 보아야 하고, 나머지 판본들은 첨삭된 내용을 잘 살펴서 빌헬름 그림의 생각이나 의도를 읽어야 한다.

「헨젤과 그레텔」의 형성과 개작이 보여주는 이러한 복잡 미묘한 양상 때문에 이 이야기를 여성주의 시각에서 평가하거나 해석하는 일이 쉽지 않다. 이 글에서는 「헨젤과 그레텔」의 형성에 많은 영향을 끼친 젊은 여성 화자들에 대해 알아보고, 초기 본과 후기 본의 차이, 다양한 학자들의 평가, 그리고 한국적 수용이 안고 있는 문제점을 간략하게 짚어보고자 한다.

2. 문학사의 그늘에 숨겨진 젊은 여성 화자들

그림 형제의 옛이야기는 오랫동안 농민들로부터 채집한 이야기, 독일 민중의 정서와 민족혼이 담긴 이야기로 알려져왔다. 하지만 1980년대 이후 하인츠 뢸레케를 비롯한 여러 학자들의 연구 성과로 그 진실이 조금씩 드러나게 되었다.[7] 그림 형제가 『어린이와 가정을 위한 옛이야기』를 처음 쓸 당시 그림 형제에게 이야기를 들려준 화자들은 글을 모르는 농민이 아니라 독일 카젤 시의 중상류 계층에 속하는 젊은 지식인 여성들이었다. 이른바 '세계 명작동화'라 일컬어지는 「백설공주」 「늑대와 일곱 마리 아기 염소」 「오누이」 「찔레꽃」을 그림 형제에게 들려준 여성들은 모두 프랑스어로 교육받고 프랑스 요정담을 읽고 자란 프랑스 위그노계 하젠플루크(Hassenpflug) 가문의 딸들이었다.[8]

그들 가운데서 빌헬름 그림보다 두 살 아래인 마리 하젠플루크는 가장 뛰어난 이야기꾼이었다. 「빨간 모자」와 「찔레꽃」과 같은 그림 형제의 대표작은 마리가 들려준 이야기에 바탕을 둔 것이다.[9] 또한 빌헬름과 1825년에 결혼한, 이웃 약제사의 딸 도르첸 빌트와, 목사의 딸 프리드

리케 만넬도 그림 형제에게 여러 이야기를 들려주었다. 특히 마리 하젠플루크와 도로첸 빌트는 「헨젤과 그레텔」 초기 본 형성에 지대한 영향을 끼쳤다. 「헨젤과 그레텔」의 기원을 연구한 블레쿠르는 그림 형제가 '죽어가는 구비 전통'을 살리기 위해 애쓰기는커녕 여성 화자들이 전해 준 이야기들을 받아 적었을 거라고 말한다.[10] 그는 마리 하젠플루크와 도로첸 빌트가 오랜 전통을 수동적으로 전승했다고 보기는 힘들며, 자신들의 능력을 적극 발휘해서 이미 인쇄된 이야기들을 변형해 들려주었을 거라고 추정한다.

하지만 그림 형제는 젊은 여성 화자들, 특히 프랑스계 지식인 계층의 여성 화자들에 대해서는 침묵으로 일관했다. 자신들에게 채소를 팔러 온 농민 계층의 60대 여성 도로테아 피만에 대해서는 당당하게 이야기하던 그림 형제가 그들에 대해 침묵한 까닭은 무엇일까? 그림 형제가 프랑스계 여성 화자들의 이름을 밝히지 않은 것은 아마도 그들 마음속에 자리 잡은 민족주의와 민중주의 때문이 아닐까 싶다. 그림 형제가 독일 민담을 처음 수집한 것은 프랑스의 제국주의적 위세에 짓눌린 독일인에게 민족적 자긍심을 일깨우고 민중의 혼과 삶이 살아있는 이야기를 들려주고 싶어서였다. 그러나 그들이 젊은 여성들로부터 들은 이야기들은 순수한 독일 민담이 아니었다. 그림 형제가 자랑스럽게 소개한 이야기꾼 피만 또한 나중에 알고 보니 프랑스 위그노계 이민자의 후손으로, 프랑스어를 잘 아는 여성이었다. 피만이 들려준 이야기 역시 순수하게 독일적인 것은 아니었다.

이처럼 『어린이와 가정을 위한 옛이야기』에는 여성과 남성, 프랑스와 독일, 유산계급과 무산계급의 목소리가 중첩되어 있다. 더군다나 빌헬름 그림이 근 오십 년에 걸쳐 개작에 개작을 거듭했기 때문에 그 안에 담긴 여성관, 문화적인 특징, 계급의식을 평가하거나 해석하는 일이 쉽지 않다. 「백설공주」나 「찔레꽃」에 '백마 탄 왕자'가 등장한 것을 그림 형제의 가부장제 이데올로기 탓이라기보다는 젊은 여성들의 내면에 자리 잡은 신분상승 욕구가 표출된 것으로 해석할 수 있다. 또 「백설공주」와 「헨젤과 그레텔」의 초기 본에 어머니가 계모가 아니라 친모로 되어 있는 것도 구전민담에 충실한 설정이라고 단정 짓기 어렵다. 어머니의 억압에서 벗어나 자유롭게 살고 싶은 젊은 여성 화자들의 바람 또는 프랑스 요정담의 영향으로 풀이할 수 있기 때문이다.

3. 초기 본의 친모와 후기 본의 계모

「헨젤과 그레텔」을 사회문화적인 시각에서 살펴본 잭 자이프스는 1810년에 써진 초고와 1857년에 출간된 최종본을 비교한 뒤 그 차이를 네 가지로 정리했다.[11] 문장의 세련화, 기독교 모티프 도입, 사회현실의 재현, 친모 화소 삭제와 계모의 등장이 그것이다. 또 1812년에 써진 초판본과 최종본을 비교한 애슐리만도 두 판본의 중요한 차이로 어머니가 친모에서 계모로 바뀐 것과 어머니의 성품이 더욱 거칠어지고 아버지가 내성적이고 유약해진 것을 지적했다.[12] 또 애슐리만은 개작 과정에서 이야기가 극적인 재미, 문학성, 감상성을 갖출 수 있도록 세련화되었는데, 그 대표적인 예가 오누이가 집으로 귀환하면서 오리의 등에 타는 대목이라고 언급했다. 이 두 학자의 분석 가운데 애슐리만의 것이 조금 더 신뢰할 만하다. 잭 자이프스는 「헨젤과 그레텔」 최종본에 계모 모티프가 등장한 것만 강조했을 뿐 대단원이 크게 바뀐 것에 대해서는 주목하지 않았기 때문이다.

이러한 학자들의 분석을 참조하고 내 나름대로 여러 판본을 비교한 결과,[13] 문장 손질과 기독교 모티프 도입은 이야기 흐름을 바꿀 정도로 크지는 않아서 판본들 간의 중요한 서사적 차이를 대략 다음 세 가지로 압축할 수 있었다. 1819년에 출간된 제2판본부터 오리 모티프가 등장했고, 1840년 이후에 출간된 후기 본에서 비정한 친모가 사악한 계모로 바뀌고 아버지는 죄의식과 부성애를 지닌 유약한 인물로 표현되었다.

그렇다면 여성 화자들이 적극적으로 이야기 구성에 참여했던 초고 및 초판본에 친모가 등장한 까닭은 무엇일까? 아마도 가장 큰 이유는 하젠플루크가의 딸들이 들려준 페로와 도누아 부인의 프랑스 요정담에 어머니가 친모로 설정돼 있기 때문이 아닐까 싶다. 그림 형제는 각주에서 도누아 부인의 「피네트 상드롱」을 상세하게 소개했으며, 페로라는 이름을 명시하지는 않았지만 「꼬마 엄지」라는 제목을 언급했다.[14] 사실상 「헨젤과 그레텔」 초판본의 전반부와 페로의 「꼬마 엄지」는 매우 비슷한 화소로 구성되어 있다. 「꼬마 엄지」에서 어머니는 계모가 아니라 친모로 되어 있고, 기근 때문에 부모가 자식을 버리며, 숲길에 뿌려진 조약돌과 새가 먹어버린 빵 조각 등의 화소가 등장한다. 또 「피네트 상드롱」에서도 세 딸을 숲속에 버리는 어머니는 계모가 아니라 친모이며, 위기에 처한 영리한 막내딸이 오븐에 식인귀를 밀어넣어서 죽인다.

그렇다면 1840년에 써진 제4판본부터 친모를 계모로 바꾸고 계모의 사악함과 아버지의 죄의식을 크게 부각한 것은 무엇 때문일까? 1840년대에 독일에 처음 번역 소개되었던 17세기 이탈리아 작가 바질레가 쓴 『펜타메로네』에 실린 「네닐로와 네넬라」가 영향을 끼친 것으로 볼 수 있다.[15] 페로나 도누아 부인의 프랑스 요정담보다 육십여 년 앞서 출간된 『펜타메로네』에 실린 「네닐로와 네넬라」에서는 친모 대신 계모가 등장하고, 계모의 사악한 품성과 아버지의 유약한 성격이 크게 부각된다. 그림 형제는 나폴리 방언으로 써진 『펜타메로네』이 프랑스 요정담보다 시기적으로도 앞서 출간된 책일 뿐만 아니라 프랑스에 번역된 적이 없다는 사실에 일찌감치 주목하면서 그 책이 지닌 구전문학적 가치를 높이 평가했다. 그림 형제는 「헨젤과 그레텔」 최종본에 붙인 각주에도 「네닐로와 네넬라」를 유사 설화로 소개했다. 그들이 사악한 어머니를 친모에서 계모로 바꾼 것은 어린이의 심성과 구전문학적 가치를 고려해 내린 결정이 아닐까 싶다.

그림 3 앤서니 브라운이 그림을 그린 『헨젤과 그레텔』 한국어판(1981; 비룡소 2005)에서 새엄마가 자는 아이들을 깨우는 장면.

4. 후기 본에 등장하는 오리 모티프

계모 모티프 외에도 초기 본과 후기 본이 보여주는 또 다른 큰 차이는 오누이의 귀환 과정에 '오리' 모티프가 등장한다는 점이다. 마리 하젠플루크와 도르첸 빌트가 적극적으로 이야기 구성에 참여했던 초고 및 초판본에는 오리 모티프가 등장하지 않는다. 1812년에 출간된 초판본에는 그레텔이 마녀를 죽이고 오빠를 구한 뒤 집으로 돌아가는 과정에 대해 "작은 집이 온통 보석과 진주로 가득 차 있어서 그것들을 주머니에 가득 채우고 뛰어서 집으로 돌아왔다"[16]고 간결하게 씌어 있다. 집으로 귀환하는 과정에 오리 모티프가 나타나기 시작한 것은 빌헬름 그림이 편집을 전담했던 제2판본부터고, 오리가 등장하는 대단원이 대폭 늘어난 것은 제5판본부터다.

1819년의 제2판본

오누이는 큰 물가에 이르렀다. 하지만 물을 건널 길이 없었다. 그때 어린 누이가 오리에게 외쳤다. "귀여운 아기 오리야, 우리를 등에 태워줘." 오리는 외침을 듣고 헤엄쳐와서 그레텔을 건네주고 그다음에 헨젤을 건네주었다.[17]

1843년의 제5판본과 1857년의 최종본

오누이는 몇 시간을 걸어서 큰 물가에 이르게 되었다.

헨젤이 "건널 수 없겠어. 길도 다리도 보이지 않아"라고 말하자, 그레텔이 말했다.

"배도 보이지 않네. 저기 하얀 오리가 헤엄치고 있어. 내가 부탁하면 건네줄 거야." 그레텔은 큰 소리로 외쳤다.

"아기 오리야, 아기 오리야, 도와줘.
우린 헨젤과 그레텔이야.
길도 다리도 보이지 않아,
우릴 네 작은 하얀 등에 태워줘."

아기 오리가 오누이에게로 헤엄쳐왔다. 헨젤이 오리 등에 타면서 어린 동생에게 옆에 앉으라고 말했다. 그러자 그레텔이 대답했다.

"그럼 안 돼. 우리 둘이 타면 아기 오리에게 너무 무거워. 우린 따로따로 건너야 돼."[18]

이 두 판본을 비교해보면 그림 형제가 개작 과정에서 오리 모티프에 얼마나 큰 비중을 두었는지를 잘 알 수 있다. 후기 본을 보면 그레텔은 오리와 소통이라도 할 수 있는 것처럼 오리가 자신들을 도와줄 거라고 확신한다. 또 오누이가 오리 등에 타고 물을 따로따로 건너가는 것이 그레텔의 적극적인 의지 때문인 것으로 설정돼 있다.[19]

그렇다면 제2판본에 오리 모티프가 등장한 것은 빌헬름 그림의 독창적인 상상력 때문일까? 「헨젤과 그레텔」의 기원에 관심을 지닌 최근 학자들은 오리 모티프가 대단원에 등장한 것 또한 젊은 여성 화자들의 영향 때문이라고 본다.[20] 초판본에 실린 「사랑하는 롤란트」「업둥이」「식인귀」에서 젊은 소녀는 나이 든 악녀(계모, 요리사, 식인귀의 부인)로부터 달

아날 때 각각 세 번씩 변신하는데, 그 변신 과정에 오리 모티프가 나타
난다. 따라서 학자들은 그림 형제의 「헨젤과 그레텔」에 오리가 등장하

그림 4 앤서니 브라운이 그림을 그린 『헨젤과 그레텔』(한국어판)의 한 장면. 그레텔이 혼자 오리를
타고 물을 건너는 모습을 멋지게 살렸다.

는 것을 '마법의 탈주(magic flight)' 설화의 변형 혹은 흔적으로 간주한다.[21] 특히 블레쿠르는 「헨젤과 그레텔」 제2판본에 오리가 등장한 것은 1813년에 도르첸 빌트가 건네준 설화 자료 때문이라고 주장한다.[22] 빌헬름은 「사랑하는 롤란트」에 붙인 각주에 「헨젤과 그레텔」 유형에 속하는 설화 한 편을 소개하는데,[23] 그 이야기를 제공한 화자가 도르첸 빌트인 것이다.

이러한 학자들의 분석이 일리가 없는 것은 아니다. 하지만 그들은 젊은 여성들이 들려준 '마법의 탈주' 이야기 속 오리와 「헨젤과 그레텔」에 등장하는 오리가 이미지와 기능이 상당히 다르다는 사실에 주목하지 않았다. '마법의 탈주' 이야기에서 오누이 또는 연인 들은 연못과 오리로 변신하기 때문에 둘의 관계는 갈라놓기 힘들 정도로 밀착되어 있다. 이 유형의 「업둥이」라는 이야기에서 소녀는 어릴 적부터 함께 자란 업둥이 소년에게 "네가 나를 버리지 않으면 나도 널 버리지 않을게"라고 네 차례나 반복해 말하면서 소년의 사랑을 끊임없이 확인한다. 또 소년도 "절대 그럴 일 없어"라고 후렴처럼 되풀이해 말한다.[24]

이러한 소녀들과 달리 그레텔은 오리 등에 함께 타자는 오빠 헨젤의 제안을 거부하면서 따로따로 물을 건너자고 말한다. 다시 말해 빌헬름 그림이 노년기에 쓴 판본에서 오누이의 관계는 서로 분리되어야만 살 수 있는 관계로 설정되어 있는 것이다. 그렇다면 57세의 노작가 빌헬름은 왜 그레텔을 홀로 오리에 태운 것일까? 노작가가 보여준 그레텔이 여성들과 함께 쓴 초판본 속 그레텔보다 더 강인하고 독립적인 것은 무슨 까닭일까? 정확히 알 수는 없으나, 빌헬름이 뒤늦게 결혼해서 얻은 어린 딸이 나중에 독립적인 여성이 되기를 원했기 때문일 수도 있고, 노년기에 접어들어 그레텔과 자신을 동일시해서 인간이란 외롭게 홀로 강을 건너는 존재임을 표현하고 싶었던 것일 수도 있다. 어쨌든 그레텔이 오리 등에 홀로 앉아 강을 건너는 모습을 상상할 때, 우리는 빌헬름을 가부장제 이데올로기의 소유자로 몰아세우기는 어렵다.

5. 사회철학적 시각을 지닌 학자들의 부정적인 평가

잭 자이프스, 마리아 타타르 등 사회철학적 시각에서 그림 형제의 옛이야기를 연구한 여러 학자들은 「헨젤과 그레텔」에 대해 부정적인 평가를 내린다. 부모가 공동으로 자식을 숲속에 버리는 죄를 지었는데도 계모만 죽고 공범자인 아버지가 잘 산다는 것은 부당하다는 것이다. 특히 자이프스는 빌헬름 그림이 개작을 거듭하면서 계모의 사악함과 아버지의 죄책감을 부각하려고 애썼는데, 이는 아동 학대를 정당화하는 행위라고 보았다.[25] 또 이링 페처는 「헨젤과 그레텔」은 아이들이 숲속에서 혼자 사는 노파를 죽인 범죄를 미화한 이야기에 불과한, '파시즘적 박해'에 관한 이야기라며 논리적 비약이 심한 황당한 주장을 펼치기도 했다.[26] 이 밖에도 어떤 사람들은 20세기 삽화가들이 오븐에 들어간 마녀를 유대인 형상으로 그린 점에 주목하면서 나치 정권의 유대인 대학살과 「헨젤과 그레텔」을 연결짓기도 한다.[27]

사회철학적 시각을 지닌 학자들 견해의 한계는 이야기를 주로 계모(또는 마녀)라는 여성과 아버지라는 남성의 대립 구도 속에서 파악했다는 데 있다. 그들은 아이들이 여자 어른에 대해 지닐 수 있는 편견, 아동 유기 및 학대 합리화, 부당한 가부장제 가치관에 대한 아이들의 순응 등에 대해 걱정한다. 하지만 「헨젤과 그레텔」이 굶주림, 아동 유기, 유괴 등이 쉽사리 일어나는 사회 현실에서 불안감과 공포를 안고 살아가는 아이들에게 위기 대처 능력 또는 생존의 법칙을 가르쳐준다는 사실을 간과했다. 또 이야기가 전개됨에 따라 나약한 그레텔이 헨젤보다 더욱 적극적인 인간으로 변모한다는 점도 충분히 고려하지 않았다.

또한 사회철학적 시각을 지닌 여러 학자들은 「헨젤과 그레텔」을 구성하는 많은 화소가 그림 형제가 창안한 것이 아니라는 사실을 간과했다. 앞서도 살펴보았듯이 그림 형제는 오븐 모티프를 비롯한 많은 화소를 유럽 여러 지역에서 전승되어온 구전설화, 17세기 말에 출간된 프랑스 요정담, 그리고 19세기 초에 독일에 소개된 이탈리아 요정담에서 끌어왔다. 「헨젤과 그레텔」에 등장하는 많은 화소가 대부분 독일 또는 인접 국가의 전통적인 구전설화와 요정담에서 끌어온 것들이어서 어느 특정 시대의 사회현실을 반영하는 코드로만 해석하는 것은 편협한 시각이다.

그리고 그림 형제의 가부장제 가치관을 비판할 때는 그러한 문제점이 「헨젤과 그레텔」처럼 여성 화자들과의 협업으로 써진 초판본에서 더욱 뚜렷하게 나타나기도 한다는 사실에 주목할 필요가 있다. 빌헬름 그림은 개작에 개작을 거듭하면서 그레텔을 위기에 처해 더욱 강인해지는 존재, 아기 오리와 소통할 수 있는 신이한 존재, 오빠에게 의지하지 않고 혼자서 물의 세계를 건널 수 있는 독립적인 존재, 자기 의사를 좀 더 분명히 표현하는 여성으로 그렸다. 초판본에서 그레텔이 직접화법으로 한 대사는 두 마디였고, 제2판본에서는 네 마디였다. 그런데 제5판본부터는 그레텔의 대사가 그 배로 증가한다.

6. 심리학자들의 긍정적인 평가

「헨젤과 그레텔」을 바라보는 심리학자들의 견해는 대부분 사회철학
적 시각을 지닌 학자들의 견해와 무척 다르다. 그들은「헨젤과 그레텔」
이 아이들 심리에 긍정적인 영향을 끼친다고 보았다. 특히 호이서, 베텔
하임, 캐시단은 이구동성으로「헨젤과 그레텔」을 구순기(口脣期) 욕망에
시달리는 유아들, 또는 배고픔 때문에 과도한 '탐식'의 욕망에 사로잡힌
아이들이 자신들의 욕구를 적절히 제어할 수 있는 지혜를 배울 수 있는
유익한 이야기로 평가했다.[28] 그들은 마녀를 아이들 내면에 존재하는
"구순 욕구의 파괴적인 측면이 의인화된 것"[29]으로 간주하면서, 아이들
이 그러한 마녀를 죽여야 비로소 탐식 또는 구순기 고착에서 벗어날 수
있다고 보았다.

분석심리학자 한스 디에크만은 마녀를 프로이트 심리학자들과는 조
금 다르게 해석한다. 디에크만은 마녀를 세상과의 싸움을 피하고 안락
하고 따스한 둥지에 안주하려는, 인간의 심층심리에 내재해 있는 본능
적인 욕구로 풀이했다.[30] 그는 마녀가 오븐에서 죽는 것이 겉으로 보기
에는 잔혹해 보여도 깊은 심리학적 의미를 지닌 것이라고 말한다. 오븐
이란 심리학적으로 자궁을 상징하는데, 마녀가 오븐에서 죽은 것은 자
연적인 곡식이 먹을 수 있는 빵으로 변하듯이 본능적인 욕구가 성장에
도움이 되는 자양분으로 변했다는 것을 뜻한다고 보았다.

심리학자들의 견해가 조금씩 다르기는 해도 전반적으로 그들은「헨
젤과 그레텔」을 아이들의 성장 또는 통과의례를 보여주는 긍정적인 이
야기로 평가한다. 특히 이야기 대단원에 오리가 등장하는 장면을 매우

중요하게 취급한다. 캐시단은 최종본에서 오리가 등장하는 대목을 직접 인용하면서, "아이들은 자라면서 세상엔 함정이 도사리고 있으며 재앙을 피하려면 정신을 차려야 한다는 것을 알게 된다"[32]고 언급한다. 베텔하임은 헨젤과 그레텔이 오리 등에 따로따로 타고 물을 건넌 것에 주목하면서, "헨젤과 그레텔이 집을 떠날 때는 강을 건너지 않았다. 돌아가는 길에 강을 건너야 한다는 것은 전환을 상징하는 것으로, 침례교같이, 더 높은 존재로 가는 단계의 새로운 시작이다"[33]라고 말한다. 다시 말해 아이들은 학교 갈 나이가 되면 부모 형제로부터 떨어져서 "각자 자신의 개성적인 독특한 의식, 개인성을 발달시켜야"[34] 하고 어느정도는 자기 힘으로 스스로 살아야 되는데, 그레텔이 홀로 오리 등에 타고 물을 건너는 것이 그러한 과정을 상징적으로 나타낸다는 것이다.

디에크만은 물과 공기의 세계에서 동시에 살 수 있는 오리를 서로 다른 두 세계를 연결하는 중계자로 보면서, 오누이는 오리의 도움과 그레텔의 판단력 덕분에 무의식 세계에서 일상현실로 돌아올 수 있었다고 보았다. 곧 오누이가 오리의 도움을 받는 대단원은 내면적인 성숙을 나타낸다는 것이다.[35]

이러한 심리학자들의 평가에 문제가 전혀 없는 것은 아니다. 프로이트 심리학자들이 「헨젤과 그레텔」이 보여주는, 아이들의 비참한 사회현실에는 충분하게 관심을 기울이지 않고 주로 구순 욕구 또는 구순기 고착에만 초점을 맞춘 것은 아쉬운 점이다. 그들의 견해는 헨젤과 그레텔이 숲속에 버려진 근본 원인이 척박한 사회현실과 가난한 부모의 무책임한 행동 때문이 아니라 아이들 내면에 자리 잡은 원초적인 욕망, 곧 탐식 때문인 것으로 호도할 위험이 있다.

7. 「헨젤과 그레텔」을 담은 한국 그림책의 문제점

그림 형제의 많은 옛이야기는 다양한 화자들이 참여해서 형성된 이야기들이어서 그 안에 담긴 가부장제 이데올로기나 페미니즘에 대해 단정적으로 말하기 어렵다. 또 빌헬름 그림이 근 오십 년간 원고를 지속적으로 손질한 작품들이어서 서사적인 짜임새가 매우 탄탄하다. 그림 형제의 옛이야기들은 복잡한 의미망을 형성하기 때문에 우리나라 어린이책 작가들이 그림책으로 고쳐쓰기나 새로쓰기를 할 때는 원작을 철저하게 분석하고 검토할 필요가 있다. 자칫 개작이 원전의 문제를 더욱 심화하고 이야기의 매력과 가치를 떨어뜨릴 수 있기 때문이다.

우리나라에서 출간된 그림책『헨젤과 그레텔』은 이러한 사실을 여실히 보여준다. 그림책으로 꾸며진『헨젤과 그레텔』을 열다섯 종 수집해

그림6 새샘에서 나온『헨젤과 그레텔』(그림 형제 원작, 신예영 글, 전병준 그림, 2001)의 대단원 장면. 헨젤과 그레텔이 오리에 같이 타고 있다.

서 보았는데 많은 책이 문제점을 지니고 있었다.[36] 우선 우리나라 그림책들은 사회철학자들이 문제시하는 오븐 모티프는 뚜렷이 부각하면서, 심리학자들이 높이 평가하는 오리 모티프는 삭제하거나 손질했다. 또 옛이야기 그림책을 한꺼번에 대량으로 출간한 탓인지 전집류 책인 꼬네상스 본(그림 형제 원작, 양지숙 글, 니콜라이 바실리에프 그림, 2005)에서 글작가는 마녀가 솥뚜껑을 열었다고 썼는데 그림작가는 마녀가 벽난로에 들어가는 장면을 보여주는 등의 오류도 발견됐다.

대단원에 오리를 등장시킨 그림책 아홉 권도 대부분 원작의 매력과 가치를 온전하게 살리지 못했다.[37] 웅진닷컴(그림 형제 원작, 한정아 글, 허태준 그림, 2003)과 한국몬테소리(그림 형제 원작, 바라북스 글, 김수연 그림, 2008) 등에서 출간한『헨젤과 그레텔』은 오누이가 오리 등에 나란히 타고 있는 모습을 그림으로 보여주고, 한국스콜라 본(그림 형제 지음, 오태영 엮음, 야나기 슈우지 그림, 2007)은 오리가 혼자 물 위에 있는 그림을 보여주

그림 7 앤서니 브라운이 그림을 그린 『헨젤과 그 레텔』 한국어판 표지.

면서 헨젤이 "이제 됐다. 이 시냇물을 보니까 알겠어. 이제 집으로 갈 수 있어"라고 갑자기 소리치는 것으로 손질했다. 전집류로 출간된 이 세 책은 오리 모티프를 담기는 했지만 그레텔의 홀로서기를 제대로 보여주지 못한 것이다.[38] 내가 살펴본 그림책 가운데 원전의 매력과 가치를 가장 잘 표현한 책은 앤서니 브라운이 그림을 그린 『헨젤과 그레텔』(1981; 그림 형제 글, 장미란 옮김, 비룡소 2005)뿐이다. 앤서니 브라운은, 비록 이야기의 배경을 19세기 독일이 아니라 20세기 영국으로 새롭게 설정하기는 했어도, 그레텔이 홀로 아기 오리를 타고 물을 건너는 모습을 무지개가 뜬 하늘을 배경으로 아름답게 보여주었다.

최근에 옛이야기의 전복이나 해체를 시도하는 책들이 쏟아져나오고 있다. 이러한 시도가 성공하려면 우선 원작의 장단점을 다양한 시각에서 철저하게 분석해야 한다. 그런데 우리나라에서는 아직 옛것을 다시 쓴 그림책조차 원작의 맛과 멋을 제대로 살리지 못하고 있는 실정이다.

원작의 미덕과 문제점을 제대로 알지 못하는 작가가 옛것보다 나은 새
것을 쓸 수는 없다. 앤서니 브라운이 또 다른 작품 『터널』과 같은 완성
도 높은 그림책을 만들 수 있었던 것은 자신이 원전으로 삼은, 「헨젤과
그레텔」과 같은 옛이야기를 철저히 분석해서 그 매력과 한계를 잘 파악
했기 때문이다. 브라운이 『터널』에서 어떠한 방식으로 다양한 옛이야기
로부터 모티프를 끌어와 새롭게 이야기를 구성했는지에 대해서는 다음
장에서 구체적으로 살펴보기로 한다.

8장. 그림책에 숨은 옛이야기가 들려주는 머먼 여행, 앤서니 브라운의 『터널』

1. 그림책 속 그림이 들려주는 옛이야기

많은 서구 작가들이 이야기를 구성할 때 민담, 전설, 신화, 우화, 요정
담에서 모티프 또는 줄거리를 빌려온다. 안데르센과 오스카 와일드의
요정담은 개인의 상상력과 창조력에 전적으로 의존한 순수 창작물이
아니다. 당대 독자들이 친숙하게 알고 있던 옛이야기에 바탕을 둔 작품
들이어서 옛 실과 새 실로 정교하게 짠 양탄자와 같다. 오늘날 어린이
독자를 위한 그림책이나 애니메이션 가운데 상당수는 페로, 그림 형제,
제이콥스, 앤드류 랭 같은 작가들이 편찬한 요정담집에서 얼개를 빌려
온 작품이다. 전통적인 요정담을 패러디한 존 세스카, 데이비드 위즈너,
브라이언 와일드스미스의 그림책들도 페로와 19세기 작가들에게 많은
빚을 지고 있다. 이들 작가가 영감을 얻고 전복의 대상으로 삼은 이야기
가 옛이야기이고, 독자들이 그 바탕이 된 옛이야기를 잘 알지 못하면 그
들의 작품이 지닌 매력과 가치를 이해하기 어렵기 때문이다.

앤서니 브라운(Anthony Browne)이 쓰고 그린『터널 The Tunnel』
(1989; 장미란 옮김, 논장 2002)은 전통적인 요정담이 창작 그림책에 어떠한
영향을 끼쳤는지를 잘 보여주는 작품이다. 『터널』은 얼핏 보기에는 현
대적인 시공간을 배경으로 남매 간의 갈등과 화합을 다룬 창작동화다.
하지만 글과 그림을 꼼꼼히 들여다보면 그림 형제의 메르헨과 유럽 민담
의 영향이 작품 전체에서 강하게 느껴진다. 이는 브라운이『터널』의 첫
문장을 "옛날 옛적에 서로 조금도 닮지 않은 오누이가 살았어요"(Once
upon a time there lived a sister and brother who were not at all alike, 번역은
인용자)라고 시작하는 데에서 잘 알 수 있다.[1] 앤서니 브라운이 이러한
옛이야기 어투를 흉내 낸 것은 이 이야기 속에 담은 옛이야기 전통을 독
자에게 암시하고 싶어서인 듯싶다. 『터널』은「빨간 모자」「헨젤과 그레
텔」「오누이」「잭과 콩나무」 따위의 잘 알려진 옛이야기에서 모티프를
빌려온 작품이다. 브라운은 이러한 옛이야기의 영향을 글이 아니라 '책

그림 1 『터널』한국어판
표지. 로즈가 떨어뜨린
책 속에 옛이야기의 한
장면이 그려져 있다.

속의 책'에 들어 있는 그림을 통해 보여준다.

『터널』표지에 등장하는, 로즈가 터널 속으로 기어 들어갈 때 떨어뜨린 책 속의 그림은 어느 옛이야기의 한 장면을 보여준다. 고깔모자를 쓴 마녀, 갓난아기가 누워 있는 요람, 의자에 앉아 있는 여왕, 목욕 커튼 앞에 서 있는 시녀 따위가 그려진 것을 볼 때 그림 형제가 쓴「오누이」의 클라이맥스 장면[2]을 묘사한 것으로 보인다. 또 본문에서 창문턱에 위태롭게 걸터앉은 로즈가 읽는 책 속의 삽화는 카이 닐센이라는 화가가 그린「헨젤과 그레텔」의 한 장면이다. 숲속을 방황하던 헨젤과 그레텔이 마녀의 과자 집을 바라보는 장면을 묘사한 그림이다. 또 로즈가 쓰레기장에서 보는 옛이야기 그림책에는 방망이를 든 거인이 잭을 쫓아오다가 지상으로 추락하는「잭과 콩나무」의 한 장면이 그려져 있다.

이러한 그림 외에도 로즈 침실의 벽에 붙은 그림, 침대 옆에 놓인 스탠드, 숲속 나무 형상과 집 따위에서 옛이야기의 영향을 강하게 느낄 수 있다. 로즈 방의 벽에 붙은 그림은 월터 크레인이라는 화가가 숲속에서 빨간 모자와 늑대가 대화를 나누는 장면을 그린 것이다. 로즈의 침대 옆에 놓인 오두막 모양 스탠드도「헨젤과 그레텔」에 나오는 마녀의 과자 집을 떠올리게 한다. 이 밖에도 로즈의 눈물이 오빠의 마법을 푸는 것은「라푼젤」을 연상시키고, 돌로 변한 오빠를 동생이 구하는 것은 스페인 민담「생명수」또는 이탈리아 민담「춤추는 물, 노래하는 사과, 말하는 새」에서 끌어온 것 같다. 이 두 민담은 앤드류 랭과 제이콥스의 요정담 집에 실려서 서구인에게는 친숙한 이야기다.

이러한 다양한 옛이야기 가운데 브라운이 큰 비중을 둔 것은 그림 형제의「빨간 모자」「헨젤과 그레텔」「오누이」그리고「잭과 콩나무」다. 이

그림 2 앤서니 브라운의 『숲 속으로』 한국어판 표지.

가운데 세 편은 브라운이 2004년에 출간한 『숲속으로』(2004; 허은미 옮김, 베틀북 2004)에도 다시 등장한다. 특히 「헨젤과 그레텔」은 브라운이 그림책 작가로 활동한 지 얼마 되지 않은 1981년에 이미 그림책으로 그렸을 정도로 이십 년이 넘도록 특별한 애착을 보인 이야기다. 이 글에서는 이 네 편의 이야기에 초점을 맞추어 브라운이 어떻게 옛이야기의 상징과 모티프를 결합해서 『터널』을 구성했는지 살펴보고자 한다.

2. 빨간 모자와 잭의 대조적인 운명과 서구인의 성차별주의

지난 이백여 년 동안 어린이를 위해 꾸며진 서양의 옛이야기 선집에 「빨간 모자」와 「잭과 콩나무」는 단골 메뉴처럼 실렸다. 19세기 초에 영국에서 출간된 어린이용 이야기책이나 싸구려 챕북(chapbook)을 보면 페로 본 「빨간 모자」와 영국 민담 「잭과 콩나무」가 어린이의 읽을거리로 가장 많이 판매된 작품임을 알 수 있다. 벤저민 태버트(Benjamin Tabart)가 어린이 독자를 겨냥해 편찬한 옛이야기 선집에도 이 두 작품이 나란

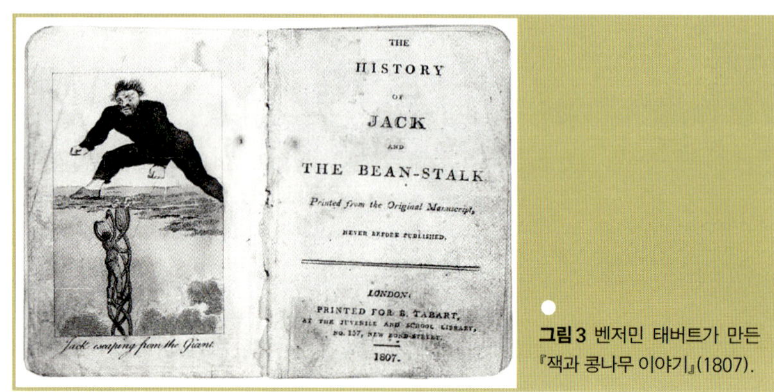

그림 3 벤저민 태버트가 만든
『잭과 콩나무 이야기』(1807).

히 들어가 있다. 특히 태버트가 1807년에 편찬한 『잭과 콩나무 이야기 *The History of Jack and the Bean-stalk*』는 이 유형의 민담을 최초로 활자화한 책으로서 후대 작가들에게 많은 영향을 끼쳤다. 또 크리스마스카드를 처음으로 고안한 섬머리 펠릭스가 1845년에 만든 『전통 요정담』에는 모두 세 편의 이야기가 수록되어 있는데, 그 가운데 두 편이 「빨간 모자」와 「잭과 콩나무」다. 이 두 이야기는 지금까지도 지속적으로 어린이 독자를 위한 서양 옛이야기 선집에 수록되고 있다.

빨간 모자와 잭은 모두 호기심이 많아서 낯선 존재와 대화를 나누고 낯선 세계로 들어간 아이들이다. 빨간 모자는 늑대의 말을 듣고 숲속으로 꽃을 따러 들어가고, 잭은 낯선 남자의 말을 믿고 콩 다섯 알과 암소를 바꾼 뒤 콩나무를 타고 하늘로 올라간다. 하지만 낯선 세계로 들어간 빨간 모자와 잭의 운명은 판이하게 다르다. 빨간 모자는 낯선 존재와 대화를 나눈 대가로 페로 본에서 늑대에게 잡아먹혀 죽는다. 그림 형제 본에서 빨간 모자는 사냥꾼의 도움으로 겨우 목숨을 건지기는 하지만 "앞으로 어머니가 길에서 벗어나 숲속으로 들어가지 말라고 하시면 꼭 어

그림 4 그림 형제 본 「작은 빨강 모자」의 삽화(작자 미상, 1865~71?).[3] 남자 사냥꾼의 도움으로 간신히 목숨을 건진 빨간 모자가 그려져 있다.

머니 말씀대로 해야지"[4]라고 결심한다. 하지만 낯선 남자와 터무니없는 거래를 한 잭은 하늘로 올라가 황금 주머니, 황금 알을 낳는 닭, 황금 하프를 가져와 풍족한 삶을 산다. 잭은 죽을 고비를 두 번씩이나 체험하고도 겁을 먹기는커녕 용감하게 거인의 집으로 또다시 들어가는 두둑한 배짱을 보여준다.

「빨간 모자」와 「잭과 콩나무」가 19세기에 어린이책으로 만들어져 큰 인기를 끌 수 있었던 것은 성차별주의와 제국주의 이데올로기가 널리 퍼져 있던 당대 서구 사회의 요구에 이 두 이야기가 부응했기 때문이다. 영어권 어린이책의 역사를 기술한 존 로 타운젠드는 19세기 빅토리아 시대의 특징에 대해 다음과 같이 정의한 바 있다. "빅토리아시대의 영어권 지역은 남성들의 세상이었다. 대부분 중류나 상류에 속하는 지식 계층에서는 국가나 제국을 건설하고, 전쟁에서 이기고, 새로운 식민지를 개척하고, 산업적 혹은 상업적 성공을 거두는 것이 남성들의 임무이자 기쁨이었으며 또한 희망이기도 했다. 여성의 자리는 가정에 있었다. 여성이 갖춰야 할 덕성이란 신앙심, 가정적인 성품, 남성에 대한 복종과 억제심이었다. 어린이책들도 이런 구분을 반영했다."[5]

　이러한 빅토리아시대의 특징을 「빨간 모자」와 「잭과 콩나무」에서 그대로 엿볼 수 있다. 「빨간 모자」는 페로 본이든 그림 형제 본이든 모두 여자아이들에게 낯선 존재와 낯선 세계를 알기 위해서 바깥세상으로 나아가는 일이 얼마나 무서운 불행을 가져올 수 있는지를 잘 보여준다. 여자아이들에게 호기심을 억제하고 가정의 울타리에 머무는 것이 가장 안전한 삶이라고 가르친다. 반면에 「잭과 콩나무」나 「거인 사냥꾼 잭」과 같은 영국 민담은 남자아이들에게 낯선 세계의 위험성을 두려워하지 말고 행운을 좇아 더 큰 세상으로 나아가라고 말한다. 남자아이들에게 낯선 곳에서 거대한 적을 만나더라도 용감하고 지혜롭게 싸우면 그 적을 쓰러뜨리고 행운을 얻을 수 있다고 속삭인다. 빨간 모자와 잭 이야기를 어린이책에 나란히 넣은 어른들 심리에는 여자아이들은 몸가짐이 얌전하고 부모에 순종해야 하고, 남자아이들은 배포가 두둑하고 다부져야 한다는 성차별의식이 뿌리 깊게 자리 잡고 있는 것이다.

　이러한 성차별주의는 여성들의 적극적인 사회참여를 요구하는 오늘날의 시대정신에 맞지 않다. 여자아이라고 해서 낯선 세계 또는 낯선 존재의 위험성 때문에 주어진 가정의 울타리에만 머물면서 새로운 세계에 대한 끊임없는 호기심과 탐구력을 억누르는 것은 바람직하지 않다. 또한 여자아이에게 위험한 체험이라면 남자아이에게도 위험한 체험이고, 남자아이에게 유익한 체험이라면 여자아이에게도 유익한 체험이다. 낯선 세계, 낯선 존재는 양면성을 지닌 것이어서 아이들을 해칠 수도 있고 아이들의 성숙을 도울 수도 있다. 낯선 세계, 낯선 존재에 대한 경계심을 잃지 않으면서 아이들이 새로움을 추구하고 자기 삶을 확장

해나가는 것은 성별에 상관없이 매우 중요하다.

앤서니 브라운이 『터널』에 「빨간 모자」와 「잭과 콩나무」 그림을 넣은 것은 서구의 대표적인 이 두 이야기가 아이들 마음속에 심어줄 수 있는 성차별주의의 문제점을 보여주기 위해서인 것 같다. 브라운이 두 이야기에 담긴 성차별주의를 전복하기 위해 택한 전략은 옛이야기를 패러디하는 것이 아니라 온고지신의 미덕을 살리는 것이다.

3. 서양 옛이야기 속 용감한 소녀들

『터널』은 얼핏 보기에는 여성인 로즈가 남성인 잭을 구원하는 것이어서 오늘날의 시대정신에 맞게 새롭게 쓴 이야기처럼 보인다. 하지만 이러한 설정은 민담에서 흔하게 발견되는 것이어서, 브라운이 민담을 전복한 것이 아니라 민담의 가치를 새롭게 부각한 것으로 보아야 한다. 우리에게 잘 알려진 서양 옛이야기의 주인공들은 빨간 모자, 백설공주, 찔레꽃공주(잠자는 숲속의 미녀)처럼 호기심을 억누르지 못하고 낯선 존재를 만났다가 불행한 일을 겪는 인물들이다. 이들을 구원하는 존재는 대부분 '백마 탄 왕자'나 착한 사냥꾼과 같은 남성이다. 하지만 우리에게 잘 알려지지 않은 서양 옛이야기 가운데는 여성이 자발적으로 바깥세상으로 모험을 떠나 성공한 이야기도 많다.

여성이 바깥세상으로 모험을 떠나는 옛이야기 가운데 상당수는 마법에 걸린 남편이나 오빠를 구원하기 위해서다. '잃어버린 남편 찾기' 유형의 설화에서 주인공은 보통 어느 날 갑자기 사라진 남편의 사랑을 되찾기 위해 온 우주를 여행한다. 노르웨이 민담 「해의 동쪽과 달의 서쪽」이나 그림 형제의 「노래하면서 뛰뛰는 종달새」 「무쇠 난로」 따위가 그 대

표적인 예다. 마법에 걸려 새가 되거나 돌이 된 오빠를 여동생이 구원하
는 이야기도 많다. 그림 형제의『어린이와 가정을 위한 옛이야기』에 실
린「열두 왕자」「일곱 까마귀」「여섯 백조」「헨젤과 그레텔」「오누이」따
위 이야기들은 모두 누이가 마법에 걸린 오빠들을 구원하는 이야기다.
옛이야기 속 여성들이 '백마 탄 왕자'의 구원을 기다리는 수동적이고 나
약한 존재처럼 느껴지는 것은 모험심을 지닌 강인한 소녀가 등장하는
이야기들이 그림책으로 꾸며져 널리 읽히지 않았기 때문이다.

　『터널』에서 브라운이「빨간 모자」와「잭과 콩나무」에 담긴 성차별주
의를 극복하기 위해 중점을 둔 옛이야기는「헨젤과 그레텔」과「오누이」
다. 이 두 이야기에서 주인공들은『터널』의 로즈처럼 모두 겁이 많고 소
극적이지만 오빠를 구원한다.「오누이」에서 오누이는 사악한 계모의 학
대를 견디다 못해 집을 나간다. 계모인 마녀는 오누이의 뒤를 밟아 숲속
에 있는 모든 샘에 저주를 걸어놓는다. 샘물을 마시면 호랑이, 늑대, 사
슴으로 변한다는 사실을 알아차린 누이는 샘물을 마시려는 오빠를 말
리지만 갈증을 참지 못하고 물을 마신 오빠는 사슴으로 변한다. 누이는

그림 5 카이 닐센(Kay Nielsen)의「오누이」삽화(1925).[6]

사슴으로 변한 오빠의 곁을 떠나지 않고 숲속 오두막에서 돌보다가 사냥을 하던 왕의 눈에 띄어 왕비가 된다. 누이는 궁전으로 갈 때도 사슴인 오빠를 데려가고, 아기를 해산하고 나서 마녀 모녀에게 무참하게 살해된 뒤에도 오빠 곁을 쉽사리 떠나지 못한다. 죽고 난 뒤 일종의 중음(中陰, 中有) 상태에 있던 누이는 아기와 오빠를 걱정하는 노래를 부르고, 유모를 통해 사건의 진실을 알게 된 왕은 마녀를 죽이고 오누이를 구한다.

「오누이」보다 우리에게 더 잘 알려진 이야기가 「헨젤과 그레텔」이다. 「헨젤과 그레텔」에서 그레텔은 「오누이」의 누이와 성격이 약간 다르다. 「오누이」의 누이는 초월적인 능력을 지닌 신성한 아이다. 누이는 오빠가 듣지 못하는 소리, 곧 샘물의 대화를 듣고 자신들에게 닥쳐올지 모를 위험을 예감한다. 누이는 조심성 많고 수동적이기는 하지만 지혜롭고 차분한 성품을 지녔다. 하지만 「헨젤과 그레텔」의 들머리를 보면 그레텔은 계모가 오빠와 자신을 버리려 할 때 어찌할 바를 몰라서 우는 평범한 아이다. 그레텔은 마녀 집에 들어갈 때까지 전적으로 오빠에게 의지

그림 6 제시 스미스(Jessie W. Smith)의 「헨젤과 그레텔」 삽화 (1911).[7]

한다. 그레텔과는 달리 헨젤은 위기에 부딪혔을 때 당황하지 않고 동생을 달래면서 침착하고 지혜롭게 행동한다. 나약했던 그레텔이 조금씩 변모하기 시작한 것은 자신을 보호해주던 오빠가 마녀의 감옥에 갇혀 죽을 운명에 처하고 나서다. 오빠와 자신을 살리기 위해 용감하고 영리한 소녀로 변모한 그레텔은 마녀가 자신을 오븐에 넣어 죽이려 하자 그 계략을 역이용해 마녀를 퇴치한다. 또 집으로 가기 위해 강을 건널 때 오빠가 하얀 오리에 함께 타자고 하자, 그레텔은 오리가 물에 가라앉지 않도록 한 명씩 타야 한다고 침착하게 말한다. 그레텔은 숲속 체험을 통해 오빠를 구원할 뿐만 아니라 홀로 의연하게 강을 건널 수 있을 정도로 성숙한 인격체로 성장한 것이다.

4.『터널』속 오누이, 로즈와 잭

『터널』에 나오는 로즈와 잭의 성격은 그림 형제 이야기 속 오누이처럼 매우 대조적이다. 오빠는 축구를 좋아하고 활동적이면서 모험심이 강하고 장난기가 심하다. 반면에 동생은 창가에 앉아 옛이야기 그림책 보기를 좋아하고 밤에 잠을 제대로 못 이루고 공상에 잠기곤 한다. 오빠는 늑대 가면을 쓰고 동생을 골려주고 어두침침한 터널 속으로 과감하게 들어간다. 반면에 누이는 호기심은 많지만 매사에 겁이 많고 수동적이다. 특히 오빠 잭의 성격은「오누이」에 등장하는 오빠와 매우 비슷하다. 이 옛이야기에서 오빠는 모든 면에서 적극적이고 호기심이 많으며 활달하다. 하지만 매사에 참을성이 없고 충동적이어서 누이를 번번이 힘든 상황에 빠뜨린다. 오빠는 누이가 말리는데도 불구하고 갈증을 참지 못하고 샘물을 마셔서 사슴이 되는 마법에 걸린다. 사슴으로 변한 오빠는 무모하게 사냥대회에 참석했다가 사냥개에게 쫓기는 신세가 된다. 그럼에도 오빠는 조심하기는커녕 세 번씩이나 사냥대회가 열린 장소로 가서 어느 사냥꾼이 쏜 화살에 발을 다쳐 누이가 있는 오두막을 외부에 노출시킨다. 이러한 오빠와는 달리 누이는 차분하고 지혜롭고 조심성이 많다. 누이는 마녀인 계모가 모든 샘에 저주를 걸어놓은 사실을 간파했고, 오두막에 낯선 사냥꾼이 들어오지 못하도록 문을 걸어 잠그고 집 안에 머무른다. 오빠가 외출했다 돌아올 때도 자신이 정한 암호를 말해야 들여보내줄 정도로 조심스럽다.

『터널』속 누이 로즈의 성품은「오누이」속 누이와 비슷하게 내성적이고 조심성이 많다. 하지만 로즈는「오누이」의 누이와 같은 초월적인 능력과 통찰력을 지니지는 않았다. 빨간 모자나 그레텔처럼 평범한 아이다. 로즈는 빨간 모자처럼 바깥세상에 대한 호기심이 강하다. 이는 빨간 모자와 늑대가 대화를 나누는 장면을 그린 월터 크레인의 삽화를 액자에 넣어 벽에 걸어놓고 '마녀의 과자 집'을 연상시키는 오두막을 침대 곁에 두고 방을 꽃무늬로 장식한 것에서 잘 알 수 있다. 로즈의 겉옷이 빨간색인 것은 로즈의 성품 어딘가에 빨간 모자와 비슷한 성품이 있음을 암시하는 것 같다. 빨강은 활기, 생명력, 공격성, 에너지, 피 따위를 뜻하면서 남의 눈에 잘 띄는 색이다. 로즈가 빨간 코트를 입고 있다는 것은 겉으로 보기에는 나약해 보여도 내면에 정열과 활기가 가득하고 세상에 대한 호기심이 크다는 것을 뜻한다. 로즈는 위험과 마법이 공존하는 신비한 숲을 탐험하고 싶어하지만 빨간 모자가 어떠한 체험을 했는지를 잘 알기 때문에 그 욕망을 억누른 것 같다.

로즈가 바깥세상에 대한 무서움과 소심함을 극복하고 내면에 존재하

는 용감하고 영웅적인 자기를 찾게 된 것은, 그레텔과 「오누이」의 누이
와 마찬가지로 오빠에 대한 사랑과 걱정 때문이다. 잭이 터널 속으로 들
어간 뒤 돌아오지 않자 로즈는 오빠를 찾아 어두운 터널 속으로 들어간

그림7 로즈가 보는 그림책 속 「헨젤과 그레텔」의 한 장면으로,
카이 닐센의 삽화(1925)다.[8]

그림8 『터널』(한국어판)에서 로즈가 「헨젤과 그레텔」의 한 장
면이 그려진 옛이야기 그림책을 보고 있고, 잭은 공놀이를 하고
있다.

동생은 자기 방에 틀어박혀 책을 읽거나 공상을 했어요.
오빠는 밖에 나가서 친구들과 웃고 떠들고, 공놀이를 하고,
뒹굴며 뛰어놀았고요.

다. 터널은 마치 숲이라는 거대한 자궁으로 들어가는 통로라도 되듯이
"컴컴하고, 축축하고, 미끈거리고, 으스스"하다. 로즈는 터널 안이 너무
도 좁아서 갓난아기처럼 기어 들어가야 했다. 로즈가 들어간 터널 저 너

그림 9 로즈의 방 벽에 걸린 그림과 같은, 월터 크레인의「빨간
모자」삽화(1875).[9]

그림 10 『터널』(한국어판)에서 로즈의 방 안 모습.「빨간 모
자」삽화 액자와 오두막 모양 스탠드, 빨간 코트가 보인다.

머는 숲이 펼쳐지는 옛이야기의 세계로, 일상 현실과는 다른 환상의 공간이다. 로즈는 책으로만 알았던 「헨젤과 그레텔」과 「빨간 모자」에 나오는 환상적인 숲을 체험하게 된다. 울창한 숲에서 달음박질치는 로즈의

그림11 로즈가 보는 그림책 속 「잭과 콩나무」 삽화(작자 미상, 1871).[10]

그림12 『터널』(한국어판)에서, 집에서 나온 로즈가 「잭과 콩나무」의 한 장면이 그려진 옛이야기 그림책을 보고 있다.

눈에 비친 공포스런 광경은 옛이야기 그림책이 보여준 마법의 세계다. 숲속에는 헨젤과 그레텔이 피워놓은 모닥불이 놓여 있고, 잭이 밑둥을 잘라버린 콩나무와 도끼도 놓여 있고, 월터 크레인의 삽화에 나오는 늑대 형상을 한 커다란 나무도 있다. 오빠를 걱정하는 로즈의 우애는 늑대에 대한 공포심을 이기고 숲속 여행을 무사히 마치게 한다. 로즈는 숲속을 빨리 달려 숲속의 빈터에 돌이 되어 서 있는 오빠 잭을 만난다.

잭은 벽으로 둘러싸인 도시의 일상현실에서 영국 민담 속의 잭처럼 활달하고 용감하다. 오빠가 놀던 공간은 낡고 딱딱한 벽, 도시의 허물어져가는 쓰레기 더미 등 자연과 반대되는 도시의 뒷골목 세계다. 그러한 도시에서는 용감하고 활기차게 움직이던 오빠가 산천초목으로 둘러싸인 숲에서는 꼼짝달싹할 수 없는 돌로 변해 무기력하게 구원을 기다린다. 숲에서 쉴 틈 없이 움직이면서 오빠를 구원하는 강인한 존재는 누이동생이다. 숲속 빈터에서 달아나다 공포에 질려 입을 벌린 채 돌이 된 오빠에게 다시 생명을 불어넣은 것은 로즈의 온기와 눈물이다. 라푼이 흘린 눈물이 장님이 된 왕자의 눈을 치유한 것처럼 로즈의 눈물이 "구원하고 치유하는 효력"[11]을 발휘한 것이다.

5. 『터널』, 옛이야기 전통을 이어받은 자기실현 이야기

『터널』은 성격이 다른 오누이가 싸우다 어머니에게 내쫓긴 뒤에 밖을 배회하다가 숲이라는 환상적인 공간에서 화합하는 이야기다. 일상 현실과 환상세계가 잘 배합된 『터널』의 밑바탕에는 옛이야기 전통이 면면히 흐르고 있다. 옛이야기의 매력과 가치를 말하는 심리학자들—프로

이트 심리학자와 융 심리학자를 포함해서—이 공통적으로 지적하는 것은 옛이야기가 우리 내면을 좀 더 전일(全一)한 형태로 성숙하게끔 돕는다는 것이다. 분석심리학자 이부영도 민담이 "전통이라 불리는 집단의식을 지양하면서 인간정신의 통합과 전일성을 지향하는 집단적 무의식의 의도를 표출시킨다"[12]고 주장한다.

『터널』은 「헨젤과 그레텔」이나 「오누이」와 같은 옛이야기에서 엿볼

그림 13 『터널』(한국어판)에서 로즈가 오빠를 찾아 터널을 지난 뒤 숲속을 달려가는 장면.

이트 심리학자와 융 심리학자를 포함해서—이 공통적으로 지적하는 것은 옛이야기가 우리 내면을 좀 더 전일한 형태로 성숙하게끔 돕는다는 것이다.

수 있는 자기실현 과정을 담고 있다고 할 수 있다.[13] 『터널』은 여자는 여자로, 남자는 남자로 성장하게 하는 가부장제적 서구 사회의 집단의식을 지양한다. 브라운은 환상적인 숲속 여행을 통해 로즈가 자기 내면에 존재하는 남성성을 끌어내 온전한 자기를 이루어가는 모습을 보여준다. 브라운은 잭이 터널로 들어간 뒤 돌이 될 때까지 숲속에서 어떤 끔찍스러운 체험을 했는지에 대해 그 어떤 말도 들려주지 않는다. 하지만

독자는 숲이 강렬한 공포를 불러일으켰기 때문에 잭이 돌로 변하지 않았을까 하는 짐작을 할 수 있다. 잭은 숲속에서 자신의 내면에 존재하는 섬세하고 어린 여성성을 발견하게 되었을 것이다. 책의 뒤쪽 면지 그림에 책과 축구공이 나란히 함께 놓인 것은 오누이의 화합을 상징할 뿐만 아니라 로즈와 잭이 성차별주의에서 벗어나 더욱 온전한 자기를 실현하게 되었음을 뜻하는 것 같다.

이러한 자기실현을 잘 형상화한 상징물이 '들국화 원'이다. 숲속 빈터에서 돌로 굳어진 잭의 주위에 조그만 돌이 원의 형상을 이루고 있다. 돌로 된 원이 잭에게 건 마법이 풀린 것은 로즈가 원 안으로 들어와 오빠를 끌어안았을 때다. 로즈와 잭의 포옹은 '돌 원'을 '들국화 원'으로 변하게 한다. 심리학자들이나 종교인들은 원을 인간 내면의 전체성을 상징한다고 본다. 분석심리학자 아니엘라 야페는 원의 상징성에 대해 다음과 같이 말한 바 있다. "폰 프란츠(Von Franz)는 원(또는 구)을 자기(Self)의 상징으로 설명하였다. 원은 인간과 자연 전체와의 관계를 포함하여 모든 면에서 정신의 전일성(全一性)을 표현한다. 원의 상징이 원시적인 태양 숭배에 나타나든, 신화나 꿈, 티베트 승려가 그린 만달라(Mandala)에 나타나든, 도시의 평면도 또는 옛날 천문학자의 구형(球形)의 개념에 나타나든 간에 그것은 항상 유일한 삶의 가장 중요한 면인 삶의 궁극적인 전체성을 가리킨다."[14]

'들국화 원'이 정신의 전일성을 나타내는 상징물임은 브라운이 어느 인터뷰에서 한 발언에서도 짐작할 수 있다. 브라운은 『터널』에 대해 "당신 내면에 존재하는 다른 속성들의 조화에 관한 책입니다. 어떤 오누이에 관한 책이면서 또한 한 존재의 양면성에 관한 책이기도 합니다. 내가 말하려는 것은 내가 그 이야기 속 소년과 소녀 모두와 동질감을 느낀다는 것입니다. 결국 그 둘은 일종의 균형을 이루면서 하나로 어우러집니다"[15]라고 말한다. 브라운은 로즈와 잭이 포옹하는 장면에 등장하는 '들국화 원'의 상징성을 통해 한 인간이 의식과 무의식의 단절을 극복하고 전일한 자기를 실현해가는 과정, 곧 지극히 여성적인 소녀가 자기 안에 존재하는 남성성과 화합하고, 지극히 남성적인 소년이 자기 안에 존재하는 여성성과 화합하는 과정을 보여주려 한 듯싶다. 또한 로즈와 잭은 브라운의 내면에 존재하는 양면성을 그린 것이기도 하다. 로즈는 그림

돌이 조금씩, 아주 조금씩 움직이더니, 어느새 오빠로 바뀌었어요.
오빠가 반갑게 말했어요. "로즈! 네가 와 줄 줄 알았어."
오빠와 동생은 다시 깊은 숲을 지나고 작은 숲을 거쳐, 터널을 지나
밖으로 나왔어요. 둘이서 함께.

그림 14 『터널』(한국어판)의 대단원 장면. 로즈가 돌이 된 오빠를 뒤에서 껴안자 돌 원이 들국화 원으로 바뀌면서 돌이 오빠로 돌아온다.

책과 마법의 숲을 사랑하고 혼자 있기를 좋아하는 섬세하고 여성적인 예술가 브라운을 나타내고, 잭은 바깥세상에서 친구들과 어울려 축구하는 것을 즐기고 모험을 갈망하는 남성적인 브라운을 나타낸다고 볼 수 있다.

『터널』에서 로즈와 잭이 대표하는 인간의 양면적인 속성은 하나로 어우러지지만, 잭이 로즈의 구원자가 아니라 로즈가 잭의 구원자라는 사실에서 브라운의 속뜻을 읽을 수 있다. 브라운은 문명화된 가부장제 사회에서 병들어가는 우리 삶을 구원할 수 있는 힘은 로즈가 상징하는 인간의 내면, 다시 말해 예술과 자연을 사랑하고 초자연적인 세계에 대한 믿음과 상상력을 잃지 않은 섬세한 여성성에 달려 있다고 본 것이 아닐까.

책을 펴내며

1 다른 매체에 실었던 글의 출처는 각 글 맨 앞에 따로 밝혔다. 2부에 실린 「페미니즘 시대에 다시 읽는 「헨젤과 그레텔」」은 새로 쓴 글이다.

2 옛이야기 재화나 개작, 활용을 나타내는 '다시쓰기' '고쳐쓰기' '새로쓰기'라는 용어에 대한 자세한 이해는 서정오가 쓴 『옛이야기 들려주기』(보리 1995)의 27~55면 참조.

3 클로테르 라파이유 『컬처코드』, 김상철·김정수 옮김, 리더스북 2007, 42면. 그가 말하는 '각인'(imprint)이란 "경험과 그에 따르는 감정이 결합되면" 이루어지는 것인데, 우리 잠재의식 속에 일단 각인이 이루어지면 그것이 "우리의 사고 과정을 강하게 규정하고 미래의 행동을 만들어낸다"고 한다(19면).

4 같은 책, 43면. 라파이유는 동물학자 콘라드 로렌츠가 말한 '각인' 개념을 활용해, 각 민족의 심층심리에 숨어 있는 문화 코드를 읽어내거나 주어진 상품을 소비할 민족의 무의식에 마케팅에 필요한 내용을 각인시킴으로써 구매력을 높일 수 있는 가능성을 기업가들에게 보여주었다.

5   조은숙·오정옥·윤현민 「유아용 전집류의 출판 현황과 소비행태에 관한 연구」,
    『유아교육연구』 제28권 1호, 한국유아교육학회 2008, 211~34면 참조.

제1부 우리 옛이야기

1장. 「신데렐라」와 닮은꼴이 된 그림책 『콩쥐팥쥐』

1   김환희 「비교문학 시각에서 본 「콩쥐팥쥐」의 기원과 특성」, 『옛이야기의 발견』,
    우리교육 2007, 204~10면 참조.

2   『임석재전집 7 ─ 한국구전설화: 전라북도편 I』, 평민사 1990, 264~70면. 임석
    재는 1918년 전북 정읍에서 채록한 각편과 1923년 전북 순창에서 채록한 각편
    을 하나로 통합해 이 책에 실었다.

3   대창서원 본을 구하기 어려워 참조한 고전소설 「콩쥐팥쥐전」은 태화서관에서
    1928년에 출간한 『콩쥐팟쥐전』이다. 고전문학 전공자들이 쓴 「콩쥐팥쥐전」의
    줄거리가 태화서관 본과 거의 같은 것을 볼 때 두 활자본의 차이는 크지 않다
    고 본다. 『인천대학민족문화연구자료총서① ─ 구활자본 고소설전집 16』(은하
    출판사 1983)의 3~20면과, 태화서관 본을 현대어로 옮겨 수록한 『한국고전문
    학 3』(장덕순 감수, 명문당 2002)의 83~107면을 참조하였다.

4   『임석재전집 1 ─ 한국구전설화: 평안북도편 I』, 평민사 1987, 133~39면. 임석
    재가 소개한 평북 민담 본은 1935, 1936, 1938년에 채록한 각편 열다섯 편을
    하나로 종합한 것이다.

5   『열린어린이』 2006년 2월호와 3월호에 각각 실은 필자의 글 「우리가 잃어버린
    콩쥐와 신데렐라의 어머니」와 「연꽃과 구슬이 된 콩쥐」 참조.

6   이 글을 처음 쓰던 2007년 10월 29일에 인터넷 서점 예스24(www.yes24.

com)에서 검색했을 때는 보림, 삼성출판사, 시공주니어, 아이즐의 책이 가장 많이 판매되고 있었다. 이 글을 2009년 8월 20일에 손보면서 같은 인터넷 서점에서 다시 검색해보니 위 책들의 판매량 지수는 크게 달라지지 않았지만 보림 본은 절판되었고 삼성출판사 본은 품절로 나왔다. 또 2009년 6월에 애플트리 태일즈에서『콩쥐 팥쥐』를 새롭게 출간했기에 논의에 포함했다.

7   이항재·이희수「미군정기 성인 문맹퇴치 운동의 정치적 동인」,『학생생활연구』제1권, 순천향대학교 학생생활연구소 1994, 55면 참조.

8   허완「전래동화「콩쥐팥쥐」의 개작 양상 연구」, 충북대학교 교육대학원 석사학위논문, 2006, 57~77면 참조. 허완은 내가 이 글에서 다루지 않은 전래동화 열한 편을 분석했다. 이 분석에 따르면 열한 편 가운데 단 두 편만이 결혼 후일담을 이야기에 포함했다. 따라서 결혼 후일담 삭제는 어린이책『콩쥐팥쥐』의 보편적 특징이 아닐까 싶다.

9   같은 글 참조.

10 깊은책속옹달샘에서 출간한『콩쥐 팥쥐』(금동이책 엮음, 민경순 그림, 2004)도 삼성출판사 본과 거의 같다.

11 김환희「연꽃과 구슬이 된 콩쥐」, 24~28면 참조.

12 수월관음도에 담긴 영기화생 사상에 대해서는 강우방이 쓴『한국미술의 탄생—세계미술사의 정립을 위한 序章』(솔 2007)의 274~89면 참조.

13 Mircea Eliade, *Pattern in Comparative Religion*, Lincoln: University of Nebraska Press 1996, 437~40면 참조.

2장. 『해와 달이 된 오누이』를 통해 본 옛이야기 그림책의 딜레마

1   이억배「환장하게 어려운 그림책」,『창비어린이』2006년 여름호, 11면.

2   이 이야기를 담은 그림책을 가리킬 때는『해와 달』로 표기한다.

3   마루벌의 이 책은 미국에 사는 한국인 작가가 미국에서 출간한 것을 국내에서

번역 출간한 것이다.

4 『임석재전집 7 — 한국구전설화: 전라북도편 I』, 평민사 1990, 315~16면.

5 이원수·손동인 엮음 「해님 달님」, 『나무 그늘을 산 총각』, 창작과비평사 1980; 2001; 서정오 「해와 달이 된 오누이」, 『우리가 정말 알아야 할 우리 옛이야기 백 가지 1』, 현암사 1997.

6 필자가 이 글을 『창비어린이』 2007년 봄호에 발표한 뒤 웅진주니어와 사계절에서 「해와 달」을 각각 그림책으로 만들어 출간했다(고지영 그림, 김중철 엮음 『해와 달이 된 오누이』, 웅진주니어 2007; 김성민 글·그림 『해와 달이 된 오누이』, 사계절 2009). 김중철과 김성민은 그동안 어린이책에서 삭제되었던 여러 민담적 화소들을 과감하게 살렸다. 김중철은 호랑이가 갓난아기를 먹는 장면과 오빠가 똥 마렵다고 둘러대는 대목을 살렸고, 김성민은 이 두 대목뿐 아니라 어머니의 신체 절단 화소도 살렸다.

7 이송희는 『임석재전집 6 — 한국구전설화: 충청북도·충청남도편』(평민사 1990)에서 이 대목을 인용했는데, 이 판본에서도 호랑이가 똥을 누라고 권하는 곳이 방→마루→토방→마당→뒷간 순으로 되어 있다. (사)어린이도서연구회 홈페이지(http://www.childbook.org/data/tale/tale2-17.htm) 참조.

8 손진태 「한국민족설화의 연구」, 『손진태 선생 전집 2』, 태학사 1981, 661~62면; 『임석재전집 10 — 한국구전설화: 경상남도편 I』, 평민사 1993, 117면.

9 Zŏng In-Sŏb, *Folk Tales From Korea*, Seoul: Hollym 1982, 7~10면.

10 임두빈 『한국의 민화 I 』, 서문당 1993, 24면.

3장. 그림책에서 사라진 무조신 바리공주와 그 어머니의 얼굴

1 백승남 『영혼의 수호신 바리공주』, 한겨레아이들 2009; 서정오 「오구신 바리데기」, 『우리가 정말 알아야 할 우리 신화』, 현암사 2003; 신동흔 「길 위의 바리」, 『살아있는 우리신화』, 한겨레신문사 2004; 최창숙 『바리공주』, 대교출판 2005.

2 무가권 구분에 대해서는 김진영·홍태한이 엮은『서사무가 바리공주 전집 1』 (민속원 1997)의 38~48면 참조. 네 개 무가권은 북한 지역, 서울·경기도·인천·충청도(중서부) 지역, 동해안·경상도 지역, 전라도 지역으로 구분되는데, 북한 지역 본은 각편이 두 편밖에 전해지지 않아 다른 세 지역 본만큼 중요하게 취급되지 않는다. 이 글에서는 편의상 중서부 무가권 이야기는「바리공주」로, 동해안과 경상도 무가권 이야기는「바리데기」로, 전라도 무가권 이야기는「오구풀이」로 나타내기로 한다.

3 김진영·홍태한 엮음『서사무가 바리공주 전집 2』, 민속원 1997, 274~377면.

4 서대석·박경신 역주「바리공주」,『서사무가 1』, 고려대학교 민족문화연구소 1996. 이 글에서는 이 책에서 인용한 문장을 독자들이 읽기 쉽게 표준말로 고쳤다.

5 이 책은 1991년에 동문선에서 두 권으로 나뉘어 다시 출간되었다. 赤松智城·秋葉隆 공편『조선무속의 연구(상)』, 심우성 옮김, 13~47면 참조.

6 서대석·박경신 역주, 앞의 책, 212면.

7 이부영이 쓴『한국민담의 심층분석』(집문당 1995) 47면과『자기와 자기실현』 (한길사 2002) 258~66면 참조.

8 문덕순 본에는 부처님을 속인 죄는 "무간 팔만사천지옥"에 간다고 씌어 있다. 김진영·홍태한 엮음『서사무가 바리공주 전집 1』, 168면 참조.

9 조지프 캠벨『천의 얼굴을 가진 영웅』, 이윤기 옮김, 민음사 1999, 197~200면 참조.

10 김태곤 편『한국무신도』, 열화당 1989, 118면.

11 서대석·박경신 역주, 앞의 책, 228~30면 참조.

12 같은 책, 241면.

13 조흥윤『한국의 샤머니즘』, 서울대학교출판부 1999, 177~78면.

14 윤열수 엮음『그림으로 보는 한국의 무신도』, 이가책 1994, 137면.

4장. 선녀의 슬픔과 나무꾼의 천상 시련을 외면한 그림책

1 Berta Metzger, Tales Told in Korea, New York: Frederick A. Stokes
 Company 1932, 2면.

2 배원룡『나무꾼과 선녀 설화 연구』, 집문당 1993 참조.

3 김환희「옛이야기 전승과 언어 제국주의: 강제된 일본어교육이「나무꾼과 선
 녀」전승에 미친 영향」,『아동청소년문학연구』제2집, 한국아동청소년문학학
 회 2008, 81~118면 참조.

4 내가 살펴본 책들은 다음과 같다.

 최래옥·박완서·정채봉 편, 홍자경 그림『선녀와 나무꾼』, 고려원북스 1997.

 신예영 글, 한재홍 그림『선녀와 나무꾼』, 새샘 2001.

 정진 엮음, 김용철 그림『선녀와 나무꾼』, 삼성출판사 2002.

 김고은 그림, 조은수 글『선녀와 나무꾼』, 웅진닷컴 2003.

 송명호 글, 전병준 그림『선녀와 나무꾼』, 아이교육 2003.

 신순재 글, 김동성 그림『선녀와 나무꾼』, 한국차일드아카데미 2003.

 이숙재 엮음, 강향영 그림『선녀와 나무꾼』, 두산동아 2003.

 이주헌 그림, 이혜선 글『나무꾼과 선녀』, 한국몬테소리 2004.

 초록개구리 엮음, 임양 그림『선녀와 나무꾼』, 계림닷컴 2004.

 김현숙 글, 이영화 그림『선녀와 나무꾼』, 교원 2005.

 서정오 글, 김광일 그림『선녀와 나무꾼』, 여우고개 2005.

 박철민 그림, 이경혜 글『선녀와 나무꾼』, 시공주니어 2006.

 임정진 글, 사석원 그림『선녀와 나무꾼』, 기탄동화 2006.

 함영연 글, 진선미 그림『나무꾼과 선녀』, 한국헤밍웨이〔2007〕.

 초당글방 글, 이연정 그림『선녀와 나무꾼』, 꼬네상스 2008.

5 『한국구비문학대계 5-2』(한국정신문화연구원 1981), 379~83면 참조. '왕실도
 서관 장서각 디지털 아카이브'(http://yoksa.aks.ac.kr)에서 검색해 참조했다.

이 대목이 길어서 인용은 생략한다.

6 『한국구비문학대계 3-2』(한국정신문화연구원 1981), 413~14면. 앞 싸이트에서 검색해 재인용.

7 『임석재전집 1 — 한국구전설화: 평안북도편 I』, 평민사 1987, 54~57면.

8 같은 책, 58~63면.

9 같은 책, 54면.

5장. 그림책『구렁덩덩 신선비』에서 사라지고 만 여산신

1 내가 살펴본 책들은 다음과 같다.

이송희 글, 유승하 그림『구렁덩덩 신선비』, 두손미디어 1996; 노벨과개미 〔2005〕.

이경혜 글, 한유민 그림『구렁덩덩 새 선비』, 보림 1997.

최래옥·박완서·정채봉 편, 이영원 그림『구렁덩덩 신선비』, 고려원북스 1997.

소중애 글, 조혜란 그림『구렁덩덩이』, 교원〔2000〕.

김성민 그림, 이미애 글『구렁덩덩 새선비』, 웅진닷컴 2003.

김순환 글, 김용범 그림『구렁덩덩 새 선비』, 한국차일드아카데미 2003.

오현경 글, 이광익 그림『구렁덩덩 새선비』, 여원미디어 2003.

최하림 글, 박지은 그림『구렁덩덩 신선비』, 가교 2004.

이윤주 글, 김근희 그림『구렁덩덩 신선비』, 한국글렌도만〔2006〕.

김윤조 그림, 김해원 글『구렁덩덩 새신랑』, 한국몬테소리 2007.

김은정 그림, 최창숙 글『구렁덩덩 신선비』, 씽크하우스 2007.

이상권 그림, 엄혜숙 글『구렁덩덩 새선비』, 시공주니어 2007.

임선아 글, 이모니카 그림『구렁덩덩 새 선비』, 한국헤밍웨이〔2007〕.

2 이계 여행을 다룬 그림책 열두 권에서 바가지(두 권), 은그릇(한 권), 복주깨(한 권), 주발 뚜껑(두 권), 은주발 뚜껑(두 권), 배(두 권), 학(두 권)이 공간이동 도

구로 등장한다. 내가 살펴본 자료 가운데 은복주깨가 등장하는 구전민담은『임석재전집 6 — 한국구전설화: 충청북도·충청남도편』(평민사 1990),『한국구비문학대계 4-6』(한국정신문화연구원 1984),『한국의 민담 2』(최운식 편저, 시인사 1999)에 각각 한 편씩 실려 있다. 또『임석재전집 7 — 한국구전설화: 전라북도편 I』(평민사 1990)에 실린 전북 민담 두 편에도 은복주깨가 등장한다.

3 최운식 편저, 앞의 책, 187면.

4 서대석「「구렁덩덩신선비」의 신화적 성격」,『고전문학연구』3권, 한국고전문학연구회 1986, 197면.

5 최운식 편저, 앞의 책, 192~93면.

6 윤열수 엮음『그림으로 보는 한국의 무신도』, 이가책 1994, 57면.

7 『한국구비문학대계 4-6』에 실린 유조숙 구연 본. '왕실도서관 장서각 디지털 아카이브'(http://yoksa.aks.ac.kr) 참조.

8 김영자「산신도(山神圖)에 표현된 산신(山神)의 유형」,『한국민속학』41호, 한국민속학회 2005, 210~11면.

6장.「흥부가」와「흥부전」에 도깨비는 없다

1 정충권『흥부전 연구』, 월인 2003 참조.

2 흥부와 놀부 이야기는 판소리, 고전소설, 그림책 등으로 전해지고 있고 각 작품마다 제목이 조금씩 다르다. 이 글에서는 편의상 판소리 창본은「흥부가」로, 고전소설 본은「흥부전」으로, 그림책 본은『흥부와 놀부』로 나타내기로 한다.

3 내가 살펴본 책들은 다음과 같다.

　김장성 글, 한병호 그림『흥부와 놀부』, 두손미디어 1996; 노벨과개미 〔2005〕.

　박성완 그림, 황경 글『흥부 놀부』, 보림 1997.

　이우경 글·그림『흥부와 놀부』, 한국프뢰벨 1997.

　사석원 그림, 이주혜 글『흥부와 놀부』, 웅진닷컴 2003.

엄혜숙 글, 유진희 그림『흥부와 놀부』, 한국차일드아카데미 2003.

정진 글, 고광삼 그림『흥부 놀부』, 삼성출판사 2003.

김회경 글, 이현미 그림『흥부와 놀부』, 기탄동화 2005.

박안나 글, 전갑배 그림『흥부와 놀부』, 교원 2005.

김태연 글, 이부록 그림『흥부전』, 한국글렌도만〔2006〕.

이상교 글, 김민선 그림『흥부 놀부』, 아이즐 2006.

강원희 엮음, 배성연 그림『흥부 놀부』, 지경사 2007.

김경란 글, 김연정 그림『흥부와 놀부』, 한국헤밍웨이〔2007〕.

백은영 글, 위승희 그림『흥부와 놀부』, 씽크하우스 2007.

장경원 엮음, 낙송재 그림『흥부와 놀부』, 키즈덤하우스〔2008〕.

초당글방 글, 이상미 그림『흥부와 놀부』, 꼬네상스 2008.

4 신재효『한국 판소리 전집』, 강한영 옮김, 서문당 1996, 201면.

5 장덕순 감수『한국고전문학 3』, 명문당 1994, 75면.

6 신재효, 앞의 책, 216~17면.

7 『普通學校朝鮮語讀本 卷2』(1923),『普通學校朝鮮語讀本 卷4』(1934).

8 藤川智子「도깨비와 鬼(오니), 시각적 이미지의 형성과 양상에 대한 비교연구」, 서울대학교 국제대학원 석사학위논문, 2004, 51면.

9 김열규의『도깨비 날개를 달다』(한국학술정보 2001)와 김종대의『민담과 신앙을 통해 본 도깨비의 세계』(국학자료원 1997) 참조.

10 김종대, 앞의 책, 47면 참조.

11 Ernst H. Gombrich, *Meditations on a Hobby Horse, and Other Essays on the Theory of Art*, Oxford: Phaidon Press Ltd. 1985(초판 1963), 9면. '스키마'에 관해서는 다음 책 참조. Ernst H. Gombrich, *Art and Illusion: A Study in the Psychology of Pictorial Representation*, New Jersey: Princeton University Press 2000. 이 책은 이화여자대학교출판부(백기수 옮김, 1985)와 열화당(차미례 옮김, 1989; 2003)에서 '예술과 환영'이라는 제목으로 번역 출간되었다.

12 Berta Metzger, *Tales Told in Korea*, New York: Frederick A. Stokes

Company 1932, 167면.

7장. 심청이 인당수로 간 까닭은?

1 이신성『한국 고전문학의 현장과 교재연구』, 보고사 2008, 371~72면.
2 박노필「『심청전』의 작품세계와 교육적 수용 연구」, 순천대학교 교육대학원 석
   사학위논문, 2005.
3 Berta Metzger, *Tales Told in Korea*, New York: Frederick A. Stokes
   Company 1932, 127면.
4 이 글에서는 편의상 판소리 창본은 「심청가」로, 고전소설 본은 「심청전」으로
   나타내기로 한다. 또 그림책 본은 대부분 '효녀 심청'이란 제목을 달고 출간되
   었기에『효녀 심청』으로 나타내기로 한다.
5 정하영 역주『심청전: 연강학술도서 한국고전문학전집 13』, 고려대학교 민족
   문화연구소 1995; 신재효『한국 판소리 전집』, 강한영 옮김, 서문당 1996.
6 심치열「『심청전』의 구조화 방식 연구」,『한국언어문학』제43집, 한국언어문학
   회 1999, 100, 107면.
7 같은 글, 116, 119면.
8 내가 살펴본 책들은 다음과 같다.
     조봉호 글, 권문희 그림『효녀 심청』, 두손미디어 1996; 노벨과개미〔2005〕.
     신예영 글, 김윤주 그림『효녀 심청』, 새샘 2001.
     이현순 글, 최은미 그림『심청가』, 초방책방 2003.
     금동이책 엮음, 신유미 그림『효녀 심청』, 깊은책속옹달샘 2004.
     유문조 글, 김소영 그림『효녀 심청』, 아이즐 2006.
     이명연 글, 이성아 그림『심청전』, 한국글렌도만〔2006〕.
     정해왕 글, 이현아 그림『효녀 심청』, 기탄동화 2006.
     조동호 엮음, 이영진 그림『효녀 심청』, 한국아이엔이 2006.

이주록 그림, 표시정 글『효녀 심청』, 씽크하우스 2007.

정제광 글, 이현주 그림『효녀 심청』, 한국헤밍웨이〔2007〕.

박지훈 그림, 채영숙 엮음『아버지의 눈을 뜨게 한 효녀 심청』, 키즈덤하우스 2008.

9 이 밖에 노벨과개미 본과 한국아이엔이 본이 정화수를 떠놓고 비는 심청의 모습을 담았다.

10 Metzger, 앞의 책, 107면.

11 김태곤 편『한국무신도』, 열화당 1989, 97면.

12 같은 책, 101면.

8장. '잃어버린 얼굴'을 찾아 떠난 예술 여행,『까막나라에서 온 삽사리』

1 정승각「한 화가의 고발: 어린이 그림책, 이대론 안된다」,『말』1994년 2월호, 155면.

2 임두빈은『한국의 민화 I』(서문당 1993)에서 민화가 비록 거의 모두 조선시대에 그려진 것이지만 그 연원은 삼국시대로까지 거슬러 올라간다고 주장한다. 그는 "우리가 확인할 수 있는 구체적 증거에 의하면 민화는 삼국시대의 고분벽화로 그려졌던 사신도(四神圖)에 그 뿌리를 두고 있는 것으로 생각된다"(6면)고 말한다. 또 민화가 처음부터 민중에 의해 자생적으로 발전한 것은 아니며 엘리트 계층의 화가들이 그린 고분벽화 기법을 민중이 "오랜 세월 동안 되풀이 모방하는 데에서 서서히 형성된 것"(7면)이라 말한다.

3 정인섭『한국의 설화』, 최인학·강재철 역편, 단국대학교출판부 2007, 59~60면 참조. 이 책은 역편자가 쓴 서문의 설명에 따르면 "정인섭이 1952년 런던에서 발행한 *Folk Tales from Korea* (Routledge & Kegan Paul Ltd.) 초판을 저본으로 삼되 3판(1982)과 개정판(2005)을 참고하여 완역"한 것이다.

4 이 책은 2000년에『한국 민화에 대하여』(김헌선·강혜정·이경애 공역, 역락)로

번역 출간되었다.

5 임동권 엮음『한국의 민담』, 서문당 1996, 71면.

6 임철호『설화와 민중—구비설화의 민중의식과 민족의식』, 전주대학교출판부 1996 참조.

7 「바리공주」나 「구렁덩덩 신선비」와 같은 우리 설화에 종종 학이나 까치가 구원자로 등장하며, 우리 상징체계에서 "하늘을 오르내리는 새는 영적인 동물로 인식되어 재생, 영예 등을 상징한다"(한국문화상징사전편찬위원회 엮음 「새—풍습」,『한국문화상징사전』, 동아출판사 1992, 410면). 다른 나라에서도 새는 천상계와 지상계를 자유롭게 연결하는 안내자 내지 "지상의 예속을 벗어난 영혼의 해방"을 뜻하는 초월의 상징으로 받아들여진다(Joseph Campbell, *The Power of Myth*, New York: Doubleday 1984, 23면).

8 (사)한국삽살개보존협회 홈페이지(www.sapsaree.org)의 '삽살개정보'와 '삽살개자료실' 페이지 참조.

9 앞 홈페이지 '삽살개자료실'의 '삽살개이야기'에 있는 「4. 고구려 벽화에서 보는 삽살개」.

10 "문배도란 보통 호랑이, 닭, 사자, 개 등이 등장하며 액을 막기 위해 집 대, 광문 등에 붙이는 그림을 말한다"(앞 홈페이지 '삽살개정보'에 있는 '삽살개 기원' 가운데 '어원'). 하지홍은 삽살개 머리에 그려진 붉은 기운을 '광배'로 지칭하는데, 부처나 보살의 광배와는 다른 형상이기 때문에 이 글에서는 붉은 기운으로 지칭한다.

11 앞 홈페이지 '삽살개자료실'의 '삽살개이야기'에 있는 「1. 사립문을 지키던 악귀 쫓는 삽살개」.

12 정병모 「조선말기 불화와 민화의 관계」,『강좌미술사』20호, 한국불교미술사학회 2003, 141~83면 참조.

13 금박 가루를 아교풀에 개어 그것으로 그린 그림.

14 정승각이 필자에게 보낸 전자우편(2005년 11월 1일)에서 『까막나라에서 온 삽사리』에 금니화 기법을 사용한 이유를 밝힌 바 있다.

15 전호태『고구려 고분벽화 연구』, 사계절 2000, 284면.

16 Carl G. Jung, *Modern Man in Search of a Soul*, Sandiego: Havest 1933, 169면 (번역은 인용자).

17 정승각「한 화가의 고발: 어린이 그림책, 이대론 안된다」, 153면.

18 정승각의 앞의 글과, 정승각의「"엄마가 지붕에 올라갔어요"」(『초등 우리교육』 1997년 11월호) 참조.

19 정승각「"엄마가 지붕에 올라갔어요"」, 22면.

제2부 서양 옛이야기

1장. 그림 형제와 안데르센의 일그러진 얼굴

1 2007년에 인하대에서 '영미 아동문학 교육'이라는 과목을 가르칠 때 수업을 들은 학생은 약 60명이었다. 학생들이 가장 많이 적은 단어가 '백설공주(8명), 안데르센(8명), 어린이 또는 아이들(7명), 이솝우화(6명), 신데렐라(6명), 그림 형제(5명)' 등이었다. 우리나라 이야기를 꼽은 학생은 딱 2명뿐이었는데 '콩쥐팥쥐'와 '흥부놀부'를 적었다.

2 건국대 동화아카데미 홈페이지(www.dongwhaac.org)의 '동화연구'에 있는 '동화 이야기'에 올린「오늘날의 대학생에게 영향을 미친 동화들, 그리고「미운 오리 새끼」」참조. 학생들이 언급한 46편의 동화 가운데 30편이 서구 유럽 작품이었고, 한국 작품은 16편에 불과했다. 5명 이상의 학생이 언급한 작품은「신데렐라」(14명),「인어공주」(13명),「미운 오리 새끼」(12명),「성냥팔이 소녀」(10명),「백설공주」(5명),「심청」(5명),「콩쥐팥쥐」(5명) 등이었다. 몇 년간의 경험을 종합해볼 때 학생들이「성냥팔이 소녀」를 10명이나 삶에 영향을 준 동화

로 언급한 것은 보기 드문 일이다. 아마도 그해 가을에 개봉된 「성냥팔이 소녀의 재림」(감독 장선우)이란 영화의 영향 때문인 것 같다.

3 정복화 「해방 이후 한국 아동전집 출판에 관한 역사적 고찰」, 동국대학교 언론정보대학원 석사학위논문, 2000 참조.

4 유정규 「외환위기 이후 한국 아동전집의 상품 특성 변화에 관한 연구—아동전집 6년간(1999~2004) 경향 분석을 중심으로」, 동국대학교 언론정보대학원 석사학위논문, 2004 참조.

5 「변형도서정가제’ 시행 4년 돌아보니 —‘고무줄 할인폭’ 탈법만 키웠다」, 『한겨레』 2007년 2월 23일자 참조.

6 Lucy Crane, trans., *Household Stories from the Collection of the Brothers Grimm*, illus. Walter Crane, London: Macmillan & Co. 1882.

7 Eric Vredenburg, ed., *My Book of Favorite Fairy Tales*, illus. Jennie Harbour, London: Raphael Tuck & Sons 1921.

8 2009년 9월 14일에 인터넷 서점 세 곳(예스24, 인터넷 교보문고, 인터파크도서)에서 검색해보니 판매량 또는 인기 순위 상위권에 든 책들 모두 가나출판사, 글송이, 다락원, 로그인, 시사영어사, 월드컴, Little Simon, YBM Si-sa 같은 출판사에서 만든 영어 교재였다.

2장. 「백설공주와 일곱 난쟁이」에 숨겨진 이데올로기

1 인터넷 서점 예스24(www.yes24.com)에서 2009년 5월 4일 검색.

2 Jack Zipes, "Breaking the Disney Spell," *Fairy Tale as Myth, Myth as Fairy Tale*, Lexington: UP of Kentucky 1993, 72~95면 참조.

3 애니메이션 「백설공주와 일곱 난쟁이」, 디즈니 고전 명작 10종 DVD 세트.

4 Jacob and Wilhelm Grimm, *Hansel and Gretel and Other Stories by the Brothers Grimm*, illus. Kay Nielsen, London: Hodder and Stoughton 1925.

5 디즈니 골든북『백설 공주』, 삼성출판사 2003.

6 앞 애니메이션.

7 그림 형제『그림 형제가 들려주는 독일 옛이야기』, 김재혁 옮김, 웅진닷컴 2001, 114면.

8 Brothers Grimm, *Snow-White and the Seven Dwarfs*, illus. Bess Livings, Chicago: Rand McNally & Company 1938.

9 Eric Vredenburg, ed., *My Book of Favorite Fairy Tales*, illus. Jennie Harbour, London: Raphael Tuck & Sons 1921.

10 백종학「디즈니 만화영화를 통한 영어학습과 사회적 편견의 형성」,『영상영어교육』2집 2호, 영상영어교육학회 2001, 34면 참조.

3장.「신데렐라」의 진실, 삶과 죽음의 경계를 초월한 모성애

1 「신데렐라」는 1951년까지 발굴된 각편과 이본이 모두 700여 종에 이른다. Alan Dundes, ed., *Cinderella: A Casebook*, Madison: University of Wisconsin Press 1982 참조.

2 Les Contes de Perrault, *dessins par Gustave Doré*, Paris: J. Hetzel 1867.

3 페로 본에서는 신데렐라의 아버지가 죽지 않은 것으로 설정돼 있는데 우리나라에서 출간된『신데렐라』에서는 대부분 디즈니 본과 마찬가지로 아버지가 죽은 것으로 돼 있다. 또 페로 본에서는 큰 쥐가 마부로 변신하고 디즈니 본에서는 말이 마부로 변신하는데, 우리나라에서 출간된『신데렐라』에서는 대부분 도마뱀이 마부로 변신한다. 페로를 원작자로 명시한 새샘과 삼성출판사의『신데렐라』에서조차 아버지가 죽고 마부로 변한 동물이 강아지 또는 도마뱀으로 설정돼 있는 것은 서구 옛이야기 수용의 문제점을 적나라하게 드러낸다고 볼 수 있다. 다섯 출판사 책의 서지사항은 다음과 같다.

　페로 원작, 정구창 옮김, 박미애 그림『신데렐라』, 교학사 1990.

월트 디즈니『신데렐라』, 지경사 1994.

바른사 편집부 글, 미디어벨리 그림『신데렐라』, 바른사 2000.

샤를 페로 원작, 신예영 글, 안윤혜 그림『신데렐라』, 새샘 2001.

샤를 페로 원작, 박상률 글, 페다로바 나딸리아 그림『신데렐라』, 삼성출판사 2003.

4 각 출판사 책의 서지사항은 다음과 같다.

그림 형제『그림형제동화집』, 김한룡 옮김, 대일출판사 1993.

그림 형제『그림동화집』, 한상수 옮김, 계림문고 1997.

그림 형제 글, 노성빈 그림『그림 동화』, 중앙출판사 1998.

그림 형제 원작, 남석기 엮음, 최상규 그림『그림 형제 동화』, 두산동아 2001.

그림 형제 원작, 한상남 엮음, 안드레예바 발렌티나 그림『그림 형제 동화』, 삼성출판사 2003.

5 Darlene Geis, *Walt Disney's Treasury of Children's Classics* (New York: Harry N. Abrams, Inc. 1978) 10~31면과, 샤를 페로『장화 신은 고양이와 10편의 옛이야기』(김경온 옮김, 논장 2001) 91면 참조.

6 Antti Aarne and Stith Tompson, *The Types of the Folktale*, Helsinki: Suomalainen Tiedeakatemia 1973, 175~78면 참조.

7 영어로 번역된「신데렐라」유형의 이야기는 다음 자료를 참조하기 바란다. Maria Tatar, ed., *The Classic Fairy Tales* (New York: Norton 1999)와 인터넷 싸이트 'Folklore and Mythology Electronic Texts' (http://www.pitt.edu/~dash/type0510a.html#jacobs).

8 *Grimm's Fairy Tales*, illus. Elenore Abbott, New York: Charles Scribner's Sons 1920.

9 5일 동안 하루 열 편씩 구연된 50개의 이야기로 구성되었다고 해서 '펜타메로네'(Pentamerone)으로 알려진 바질레 책의 원제목은 '이야기 중의 이야기, 또는 어린이들의 읽을거리'(Lo cunto de li cunti, overo Lo trattenemiento de'peccerille)다. 이 책은 17세기 초에 씌어서 바질레가 죽고 난 뒤 1634년과

1646년 사이에 두 권으로 나뉘어 출간되었다. 필자가 본문에서 뒤이어 인용한 문장들은 이탈리아 표준어가 아니라 나폴리 방언으로 된 원전을 영어로 번역한 낸시 카네파의 완역본에서 발췌해 직접 번역한 것이다. Nancy Canepa, trans., *Giambattista Basile's The Tale of Tales, or Entertainment for Little Ones*, Detroit: Wayne State University Press 2007 참조.

10 Marina Warner, "Absent Mothers: Cinderella," *From the Beast to the Blonde: On Fairy Tales and Their Tellers*, New York: Farrar, Straus and Giroux 1994, 206면 참조.

11 Canepa, trans., 앞의 책, 83면.

12 같은 책, 84면.

13 Giambattista Basile, *Stories from the Pentamerone*, ed. E. F. Strange, illus. Warwick Goble, London: Macmillan & Co. 1911. 이 책은 존 에드워드 테일러(John Edward Taylor)의 번역본(1847)을 바탕으로 해 만들어졌다.

14 Warner, 앞의 책, 206~207면 참조.

15 이 책은 뜨인돌에서 『흑설공주 이야기』(박혜란 옮김, 1998; 2002)와 『바다마녀를 사랑한 남자』(박혜란 옮김, 2002; 2005년에 '흑설공주 이야기 2'로 제목을 바꿈)란 두 책으로 번역 소개되었다. 그런데 나는 'Snow Night'를 '흑설(黑雪)공주'로 번역한 뒤 이를 책 제목으로 삼은 것은 온당치 않다고 본다. 왜냐하면 'Snow Night'는 '설야(雪夜)공주'로 번역하는 것이 더 타당하기 때문이다. 이 이야기의 여주인공은 생김새가 백설공주와 다른 흑인이 아니고, 여전히 눈처럼 하얀 피부에 새까만 머리를 지닌 백인 여성이다.

16 Angela Carter, *Burning Your Boats*, New York: Penguin 1997, 391~96면.

17 Warner, 앞의 책, 205면 참조.

18 Eric Vredenburg, ed., *My Book of Favorite Fairy Tales*, illus. Jennie Harbour, London: Raphael Tuck & Sons 1921.

19 Julius E. Heuscher, *A Psychiatric Study of Myths and Fairy Tales: Their Origin, Meaning, and Usefulness*, 2nd edition, Springfield: Charles C.

Thomas 1974 참조.

20 같은 책, 230~31면 참조.

4장. 그림책에서 사라져버린 「인어공주」의 아름다움

1 재키 울슈라거 『안데르센 평전』, 전선화 옮김, 미래M&B 2006, 317면 참조.

2 Hans Christian Andersen, *Fairy Stories from Hans Christian Andersen*, illus. Margaret Tarrant, London: Ward, Lock & Co. 1910.

3 Hans Christian Andersen, *Hans Andersen's Fairy Stories*, illus. Anne Anderson, London: Collins 1924.

4 한스 크리스티안 안데르센 『안데르센 자서전』, 이경식 옮김, 휴먼&북스 2003, 32면.

5 *The Little Mermaid Before a Statue in The Sea*, illus. Ivan Bilibin, Paris: Flammarion 1937.

6 Hans Christian Andersen, *Fairy Tales by Hans Andersen*, illus. Arthur Rackham, London: George G. Harrap 1932.

7 Hans Christian Andersen, *Hans Andersen's Fairy Tales*, illus. W. Heath Robinson, London: Constable & Co. 1913.

8 『어른을 위한 안데르센 동화전집』(합본), 윤후남 옮김, 현대지성사 2001, 81면.

9 같은 책, 81~82면.

10 Andersen, illus. W. Heath Robinson, 앞의 책.

5장. 늑대를 만난 소녀 이야기, 세 편의 「빨간 모자」

1 김환희 『옛이야기의 발견』, 우리교육 2007, 82~161면 참조.

2 *Les Contes de Perrault, dessins par Gustave Doré*, Paris: J. Hetzel 1867.

3 http://chaperon.rouge.online.fr/versions.htm, 번역은 인용자.

4 *Les Contes de Perrault, dessins par Gustave Doré*, 앞의 책.

5 Charles Perrault, *The Fairy Tales of Charles Perrault*, illus. Harry Clarke, London: George G. Harrap & Co. 1922.

6 샤를 페로 『장화 신은 고양이와 10편의 옛이야기』, 김경온 옮김, 논장 2001, 277면.

7 『어른을 위한 그림형제 동화전집』(합본), 김열규 옮김, 현대지성사 1999, 174~75면.

8 Walter Crane, *Little Red Riding Hood*, London: George Routledge and Sons 1875.

9 Walter Crane, *Jack and the Beanstalk*, London: George Routledge and Sons 1875.

10 P. Delarue et M.-L. Ténèze, *Le conte populaire française*, Paris: Maisonneuve et Larose 2002, 374면(번역은 인용자).

11 이 책은 2001년에 처음 나왔는데, 표지 디자인만 바뀌어 2009년 8월 20일에 나온 책에도 재판이나 개정판이 아닌 '초판 1쇄'로 적혀 있다.

12 Eric Vredenburg, ed., *My Book of Favorite Fairy Tales*, illus. Jennie Harbour, London: Raphael Tuck & Sons 1921.

6장. 「아기 돼지 삼 형제」와 패러디동화의 힘겨루기를 보는 즐거움

1 제이콥스가 출처로 언급한 1843년 본을 찾지는 못했지만 1886년 본이 전자텍스트로 인터넷에 올려져 있어 읽어보았다. 제이콥스 본과 핼리웰 본을 비교해보니 들머리 부분만 약간 다를 뿐 나머지는 문자 그대로 똑같았다. http://www.presscom.co.uk/halli_1.html 참조.

2 The Golden Goose Book, illus. Leslie Brooke, London: Frederick Warne 1905.

3 같은 책.

4 이러한 유형의 민담에서 동물이 반드시 돼지로만 등장하는 건 아니다. 이탈리아나 프랑스에서는 기러기나 닭과 같은 조류가 등장하기도 하고, 소녀 셋이 등장하기도 한다. 또 사악한 동물로 늑대 대신 여우가 등장하는 이야기도 여러 편 있다.

5 이 책의 한국어 번역본은 지경사에서 1995년에 출간됐다.

6 우리나라에서 구입할 수 있는 그림책 가운데 핼리웰 본에 가장 충실한 책으로는 시공주니어에서 번역 출간한 폴 갈돈의『아기 돼지 삼 형제』(2007)가 있다.

7장. 페미니즘 시대에 다시 읽는「헨젤과 그레텔」

1 E. D. Hirsch, Jr., ed., *What Your First Grader Needs to Know, What Your Kindergartner Needs to Know, The Core Knowledge Series*, New York: Delta 1996 참조.

2 이 사이트에서는 그림 형제의『어린이와 가정을 위한 옛이야기 *Kinder- und Haus- Mächen*』를 영어, 독일어, 프랑스어, 이탈리아어, 스페인어, 덴마크어, 네덜란드어로 무료로 내려받을 수 있다. 2009년 7월 21일에 이 싸이트에 접속해서 네티즌이 가장 많이 읽은 이야기의 조회수를 살펴보니「빨간 모자」가 239,695회,「헨젤과 그레텔」이 206,482회,「신데렐라」가 154,522회였다.

3 Joseph Jacobs, ed., *European Folk and Fairy Tales*, illus. John Batten, New York: G. P. Putnam's Sons 1916.

4 Jack Zipes, *Happily Ever After: Fairy Tales, Children, and the Culture Industry*, New York: Routledge 1997, 39면 참조.

5 Jacob and Wilhelm Grimm, *The Fairy Tales of the Brothers Grimm*, trans., Mrs. Edgar Lucas, illus. Arthur Rackham, London: Constable & Company Ltd. 1909.

6 Willem de Blécourt, "On the Origin of Häsel and Gretel: An Excercise in the History of Fairy-Tales," *Fabula* 49, 2008, 41~43면 참조.

7 Heinz Rölleke, "New Results of Research on Grimms' Fairy Tales," *The Brothers Grimm and Folktale*, ed. James M. McGlathery, Urbana-Champaign, Illinois: University of Illinois Press 1988, 101~11면 참조.

8 Jack Zipes, *The Complete Fairy Tales of Brothers Grimm*, 3rd edition, New York: Bantam 2003, 731~49면 참조.

9 Valerie Paradiz, *Clever Maids: The Secret History of the Grimm Fairy Tales*, New York: Basic Books 2004, 90면 참조.

10 Blécourt, 앞의 글, 43면 참조.

11 Zipes, *Happily Ever After*, 46면 참조.

12 http://www.pitt.edu/~dash/grimm015a.html 참조.

13 미국 학자 존 앨리스의 책에 초고, 초판본, 제2판본, 제5판본이 수록되어 있다. John M. Ellis, *One Fairy Story Too Many: The Brothers Grimm and Their Tales*, Chicago: University of Chicago Press 1983, 176~94면.

14 Margaret Hunt, trans. and ed., *Grimm's Household Tales* Vol. 1, London: George Bell and Sons 1884, 356면 참조.

15 Jack Zipes, ed., *The Great Fairy Tale Tradition*, New York: Norton 2001, 898~900면 참조.

16 Ellis, 앞의 책, 183면(번역은 인용자).

17 같은 책, 188면(번역은 인용자).

18 같은 책, 193~94면(번역은 인용자).

19 제2판본에서는 그레텔이 먼저 오리 등에 타고 헨젤이 나중에 탄 것으로 되어 있지만, 후기 본에서는 정황상 헨젤이 먼저 오리 등에 타고 그레텔이 나중에 타는 것으로 되어 있다.

20 Blécourt의 앞의 글과 Christine Goldberg, "Hansel and Gretel," *The Greenwood Encyclopedia of Folktales and Fairy Tales* Vol. 2, ed. Donald

Haase, Westport: Greenwood Press 2008, 438~41면 참조.

21 주인공이 악인으로부터 달아날 때 꽃, 동물, 사물 등으로 변신하는 이야기를
    '마법의 탈주' 유형의 설화라고 한다.

22 Blécourt, 앞의 글, 41면 참조.

23 그 설화에서 마녀는 죽지 않고 오누이를 뒤쫓는다. 헨젤과 그레텔이 각각 오리
    와 연못으로 변신하자 마녀는 연못의 물을 몽땅 마시려다가 배가 터져 죽는다.
    Hunt, trans., 앞의 책, 414면 참조.

24 http://www.pitt.edu/~dash/grimm051.html 참조(번역은 인용자).

25 Zipes, *Happily Ever After*, 39~60면 참조.

26 이링 페처『누가 잠자는 숲속의 공주를 깨웠는가』, 이진우 옮김, 철학과현실사
    1995, 176~81면 참조.

27 Maria Tatar, ed., *The Annotated Brothers Grimm*, New York: W. W. Norton
    2004, 84면 참조.

28 셸던 캐시단『마녀는 죽었다』, 조무석 외 옮김, 숙명여자대학교 출판국 2002;
    브루노 베텔하임『옛이야기의 매력 2』, 김옥순·주옥 옮김, 시공주니어 1998;
    Julius E. Heuscher, *A Psychiatric Study of Myths and Fairy Tales: Their
    Origin, Meaning, and Usefulness*, 2nd edition, Springfield: Charles C.
    Thomas 1974 참조.

29 베텔하임, 앞의 책, 271면.

30 Hans Dieckmann, *Twice-Told Tales: The Psychological Use of Fairy Tales*,
    Illinois: Chiron 1986, 33~39면, 특히 37면 참조.

31 Eric Vredenburg, ed., *My Book of Favorite Fairy Tales*, illus. Jennie Harbour,
    London: Raphael Tuck & Sons 1921.

32 캐시단, 앞의 책, 91면.

33 베텔하임, 앞의 책, 274면.

34 같은 곳.

35 Dieckmann, 앞의 책, 39면 참조.

36 내가 살펴본 책들은 다음과 같다.

그림 형제 원작, 신예영 글, 전병준 그림『헨젤과 그레텔』, 새샘 2001.

그림 형제 원작, 백승자 글, 살리옌코 나탈리아 그림『헨젤과 그레텔』, 삼성출판사 2003.

그림 형제 원작, 한정아 글, 허태준 그림『헨젤과 그레텔』, 웅진닷컴 2003.

그림 형제 원작, 라아카 레서 글, 이용대 옮김, 폴 젤린스키 그림『헨젤과 그레텔』, 한국차일드아카데미 2004.

홍건국 글, 김현주 그림『헨젤과 그레텔』, 계림 2004.

그림 형제 원작, 김영란 글, 유진희 그림『헨젤과 그레텔』, 아이즐 2005.

그림 형제 원작, 보물섬 구성, 나애경 그림『헨젤과 그레텔』, 웅진주니어 2005.

그림 형제 글, 앤서니 브라운 그림, 장미란 옮김『헨젤과 그레텔』, 비룡소 2005.

그림 형제 원작, 양지숙 글, 니꼴라이 바실리예프 그림『헨젤과 그레텔』, 꼬네상스 2005.

그림 형제 원작, 정해왕 엮음, 윤지회 그림『헨젤과 그레텔』, 기탄동화 2005.

그림 형제 원작, 백은영 글, 강산 그림『헨젤과 그레텔』, 씽크하우스 2007.

그림 형제 지음, 오태영 엮음, 야나기 슈우지 그림『헨젤과 그레텔』, 한국스콜라 2007.

그림 형제 원작, 김라합 옮김, 도토레 둔체 그림『헨젤과 그레텔』, 한솔교육 2008.

그림 형제 원작, 바라북스 글, 김수연 그림『헨젤과 그레텔』, 한국몬테소리 2008.

그림 형제 글, 스튜디오 비 그림『헨젤과 그레텔』, 교원 2008.

37 교원, 계림, 비룡소, 새샘, 웅진닷컴, 웅진주니어, 한국몬테소리, 한국스콜라, 한솔교육에서 출간된 그림책이 오리 모티프를 담고 있다.

38 이 밖에 웅진주니어 본의 경우도 글에서는 오리 모티프를 제대로 살렸지만 그림에서는 헨젤이 오리를 홀로 타고 있는 모습을 보여주어 원작의 맛을 살리지 못했다. 또 취학 전 아이들에게 글을 가르칠 목적으로 예술성을 제대로 고려하

지 않은 채 출간된 그림책이어서 추천할 만하지 않다. 그리고 교원과 한솔교육에서 각각 출간한『헨젤과 그레텔』은 제2판본과 비슷하게 그레텔이 오리에게 태워달라고 하니까 오리가 다가와서 한 사람씩 태워주는 것으로 되어 있다.

8장. 그림책에 숨은 옛이야기가 들려주는 내면 여행, 앤서니 브라운의 『터널』

1 논장에서 출간된 한국어판에는 "어느 마을에 오빠와 여동생이 살았어요. 둘은 비슷한 데가 하나도 없었어요"로 씌어 있는데, 이는 옮긴이가『터널』에 면면히 흐르는 옛이야기 전통을 제대로 이해하지 못했기 때문이 아닌가 싶다.

2 어느 날 왕이 사냥을 나가고 없을 때 왕비가 아들을 낳자 그 늙은 마녀는 시녀로 변장하고 왕비의 방으로 들어갔습니다. 그리고 아기를 낳고 몸조리를 하고 있는 왕비에게 말했습니다.

2 "목욕물이 준비되었으니 어서 오세요. 목욕을 하고 나면 기분이 좋아지고 기운도 되살아날 거예요. 감기 드시기 전에 어서 서두르세요."

2 마녀의 친딸도 마녀를 따라 성 안으로 함께 들어와 있었습니다. 그들 모녀는 힘을 합해 기운 없는 왕비를 욕실로 데리고 가 욕조 속에 집어넣고는 문을 잠근 채 불을 질렀습니다. (『어른을 위한 그림형제 동화전집』(합본), 김열규 옮김, 현대지성사 1999, 87면)

3 "Red Riding Hood," *The National Nursery Book with 120 illustrations*, London: Frederick Warne and Co. 1865~71(?).

4 김열규 옮김, 앞의 책, 174~75면.

5 존 로 타운젠드『어린이책의 역사 1』, 강무홍 옮김, 시공사 1996, 71면.

6 Jacob and Wilhelm Grimm, *Hansel and Gretel and Other Stories by the Brothers Grimm*, illus. Kay Nielsen, London: Hodder and Stoughton 1925.

7 Penrhyn W. Coussens, *A Child's Book of Stories*, illus. Jessie Willcox

Smith, New York: Duffield and Company 1911.

8 Grimm, illus. Kay Nielsen, 앞의 책.

9 Walter Crane, *Little Red Riding Hood*, London: George Routledge and Sons 1875.

10 *Jack and the Beanstalk*, Edinburgh: Gall & Inglis 1871.

11 Marie-Louise von Franz, *Archetypal Patterns in Fairy Tales*, Toronto: Inner City Books 1997, 86면. "신화에서, 눈물은 종종 구원하고 치유하는 효력을 지닌 것으로 여겨진다. 만약에 당신이 고통으로 굳어진 사람들을 다룬 경험이 있다면 운다는 것이 얼마나 치유적인지를 알게 된다. 사람들은 고통의 정점에 이르게 되면 종종 더는 소리를 지르거나 주저앉아 울 수 없게 된다. 그들은 단지 공포로 굳어지게 되는데, 이럴 경우 위험이 따른다."(번역은 인용자)

12 이부영 『한국민담의 심층분석』, 집문당 1995, 47면.

13 브루노 베텔하임은 「오누이」를 인간 내면에 존재하는 '이중적 본성'(our dual nature)의 통합에 관한 이야기로 보았다. "많은 옛이야기들에서와 마찬가지로, 집 밖으로 내몰리는 상황은 자아를 확립해야 하는 시기임을 상징한다. 자아실현을 위해서는 집이라는 궤도를 일탈하여 정신적인 위기를 포함한 온갖 고통스런 경험을 할 필요가 있다. 이런 발달 과정은 피할 수 없는 것으로 그 고통은 집 밖으로 쫓겨나면서 어린이가 느끼는 불행감으로 상징된다. 정신적인 위기들은, 옛이야기에서는 으레 그렇듯이, 주인공이 여행 도중에 겪게 되는 위험들로 표현된다. 이 이야기에서 오빠는 본질적으로 분화되지 않은 인성의 위험스러운 측면을 상징하고, 누이는 일단 집을 떠난 상태의 모성적인 보살핌을 상징하고 있으며 구원자의 역할을 한다."(브루노 베텔하임 『옛이야기의 매력 1』, 김옥순·주옥 옮김, 시공주니어 1998, 131면)

14 카를 구스타프 융 편 『인간과 무의식의 상징』, 이부영 옮김, 집문당 2000, 248면.

15 Everyn Arizpe and Morag Styles, *Children Reading Pictures: Interpreting Visual Texts*, London: RoutledgeFalmer 2003, 211면(번역은 인용자).

표지 그림

작가 미상. 무신도 바리공주. 18세기, 82×67cm, 건들바우박물관(윤연수 엮음)『그림으로 보는 한국의 무신도』, 이가책 1994, 137면).

기원 어유봉(杞園 魚有鳳)의 삽살개(조선 중기, 8폭 화조영모병풍 부분).

ⓒ 정승각『까막나라에서 온 삽사리』(초방책방 2001)

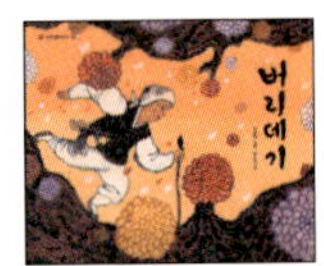

ⓒ 이광익『버리데기』(시공주니어 2001)

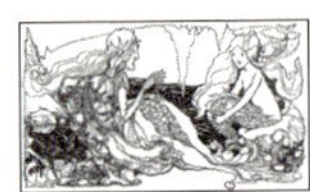

Anne Anderson, illus., *Hans Andersen's Fairy Stories*, London: Collins 1924.

Arthur Y. Park, illus., *Tales Told in Korea*, New York: Frederick A. Stokes Company 1932(국립중앙도서관).